新装版　ジェネラル・ルージュの凱旋

海堂 尊

宝島社文庫

宝島社

新装版 ジェネラル・ルージュの凱旋　目次

新装版　ジェネラル・ルージュの凱旋

第一部

潜航

序章　海の底

男は海の底でひとり、深々と椅子に腰を下ろしていた。規則正しい電子音が、潜水艦の探索音《ソナー》のように響く。男の眼前には、十二台のモニタ画像。画像は白い布に覆われたベッドを映し出している。その中で動き回る白衣は、まるでドールハウスの住人のようだ。

雑然としたテーブルの上には、静置された精巧なヘリコプターの模型。銀の塗料と男の想念が、機体を幾層にも重ね塗りしている。

時計の針は二時を指し示している。それが午前なのか午後なのか、男には判然としない。男の眼は濁っているようでもあり、輝いているようでもあった。茫洋《ぼうよう》としたその視線は、モノトーンのモニタを載せている壁面に注がれている。

モニタのひとつが突然、真っ赤に炎上する。男は物憂げにマイクのスイッチを入れる。

「三番ベッド、確認」

ドールハウスの住人が、直ちにその声に反応する。音のない動きと共に、そのモニタだけ動きを呈している。男の視野の中で、見る見るうちに赤色偏倚《へんき》が喪《うしな》われ、モノトーンの世界に復帰していく。

モニタの住人が、画面に向かって電子音声で応答する。

「バッキングでした、速水《はやみ》先生」

「セデーション（鎮静）を充分に継続すること」

「申し訳ありません」

画面の向こう側から、まっすぐに男の眼を見つめる瞳。

男は、マイクのスイッチを切り、眼を閉じる。こうするとまた、深い海の底だ。

黒い椅子に深々と座り、男はふと、過去を想う。一体、どれほどの数の命が、このモニタの中で喪われていったことだろう。

突然、各モニタから規則正しく流れ込んで来ていた心電図の電子音が重なり合い、男の周囲を一杯に満たした。

1章　オレンジ・スクランブル

12月14日　木曜日　午後11時
オレンジ新棟1F・救命救急センター

真夜中の闇を、救急車の赤色灯の回転が切り裂いている。土砂降りの雨の中、救急車は疾駆していた。

如月翔子《きさらぎしょうこ》は大きな瞳を見開いて、目の前に横たわっている女性を観察していた。咳き込む度に血を少量吐く。呼吸浅薄。血圧低下。出血量は相当のはず。どす黒い血。静脈血だ。おそらく食道静脈瘤《りゅう》破裂。一刻も早く緊急内視鏡をしないと。翔子は冴子《さえこ》の手をとり、さりげなくバイタルを取る。プルス《脈拍》130、ドゥルック《血圧》80―40。これ以上放置するとヤバい。冴子さん、と声をかけ、反応がないことを確認。冴子の手首をこっそりつねる。冴子が微《かす》かにうめき声を上げるのを聞き、ほっとする。冴子の白眼が黄色がかっていることを確認する。B型肝炎やC型肝炎は大丈夫かしら。病棟についたら血液検査をしなければ。

車内に籠もるサイレン音。ガソリンの匂い。固いクッションは、軍隊仕様のジープのようで、車内環境は良好とは言い難い。職業柄、救急車には馴染みが深いが、同乗したのは初めてだった。救急車の暗い窓に雨粒が打ちつけられている。

腰掛ける椅子よりも、更に固いと思われるベッドには、どす黒い血が染み込んだ深紅のドレスが横たわる。さっきまで舞台で歌っていた伝説の歌姫、水落《みずおち》冴子。翔子が漂っていた冴子の歌声の世界は、はかないワイングラスのように砕け散ってしまった。

翔子は東城大学医学部付属病院ICU（集中治療室）勤務の看護師だ。翔子は救急車の中で、ここまでの目まぐるしい流れを思い返す。

病院忘年会がはねた後、二次会で立ち寄ったジャズバー「ブラック・ドア」。同僚の小児科看護師、浜田《はまだ》小夜《さよ》が舞台に上げられ歌わされた直後、舞台袖で冴子が吐血し倒れた。翔子は舞台に駆け上がり、観客に救急車を呼ぶよう指示し、その流れで、気がつくと救急車に同乗していた。

蒼白の水落冴子を冷静に観察し、バイタルを取る翔子。救急車の車内に無線が響く。

「東城大学医学部、救命救急センター満床です。受け入れ不能、他を当たって下さい」

翔子が救急隊員からマイクを取り上げる。

「コーディネーターはどなたですか？」

マイクの向こう側に、混乱した沈黙が広がる。探るような声音の質問が返る。

「あんた、誰だ？」

「如月です」

「え？　翔子ちゃんかい？　本当なら証拠を見せろ」

間の抜けた声が、打ち解けた語調に変わった。

「その寒いギャグは、ひょっとして……」

「俺だよ、俺。佐藤《さとう》だよ」

翔子は心の中でガッツポーズを取る。救急部門ナンバー3。現在、五十嵐《いがらし》副部長が休職中だから実質上ナンバー2。医師八年目、救急部門のベテランだ。救命救急部の生え抜きで消化器関連のスペシャリスト。この症例にはうってつけ。今夜はツイてる。

「佐藤先生でしたか。当直が救命救急の出世頭だなんてラッキー」

翔子の声が弾む。マイクの向こう側の声は戸惑う。

「君のラッキーはたいてい俺の不運《アンラッキー》だからな。どうして翔子ちゃんが同乗しているんだい？」

佐藤の問いかけには直接答えず、翔子は尋ねる。

「本当に満床なんですか？」

「今夜は掛け値無し、正真正銘の満床さ。さっきバイクの自損を受けて、速水部長が緊急で足を一本ぶった切ってる。空いているのは処置室の一角だけ。申し訳ないけど受け入れは無理だ」

そう答えて、佐藤は小声で尋ねる。

「ところで、どんな患者《クランケ》？」

「食道静脈瘤破裂です。SBチューブを突っ込むだけでいいんです。佐藤先生のウデなら朝飯前、三分で終わります」

佐藤は考え込む。

「処置だけだったら受けられないこともないけど……。患者《クランケ》は知り合い？」

「……のようなもの、かな。微妙な関係ですね」

「男？」

佐藤の声が微かに濁った気がした。翔子は明るい声で打ち消す。

「いえ、女性です」

佐藤が、そうか、と明るく答える。翔子は機関銃のようにまくしたてる。

「バイタル低下してます。ドゥルック80―40。静脈瘤破裂出血も止まっていません。一刻も早く手当てをしないと危険です。佐藤先生、何とかしてください」

マイクの向こう側の逡巡。道理は翔子にある。だが救急の現場は理だけでは動かない。いや、動けない。翔子は息を詰める。佐藤の声の質が変わった。

「ICU病棟は本当にどうにもならない。ただし万が一、翔子ちゃんに処置後の空きベッドに心当たりがあるなら引き受けてもいいけど」

翔子は即座に答える。

「夕方、オレンジ二階病棟特室がひとつ空いていました。処置後はそこにお願いすればいいわ」

「患者《クランケ》はおばさんだろ？　二階は受けてくれないだろう、小児科なんだから」

「大丈夫です。だって非常事態《スクランブル》ですもの」

「参ったなあ、いいのかなあ」

佐藤はぶつぶつ言っていたが、やがて答える。

「オーケー、受ける。ここまで話を聞いて受けなかったら、後で将軍《ジエネラル》に大目玉だろうし。片足切断の次はＳＢかあ、今夜は大凶だ」

「ありがとうございます。この埋め合わせは必ずしますから」

佐藤が苦笑いする。

「その甘い台詞《セリフ》に何度騙《だま》されたことか。当てにしないで待ってるよ」

マイクを切ると、翔子は救急隊員に向かって晴れやかに告げる。

「東城大学救命救急センター、受け入れＯＫです」

「オレンジですね。了解しました」

救急隊員が明るい声で応じる。サイレンが高らかに響き、赤色灯の明滅が車内に広がる。

光の律動が、弱りゆく冴子の心臓の鼓動と同調している。酸素マスクを保持している救急隊員が賛嘆の眼差しで、赤く色づいた翔子の顔を見上げた。

病院エントランスに救急車が滑り込む。赤色灯の無音の回転が救急車の来訪を告げると、灰色の自動扉が開く。待ち構えていた青い手術衣に紙マスク姿のＩＣＵスタッフがストレッチャーに殺到する。翔子がバイタルを告げる。

「プルス１３０、ドゥルック80―40、呼吸浅薄、20・パー・ミニット、ＧＣＳ（グラスゴー・コーマ・スケール）２００です」

「上出来！」

佐藤が賛辞と共に、ストレッチャーを受けとめる。看護師の声掛けを伴った青い奔流がＩＣＵに吸い込まれていく。流れに従おうとした翔子が振り向くと、浜田小夜と、冴子の付き添いの中年男、城崎《しろさき》が救急車の車中で呆然としていた。翔子は手招きする。

「何、ぼんやりしているの。もう救急車には用はないのよ。早くこっちに来て」

二人は、慌てて救急車から飛び降りた。

ＩＣＵ処置室に翔子の苛立《いらだ》った声が響く。

「夕方には特室がひとつ空いていたじゃないですか」

電話口の向こう側の声も、負けず劣らず、苛立っていた。

「だから言っているじゃないの。その部屋は明日、患者様が入る予定なの」

「権堂《ごんどう》主任、急患なんです。とりあえず明朝まで入れていただけませんか。明日の朝にはこちらで何とかしますから」

「できもしないことを安請け合いするのはやめなさい。ベッド・コントロールは師長や主任の権限です。ヒラのあなたが口を出すことじゃない。今夜の小児科病棟責任者の私がダメと言ったらダメ。大体、小児科病棟で食道静脈瘤破裂の患者様を引き受ける筋合いはないわ」

翔子は歯ぎしりする。つくづく権堂主任ってば融通がきかない。

「わかりました。他を当たります」

翔子は叩きつけた受話器を両手で押さえつけ、肩で大きく息をした。

「当てはずれかい？」

緊急内視鏡施行後にSBチューブを留置した佐藤が、ラテックスの手袋を外しながら声をかける。翔子は気を取り直したように、笑顔で振り返る。

「権堂主任って本当に石頭ですよね。当直が猫田《ねこた》師長だったらよかったのに」

「猫田師長《あの人》は当直なんてしないだろ。今さらそんなこと言われても困るよ。今夜は本当に満床だし、患者《クランケ》を処置室に置きっぱなしにしておくわけにはいかない」

「とりあえず片っ端から本館の空きを聞いてみます。大丈夫、責任は取りますから」

「頼むよ、如月大明神」

白衣のポケットに手を突っ込み、壁にもたれた佐藤が言う。それから思い出したように つけ加える。

「さっきのバイタル報告だけどさ、翔子ちゃんはGCSとJCS（ジャパン・コーマ・スケール）をまた間違えてたよ。さっきの数値はJCSだぞ」

「いけない、またやっちゃった」

翔子は舌を出し、視線を虚空にさまよわせて続ける。

「GCSだと、6点？」

「惜しい。正解は7点。ま、いいか。状態がわかればどっちでもいい、という説もあるし」

翔子は首を振る。「ダメです。用語は正確に、でないと将軍《ジエネラル》に大目玉だわ」

「こわいこわい。とばっちりは御勘弁だよ」

佐藤の言葉を聞き流し、翔子はダイヤルをプッシュする。翔子は受話器に尋ねる。

「五階臓器統御外科病棟ですか？　ベッドの空き、ありませんか？　え？　ICUの如月です……ええ、おっしゃることはわかります。あるんですか？　ない？　わかりました、失礼します」

受話器を切る。佐藤をちらりと見て呟《つぶや》く。

「空いてないなら、さっさとそう答えてくれればいいのに。お小言を聞いているヒマはない……六階消化器腫瘍外科病棟ですか？　ベッドの空き、ありますか？　……ですよね、わかりました」

翔子は、ぼんやり佇む浜田小夜を見とがめて声をかける。

「ぼんやりしてないで手伝って。あたしは下から上にいく。小夜はてっぺんから下りてきて」

小夜はびくりとして、受話器を取り上げる。相変わらずトロいんだから。心の中で小夜に八つ当たりをしながら、翔子は六階の看護師の冷やかな嫌がらせを片耳で聞き流し、七階の番号を押し始める。

と、小夜の声が翔子を呼んだ。

「翔子、特室の空きがひとつあるって」

翔子は驚いて、指を止め、小夜を見つめた。

「空いている？　ラッキー。クリスマスの奇跡だわ。一体、どこ？」

「十二階、神経内科病棟。特室ですって」

「ああ、〝ドア・トゥ・ヘブン〟ね。そうか、その手があったか」

翔子は小夜から受話器をひったくる。隣で佐藤が安堵の表情を浮かべた。

東城大学医学部付属病院十二階・神経内科病棟。別名極楽病棟。その名の由来は、天国に一番近い病棟だから、という説と、勤務する看護師にとって極楽だから、という二説がある。特別室はドア・トゥ・ヘブンと呼ばれ、VIPのために空けてある。豪華な内装だというウワサだが、足を踏み入れてみると普通の特室と同じだった。

神経内科病棟に冴子を搬送した佐藤は、当直の田口《たぐち》にデータの申し送りをしていた。

「総ビリルビン12。重度の肝硬変です。全身に黄疸も認めます。食道静脈瘤からの吐血に対してSBチューブを留置し、吐血はコントロール済みです。点滴に止血剤を追加してください。羽ばたき振戦《しんせん》の徴候が認められますので肝不全徴候に留意してください」

矢継ぎ早に指示する佐藤に、タイミングのずれた相槌を打つ田口を盗み見ながら、翔子は心中で、グッチー先生、お久しぶり、と呟く。

田口公平《こうへい》。よれよれの白衣を着た中年の医者。神経内科万年講師というより、不定《ふてい》愁訴《しゅうそ》外来責任者の方が、院内での通りはよい。患者の愚痴をひたすら聞くだけという冴えない部署だが、院内では重宝されている。田口の名前をもじった別称は愚痴外来。本人の耳に入ったら田口外来と言い直せばいいので、使い勝手がいい。看護師が持っていたグッチのバッグをシャネルと間違えて以来の呼称らしいが、本人はそのことをご存じないらしい。

通称愚痴外来は東城大学病院の結界のひとつ。教授でさえ意のままにならない聖域だと言われている。田口は不満分子患者を丸め込む天才で、実は翔子はその生き証人だった。新人の時、受け持ち患者がお世話になったことがある。問題ある患者を田口が懐柔した様子を、翔子は目の当たりにしていた。虫垂破裂から腹膜炎になり、術後に傷が化膿し開いた患者。頑固な職人。怒りたくなる気持ちはわかる。そういう病気だから仕方がないんです、といくら説明しても聞こうともせず、結局速水部長も匙《さじ》を投げた。投げ捨てられた匙の行き先が、愚痴外来だった。

初回の面談に立ち会った時、翔子は隣のお茶部屋に連れ込まれ、藤原《ふじわら》専任看護師と世間話をした。藤原看護師は、定年と同時に再任用制度を適用され、不定愁訴外来の専任看護師になった、古株の強者《つわもの》だ。強面《こわもて》の看護師という評判を聞かされていたので、びくびくしながら行ったが、藤原看護師は気さくだった。彼女の院内裏話は楽しく、翔子にとって愚痴外来詣では楽しみになった。そんなこんなで、数度の面談を重ねていくうちに、頑固な職人はいつの間にか田口に懐柔されていた。何を話したんだろう。どんな魔法を使ったのかな。翔子は長い間、疑問だった。

田口には、すごいバックがついているらしい。病院長をアゴで使ったり、東城大学の重鎮、臓器統御外科の黒崎《くろさき》教授お気に入りの看板助教授を米国に放逐したり、厚生労働省から派遣された室長を指図したり、ウワサに尾鰭《おひれ》がついて、東城大のアングラ社会では今や超危険物扱いに指定されている。今年始めに東城大学を襲ったハリケーン、心臓外科のバチスタ・スキャンダルの際には、自分だけリスクマネジメント委員会委員長に昇進するという、前代未聞の大抜擢を受けた。どさくさに紛れて電子カルテ導入委員会委員長も拝命しているはず。優しげな風貌に似合わず、どことなく胡散《うさん》臭《くさ》く、腹黒さはタヌキ院長といい勝負だとも言われている。

魔物って、案外こういう人なのかも知れない、と翔子は思う。

別の筋からは高階《たかしな》病院長の懐刀《ふところがたな》と評される。そう評した人が裏では〝懐刀〟を〝腰《こし》巾着《ぎんちゃく》〟と言い換えて酒の肴《さかな》にしたりする。大学病院って本当に面倒臭い。

翔子が田口を盗み見ていると、田口が佐藤に言った。

「注意事項がありましたらご教示ください。私は救急に関しては、ズブの素人ですので」

佐藤は不安げな田口を見つめ、答える。

「何かありましたら遠慮なく、私、もしくは部長の速水にご連絡ください。今夜は二人とも当直ですから」

「救急のツートップが当直とは心強いですね。少し安心しました」

佐藤は更に懇切丁寧な注意事項を与える。うなずく田口。佐藤がひと通りの指示を伝達し終えた瞬間、院内ＰＨＳが鳴った。緊張した面持ちで佐藤が応答する。

「右足切断術終了ですか。お疲れさまでです。二番ベッドを空けましたので、そのまま入れます。……え？　整形外科に転科？　ちょっと待ってください、いま降りますから」

目線で田口に挨拶をし、佐藤は足早に部屋を出ていく。

佐藤の背中を見送って、田口は翔子と小夜を振り向く。

「先ほど電話をかけていらしたのは、どちらですか？」

小夜が手を挙げる。田口は続ける。

「ベッドが空いていたからよかったですが、空いてなければどうするつもりでしたか？　患者を救おうという行為は尊いですけど、最後まで面倒を見られないのに引き受けるのは無責任だと思いませんか？」

田口の思いもよらない厳しい言葉に、小夜が凍りつく。

翔子の胸の中に、きな臭い感情が湧き上がる。それをそのまま口にする。

「それなら、あたしたちはどうすればよかったんですか。吐血患者を目前に手をこまねいて見てろ、とおっしゃるんですか」

田口の眼に、深い色が浮かぶ。視線を、暗い窓に投げかける。雨音が部屋に満ちる。

やがて、静かな声が答えた。

「今のは大学病院に属する組織人としての言葉です。残り半分、私自身の意見をお伝えします。今夜のあなた方は医療人として立派に責務を果しました。その結果、ひとりの患者の命が助かった。口やかましいことを言ったのは、大学病院のスタッフならば誰でもそう言ったはずだからです。手続きを飛ばして正義を貫こうとしても、刃《やいば》は肝心の所には届かない。いつか必ずしっぺ返しに遭って叩き潰される。おふたりを見ていて、少し心配になったものですから」

翔子は、穏やかな言葉に拍子抜けした。

「勝手をして、申し訳ありませんでした」

素直に謝罪し、唇を噛む。おっしゃる通り。あたしってば、いつもそう。同時に翔子は、田口の淡々とした物言いに、凜と筋が通っているのを感じ、嬉しくなる。

田口は尋ねる。

「ところでこの方はいつまでお預かりすればいいんですか？」

しおれていた表情をころりと入れ替え、翔子は答える。

「オレンジ二階病棟の部屋が空くまでお願いします」

「オレンジ二階？　なぜ小児科病棟なんですか？」

「成り行きとリベンジです」

田口は首をひねる。部外者には理解できないだろう。翔子はちろりと舌を出す。

「それって時間がかかりすぎませんか。参ったなあ」

田口はぼさぼさの髪を掻きあげ、うつむいた。

田口、翔子、小夜の三人が連れだって真夜中の病室に入る。ベッドの隣に冴子のマネージャー、城崎が背中を丸めて座っていた。田口の姿を見て、城崎は立ち上がる。

「夜分、ご迷惑をおかけしました」

「いえ、これが仕事ですから」

城崎は、翔子と小夜にも礼を言う。

田口がカルテを手に城崎に質問を始めようとした、まさにその時、翔子は唸り声に気がついた。見ると、冴子が首を左右に振り、暴れ始めていた。すかさず冴子に歩み寄り、足首を押さえる。こんなに早く鎮静《セデーション》が醒めるなんて、どういうこと？　冴子の唸り声が大きくなる。ＳＢチューブを噛み切ろうとしている？　まさか。異変に気づいた田口が肩を押さえると、冴子はその手を払いのけた。冴子の牙が、オレンジの管に食い込んでいく。

翔子が怒鳴る。「暴れちゃだめ。大人しくしなさい」

右膝を抱えた翔子は、上下に振り回される。冴子は髪を振り乱し、左右に激しく首を振り続ける。鈍い音がして、オレンジ色のＳＢチューブが噛み切られた。

冴子は咆哮《ほうこう》を上げる。口からはみ出したチューブの断端が、オレンジの蛇のようにのたうつ。

——なんてこと。こんな患者、見たことない。

「ナースコール！」

田口の指示に、城崎はナースコールを探り当て、押す。

「どうかしましたかあ？」

間延びした声が応じた。田口が虚空に向かって怒鳴る。

「ＩＣＵの速水部長を呼び出せ。大至急だ」

2章　血まみれ将軍《ジェネラル・ルージュ》

12月15日　金曜日　午前1時
オレンジ新棟1F・救命救急センター

　オレンジ新棟一階。佐藤はICUベッドが並ぶ観察室を抜け、突き当たり、部長室をノックする。ふぁい、と間の抜けた返事がした。ノック一度で一発返事。どうやら今夜の将軍《ジェネラル》は、御機嫌麗しいようだ。佐藤はほっとして、扉を開ける。

　両袖の重厚な机。黒革の椅子。机の上には乱雑に書類が積み重ねられている。ひと昔前の教授室のたたずまいと、未来を先取りした時空がモザイクのように混在している。欅《けやき》の一枚板の机が過去のシンボルなら、未来を象徴するのは机に置かれた精巧な模型、銀色のヘリコプターだ。

　壁面には、十二台のモニタがはめ込まれている。左端の画面だけは色彩鮮やかにテレビ番組が流されている。お笑い芸人が真冬のプールで震えながら泳いでいる。にぎやかな場面、ただし無音。この部屋には音というものは存在しない。

　左端の鮮やかな色調のモニタから視線を右にずらすと、グレーのモノトーン画面の行列に変わる。十台のモニタが十床のベッドを映し出し、看護師や医師たちが不眠不体で処置を行っている。最後に右端の風景画像にたどりつく。灰色のコンクリート床に描かれた黄色いリング。凍りついた景色。眼を凝らすと、遠く樹木の梢《こずえ》が微かに風に揺れているので、かろうじてライブ映像だと判明する。

「佐藤ちゃん、ご苦労さん」

静寂の中、速水の声が響く。モニタを見ていた佐藤は、振り返って答える。

「鈴木さんを受け容れるため、宮崎さんを呼吸器内科に上げました。右足切断の鈴木さんは、ご指示通り二番ベッドに移送後、七階整形外科の特室に押し込みました」

速水は眼を閉じて、上を向く。ぼそりと呟く。

「宮崎さんを上げたか」

速水は棒付きの飴をくわえている。その棒の先がゆっくり八の字を描きながら動くさまを、佐藤は見つめる。今夜のチュッパチャプスは何味だろう。

「ま、いいだろ。七十点」

歴代の最高点は七十五点、平均四十五点。七十点は好成績だ。今宵の将軍は御機嫌のようだ。久しぶりに右足切断という外科仕事をしたからか。部長に就任してからというもの、マネジメント仕事に縛りつけられがちの速水は、現場から隔離されると不機嫌になる。

その顔色を窺いながら、佐藤は懸案の報告をすべりこませる。

「速水先生が手術をされている間に、食道静脈瘤破裂患者を受けました。処置室で緊急内視鏡を施行し出血点確認後、ＳＢチューブを留置しました」

速水はとろんとした眼を開ける。モニタに眼を遣り、尋ねる。

「その患者《クランケ》は何番？」

「ご存じの通り今夜は満床ですので、病棟に引き取ってもらいました」

うつらうつらと速水の首が揺れる。うなずいているようでもあり、首を横に振っているようでもある。どうやら御機嫌を損ねずに済んだか。ほっとした次の瞬間。

「ぶぁかやろう！」

チュッパチャプスが一直線に飛んできた。佐藤は反射的によけようとしたが思いとどまり、背後の液晶モニタを保護するため、飴玉の銃弾を白衣の胸で受け止める。

速水は立ち上がった。獲物を唸り声で威嚇する。虎だ、と佐藤は思った。

「急性期患者処置後は容態安定するまで眼を離さないのは、救急医のイロハのイ、だろが。何考えてんだ、このあんぽんたん！」

あんぽんたんというのはいつの時代の罵倒用語だろう。聞き慣れない言葉の叱責レベルを測りかね、佐藤は白衣にへばりついたチュッパチャプスを払い落とす。

「お言葉ですが、満床で断ろうと思ったんです。ところが、救急車に同乗していた如月に無理矢理ねじ込まれまして。特室の当てがある、というから受けたんです」

　佐藤をちらりと見て、速水は再び、どかりと椅子に腰を下ろす。腕組みをして言う。

「如月の保証付きか。んじゃ、減点を減らす。だが女子どもに手玉に取られるとは、佐藤ちゃんもまだまだだな。ところで、こんな真夜中に厄介者を引き受けてくれた奇特な病棟はどこだ？」

「十二階、神経内科病棟です。特室がひとつ空いていたようです」

「ドア・トゥ・ヘブンか。もう少しマシなところはなかったのか」

「他は満床でして」

「神経内科じゃなあ。当直が使えるヤツならいいが」

　速水はパソコン・キーを叩き、院内ネットの当直シフト表を開く。

「げ。よりによって泊まりは田口か。サイアクだ」

　速水はげんなりした声で言う。佐藤は首を傾げる。

「田口先生って講師ですよね。確か、当院の連続当直記録保持者のはずですが」

　速水は佐藤を見つめる。

「クソ忙しいウチにいて、よくそんなつまらない雑学知識《トリビア》を仕入れるヒマがあったもんだ。褒めてつかわす」

「神経内科の兵藤《ひょうどう》医局長と懇意でして、彼が教えてくれるんです。田口先生の評価は高いですよ。経験豊富な方ですから安心じゃないですか」

速水は笑って言う。

「何言ってんだ。俺は同期だから田口のことはよく知ってる。血を見るのがイヤで、手術から一番縁遠い神経内科を選んだヘタレなんだぞ。そんなヤツが食道静脈瘤破裂の大量吐血患者を受け持ったら、どうなると思う？」

速水は背もたれに寄りかかり、腕を組んで眼を閉じる。そして佐藤に語りかける。

「もういい。済んだことは仕方ない。だが忘れるな、急性期患者を受けた時ベッドが一杯だったら、一番安定している患者を後方ベッドに押し込むのが救急のデフォルトだ。基本をなおざりにしていると、結局しっぺ返しは自分に戻る。例えば……」

速水は眼を開くと、机の緊急呼び出しコールの赤ランプを指さす。佐藤の眼に、暗赤色に沈み込んだランプが、腐った苺のように見えた。速水が指さして、一瞬の間。

次の瞬間、腐った苺はもぎたての鮮やかな赤に蘇生する。ランプが点滅を始め、警報音が鳴り響く。看護師の声が警報を追いかける。

「速水先生、院内緊急コールです。十二階病棟・特室、ドア・トゥ・ヘブンから」

「あいよ」

速水は立ち上がりながら、軽々と返事をする。

佐藤は一瞬、得体の知れない感覚に震える。こういう非常識な逸話の積み重ねを周囲に見せつけることで、速水の神話が形成される。誰も速水に逆らえない。将軍という通り名の由縁だ。白衣を羽織った速水は、ドアノブに手をかけて、振り返る。

「佐藤ちゃん、何ぼんやりしてるかな？　部長だけにケツ拭かせるつもりかい？」

あわてて速水の後ろ姿を追う。机の上には、緑の羅紗《らしゃ》に盛られた色鮮やかなもぎたて苺が、手つかずのまま取り残されていた。

エレベーターの中で、佐藤は速水の口頭試問に答えていた。

「患者《クランケ》の状態は？」

「女性、意識レベルはＧＣＳで7点、ベースには黄疸、肝硬変があります」

「大雑把な報告だな。まさか、データも確認せずに上に上げた、とか？」

速水の眼がじとり、と光る。佐藤は震え上がる。

「いえ、そんなことありません」

転科後に心のメモ帳から素早く削除した、うろ覚えの患者データをゴミ箱から取り出す。

「ビリルビン12、ＬＤＨ32、だった、です」

「ぶぁかやろう。ＬＤＨは35だろうが。それに肝硬変を疑ったら血小板数も報告しろ」

うっかりした。頭の中のゴミ箱をあさっても、血小板の数値情報は浮かんでこない。Ｈｂの低下は印象に残っているんだが。速水は肩をすくめる。

「血小板五万二千。佐藤ちゃんの見立ては正解。でも点数は30点、試験は落第だ」

ご存じならわざわざ訊くなよ。佐藤は心の中で吐き捨てた。それにしても、あの短い会話の間に、俺よりデータを正確に把握してしまうなんて。佐藤はげんなりし、同時に自分の医療センスの容量の小ささに絶望する。思わず、駄洒落《ダジャレ》が佐藤の口を衝く。

「肝臓はどうもいかんぞう」

速水は物も言わず、佐藤の頭をはたいた。

扉が開く。天国に一番近い極楽病棟に、血腥《なまぐさ》い兵士たちが駆けつけた。年配の従軍看護師、夜勤の丹羽《にわ》主任がジェネラルの進軍を待ちかまえていた。

「特室、1234号室です」

「あいよ、ドア・トゥ・ヘブンね」

速水と佐藤は急ぎ足で戦場に向かう。救命救急医は走らない。自分を不動点にしないと、刻々と変化する流れを見失ってしまうからだ。

わめき声が聞こえる開け放しの部屋に足を踏み入れた佐藤はぎょっとした。

細身の女が猛《たけ》り狂っていた。さっきまでとは、まるで別人だ。口から飲み込み損ねたソーセージを吐き出している、と思わず目をこすって見直すと、女は、太いSBチューブを嚙み切っていた。男がふたりで上半身をベッドに押しつけている。女の身体がベッドに沈み込んだ次の瞬間、男たちをはね飛ばす。足元ではふたりの女が片足ずつ抱き抱えている。四人がかりの拘束を、獣は一匹で振り回す。細身の身体のどこにこんな力が隠されているのだろうか。

速水は、腕組みをして、言う。

「お困りのようだな、行灯《あんどん》クン。何かお手伝いしましょうか」

冴子をベッドに押しつけた田口が顔を上げる。

「バカなこと言ってないで、早く何とかしてくれ」

「あいよ」

振り向くことなく、速水は背後の丹羽主任を指さし、オーダーを出す。

「ロヒプ一筒、生食20mlで静注」

丹羽主任は脱兎の如く駆け出した。

鎮静《セデーション》剤効果で、部屋に静寂が訪れた。

「佐藤ちゃん、SBチューブを抜去しちゃって」

「大丈夫でしょうか」

不安げな佐藤に、速水はからりと笑う。

「ぶぁか。嚙み切られたチューブを入れておいても、しょうがないだろ」

「でも、もし再出血したら……」

「そしたらまた入れればいい。だが、もう出血はしない」

佐藤はおそるおそるSBチューブに手をかける。ぬらり、とオレンジ色の太いチューブが抜去された。凝血塊《ぎょうけつかい》がこびりついていたが、出血はしなかった。冴子の荒い息が静かになっていく。表情が穏やかに変わる。速水は佐藤に尋ねた。

「下では輸血《アカ》を何単位入れた？」

「五単位です」

「全血を今から五単位。明朝もう五単位。輸血間は止血剤入りボトルはストップ」

一筆書きのオーダーを、丹羽主任が書きとめて、部屋から姿を消す。速水は田口を見て笑顔になる。

「久しぶり。いつぞやは世話になった」

「俺がいつ、お前の世話をした？」

「虫垂炎術後の久倉《ひさくら》さんの後始末の件だよ」

「物覚えがいいヤツだな。三年以上も前のことを」

「俺は小言ってヤツが苦手でな。あの時は本当に助かった」

「そんな昔のことはどうでもいい。それよりこの患者《クランケ》はどうするんだ？」

「セデーションごときで救命救急センター部長を深夜に呼び出すなんて、一体どういう了見だ？　鎮静ならお前のお得意《フィールド》だろうが」

「速水部長を呼び出したのは、患者がSBチューブを嚙み切ったからだ。まあ確かに、吐血患者のセデーションは未経験だったからそちらも有り難かったけど」

「さすが血が大嫌いな行灯だな。それならこのままここで引き取ってもらう。再吐血はないから、SBチューブ再挿入もないし、輸血しておけば問題はない。俺は泊まりだから、何かあったら駆けつける。これでどうだ？」

田口はため息をつく。速水は押しの一手で一気に寄り切ろうとする。

「ドア・トゥ・ヘブンはVIP部屋で、この患者は迦陵頻伽《かりょうびんが》と呼ばれる歌手なんだからぴったりだろ」

「お前がそこまで言うなら仕方ないが……」

「何かまずいことでもあるのか？」

うかない顔の田口はためらう。それから小声で言う。

「血液交差適合試験《クロスマッチ》は当直医の仕事だろ？」

「そんなことか。それは佐藤ちゃんにやらせる。な、それくらいするよな？」

「お安いご用です」

うなずく佐藤。田口は肩をすくめた。速水が言う。

「これでひと安心。俺もあの時の恩を返せるし一石二鳥だ。ま、そういうことだから、よろしく頼むよ、血が大嫌いな行灯クン」

「頼むから、大昔の渾名《あだな》で呼ぶのはやめてくれ」

田口の抗議に、速水は大笑いした。

「なんだ、グッチーの方がお気に入りだったのか」

翔子は、田口と速水のやり取りを黙って聞いていた。


「さあ、戻ろうか」

速水が誰にともなく、呟く。帰り際、速水は翔子の肩を軽く叩いて言った。

「ご苦労。如月の判断がなければ、この患者《クランケ》は死んでいただろう。適切な対応のおかげで患者はSBチューブを噛み切るくらいまで回復した。だからしょぼくれるな」

翔子はうつむく。佐藤が翔子を盗み見ながら速水の後を追う。翔子は田口と小夜に背を向け、窓の外に視線を投げた。そして、自分の肩に手を触れた。

翔子の背中に、田口が言う。

「ご苦労さまでした。君たちも帰って下さい。あとは当直医の仕事です」

小夜と翔子は田口にお辞儀をし、極楽病棟を退去した。

ふたりの後ろ姿を見送ってから、田口は胸ポケットから封筒を取り出す。暗い窓をぼんやり見遣る。それから、手書きの書面に視線を落とす。

『救命救急センター速水部長は、医療代理店メディカル・アソシエイツと癒着している。VM社の心臓カテーテルの使用頻度を調べてみろ。ICUの花房《はなぶさ》師長は共犯だ』
それは、田口の院内ポストに投げ込まれた匿名の告発文書だった。

エレベーター・ホールで、小夜が翔子に問いかける。

「このまま失礼するなんて無責任じゃないかしら」

「引継ぎ後はバック・ヤードにお任せ。この程度のことをいちいち気にしていたら、ICUでは身が持たないわ」

翔子は笑い、小声でつけ加える。

「心配しなくても大丈夫よ。今夜は速水部長が当直なんだから」

速水、という言葉を口にしたとたん、翔子の脳裏にSBチューブを噛み切った冴子の歌声が響いた。地の底から響いてくるような低くハスキーな歌声。舞台で告げた曲名は〝ラプソディ〟だった。

歌声の断片に、男の声と自分の感情がまとわりつく。

——悪いが如月の気持ちには答えられない。

鮮明に感情が甦る。暗い感情のかけらと男の面影が、不協和音と共に重なり合う。自分の言葉を小夜に聞き取って欲しくない、と思った。エレベーターの開く音と重なり、翔子のささやかな願いは、叶えられたようだった。

3章　コミットメントの空隙

12月15日　金曜日　午前8時30分
オレンジ新棟1F・救命救急センター

六時間後。十二月十五日金曜日、朝八時三十分。

オレンジ新棟一階ICU病棟。別名、将軍の戦場《ジェネラル・フィールド》。朝の申し送りで、如月翔子は花房美和《みわ》師長から叱責《しっせき》を受けていた。

「ゆうべの一件で、あちこちの病棟からクレームの嵐よ。勤務外の一看護師が、病棟のベッド・コントロールに口を出すなんて一体どういう了見なの？　挙げ句の果てにドア・トゥ・ヘブンに患者をねじ込んだんですって？　二階の権堂主任は激怒してるし、極楽病棟の白石《しらいし》師長からは厳重抗議が来るし……」

「申し訳ありませんでした。でも、行きがかり上、放っておけなくて」

翔子は頭を下げる。花房師長は、真っ直ぐに伸ばした首をゆっくり横に振る。

「でも、の後は不要よ。ＩＣＵに濃厚な人員が配置されているのはこういう時のため。夜勤帯に手の掛かる救急患者を一般病棟に押しつけるなんて言語道断、ＩＣＵの機能不全だとなじられてしまったわ。返す言葉もない。平謝りよ」

花房師長は四十代だが年齢は感じさせない。隙のない身だしなみと、典雅な所作からは気品が漂う。上品な顔立ちから想像できない、激しい言葉が口を衝く。

ツイてない、と翔子は心で呟く。隣の久保《くぼ》主任が甲高い声で追撃する。

「仕方ないですよ。如月さんは理想がお高いですから。病人や怪我人は全員助けたいんでしょ。この病棟で一番、ナイチンゲール誓詞に忠実な看護師ですものね」

病棟の空気が緊張を孕《はら》む。久保主任は二十代後半だが、まるで同じ金型で製造された人形であるかのように、花房師長と同じ雰囲気を漂わせていた。

翔子は顔を上げ、久保を睨む。

「そう思ってはいけないんですか？」

「ムキにならなくても、如月さんの邪魔をするつもりはないから、お好きなように」

久保はちらりと花房師長を見る。言葉の調子が低くなる。

「でも、理想の追求はあたしたちに迷惑が掛からない範囲でして欲しいわ」

「患者さんを助けることが、どうして先輩たちのご迷惑になるんですか？」

翔子の言葉を、花房師長が断ち切る。

「先輩に向かってその言葉遣いは何ですか。久保主任はあなたをかばってくれているのがわからないの？　ＩＣＵ患者を他病棟に転科させるなら、深夜勤の責任者の久保主任に相談するのがスジ。そうしなかったことを久保主任は見逃してくれているのに」

唇を噛む。ゆうべ、久保主任は翔子が病棟中に電話をかけているのを横目で見ていたが、何も言わなかった。だからこの場では、言わないのではなく言えないだけ。

翔子は花房師長に向かい合う。

「それなら、食道静脈瘤破裂患者を見過ごせばよかった、と言うんですか？」

「如月さん、口を慎みなさい。花房師長はそんなことをおっしゃっていないわ」

久保が翔子に言う。翔子は久保を一顧だにせず花房師長を問いつめる。

「花房師長、それじゃああたしはゆうべ、どうすればよかったんですか？」

花房師長は、気圧《けお》されるように身を引く。それから答える。「自分で考えなさい」

「あたしがそうしなければ患者さんの命はなかった、と言われましたが」

花房師長は翔子を見つめる。水槽の魚を見るような、冷やかな視線。

「いくら速水部長に誉められても意味はないの。速水部長は医者。如月さんは看護師。あなたの上司はこの私。そしてあなたはゆうべ、私の部下として越権行為をした。あなたはまだ、病棟のベッド・コントロールに関与する資格を持たない。そういうことをしたいのなら昇進しなさい」

翔子の頬が熱くなる。花房は、翔子に告げる。

「いくら言っても聞かないようね。それなら仕方ないわ。現実を勉強しなさい。この件はリスクマネジメント委員会に報告します。査問を受けてきなさい」

予想外の言葉に翔子は言葉を失う。脳裏に、田口のよれよれの白衣姿が浮かんだ。田口の周囲を顔のない白衣の群像が取り巻き、無感情な視線が翔子に降り注ぐ。かすかな恐怖を打ち消し、翔子は呟く。

——査問でも何でもやればいいわ。だって私は悪くないもの。

花房師長の言葉が、棘《とげ》のように翔子の胸に突き刺さっていた。

朝の申し送りが終了し、翔子はひとり、机に残る。リスクマネジメント委員会提出用の報告書を総師長室に提出するよう命じられたからだ。硝子の向こう側で行われている処置を眺めながら、翔子は鉛筆をもてあそび、ゆうべのことを思い返す。

肩を叩かれ振り向くと、森野弥生《もりのやよい》の笑顔があった。昨晩の忘年会でマンボウの仮装姿があまりにも似合っていたことを思い出し、思わず翔子は微笑んだ。

森野弥生は翔子の五年先輩で、久保主任と同期。ふたりは対照的だった。翔子に反感を持つ久保と、何かにつけて助け船を出してくれる森野。鋭角的な顔立ちの久保と、茫洋とした雰囲気の森野。やせぎすとふくよか。三日月と満月。

「災難だったね」

森野の笑顔を見て、翔子はほっとして、ため息をつく。

「ツイていない時は、こんなもんです」

「気にしないの。如月は立派だよ。人ひとりの命を助けたんだもの。でも、もう少しうまくやらないと、ね」

「すみません」

翔子が頭を下げる。森野はにこにこした。

「やけに素直ねえ。謝ることなんてないわ。こっちは久しぶりに〝如月叱られ劇場〟を鑑賞できて得した気分なんだから」

翔子の肩から、ふいと力が抜け、自然な笑顔になる。

「それじゃあ、あとでチケット代を頂戴します」

「すぐ図に乗る。それがあなたの欠点よ」

森野は翔子を睨んだ後で笑顔になる。それからすぐに真顔になる。

「それにしても、リスクマネジメント委員会行きだなんてねえ。最近、締め付けが厳しいせいか、花房師長は少し神経質すぎるわ」

翔子はうなずく。上層部がぴりぴりする原因はわかっている。今年始めに東城大学を襲った醜聞《しゅうぶん》、バチスタ・スキャンダルにより付属病院の信頼は失墜した。一年近く経過した今、世間の風当たりは徐々に弱まってきている。だが表面で取りざたされなくなった分、地下に潜行した奔流は激している。言葉の端々の非難にスタッフは敏感だ。非難は患者数減少につながり、減収に結びつく。そうした苛立ちの矛先が双子の巨大赤字を垂れ流すオレンジ新棟に向けられるのは、必然だった。

不安げな翔子を見て、森野は続けた。

「花房師長は査問だなんて脅していたけど、安心して。リスクマネジメント委員会で本人を直接問いただしたりはしないからね」

「そうなんですか?」と翔子は森野を見た。森野は笑顔でうなずく。

「当たり前よ。リスクマネジメント委員会はミスを裁く組織ではなく、ミスから教訓を引き出し同じミスを繰り返さないようにするための組織。個人の吊し上げが目的ではない。個人を呼び出さないのはグローバル・ルールよ」

「そうなんですか。それならどうして花房師長はあんなことを言ったのかしら」

森野は周囲を見回し、人影がないことを確認してから小声で答える。

「それはね、上になればなるほど新しいシステムを、理解しようとしないからよ」

森野は単に優しいだけの女性ではない、と感じている翔子は、ついでに疑問に思っていたことを尋ねる。

「ドア・トゥ・ヘブンって、何なんですか?」

森野は考え込んだ。翔子の表情を見て、その真剣さを確かめる目つきをした。

「如月も三年目。そろそろ病院の秘密を知ってもいい頃かもね」

森野は翔子から視線を外し、ちらりと壁のカレンダーを見る。

その時、咳払いの声がした。振り向くと、久保主任が腕を組んで立っていた。

「森野、おヒマなのかしら。仕事が見つからなければ、捜して差し上げましょうか?」

森野は首をひっこめ、ぴゅん、と姿を消す。次の瞬間、遠くで声がした。

「久保主任、臨床検査室から六番ベッド高木さんの至急の結果を取ってきます」

ふっくらした体型なのに、こういう時は俊敏だ。久保主任は逃げ遅れた翔子をじろりとにらみつけると、ゆっくりとモニタ室へ戻っていった。

翔子は再び書類に視線を落とす。ゆうべのことを思い出しながら、ふと思う。

ドア・トゥ・ヘブンに迦陵頻伽が舞い降りたのは、悪い予兆なのかしら。

その翔子の視界の隅に、速水が白衣を肩から引っかけ、足早に部屋から出ていくのが映った。

☆

エレベーターの扉が開くと、熱い視線が一斉に速水に集中した。十二階病棟、普段は涅槃《ねはん》のように静かな極楽病棟がざわついていた。ゆうべ、介助していた年輩の看護師が白衣姿のままだ。やはりトラブったか、と速水は直感した。

「セデーションが覚めたあと、暴れ始めちゃって、どうにもならないんです」

看護師の報告にかぶさるように、硝子が割れる音が廊下に響いた。扉で押さえ込まれた獣の叫び声が遠くにくぐもって聞こえた。

速水はドア・トゥ・ヘブンへと向かう。扉をあけるといきなり、目の前に食器盆が飛んできた。軽やかによけると速水は、部屋を覗き込む。一匹の獣が、ぎらぎらさせた眼で速水を睨みつけた。今にも喉笛に食いついてきそうだ。壁際には、おびえた顔の白石師長がへばりついていた。速水は白石師長に目礼をした。

「ゆうべは申し訳なかった。花房師長からお小言を頂戴したんで、謝りにきた」

「速水先生、この患者、ICUにお引き取り願います」

「その必要はない。この患者《クランケ》は田口先生の専門だ。まず主治医を呼ぼう」

看護師が、連絡をするため部屋を出ていく。速水と白石師長は冴子を監視するように視線を切らない。緊張感を孕んだ沈黙が部屋を支配した。

田口が上がってくると、冴子と一言二言言葉を交わした後で、ワインのミニボトルを取り寄せた。速水は呆れた。病棟にアルコールを常備しておくなんてとんでもないヤツ。

速水は、なけなしの小遣い銭とささやかなプライドを賭けて行った卒業記念麻雀を思い出す。あの時俺は、田口の国士無双にラス牌の紅中をブチこんで、オーラスで大逆転負けを喫したっけ。あんなに悔しい思いをしたことは、あれ以降、なかった。

院内規律違反です、と主張する白石師長に、速水は切り返す。

「急性期に飲みつけているアルコールを摂取させるリスクと、摂取させせないで暴れるリスクを比較したら、どっちがマシか、わかるでしょ。田口先生と俺の共同責任ということで、とりあえずこれで様子、見ましょうよ」

白石師長はむっとして、答える。

「私はこの処置に賛同しかねると明言したことは覚えておいてください」

「もちろん、忘れませんよ」

笑いながら、速水は白石師長を値踏みする。規則厳守。松井《まつい》現総師長系列か。

田口は赤ワインを、冴子に手渡す。ボトルをひったくった冴子は、一気にあおる。ぎらぎらした怒りがその眼から脱落した。奇妙な静寂が部屋を覆った。


田口と速水は椅子に座り、ディスカッションをしていた。ナースステーションの看護師はいつもより人数が多かった。普段なら病棟が閑散とする時間帯だが、みんななぜか書類記載や点滴整理という時間外れの業務にいそしんでいる。速水を盗み見る看護師の視線が、水面の乱反射の輝きのように煩《わずら》わしい。

速水が言う。

「後方ベッドに送った瞬間、ＩＣＵはその責を離れる。食道静脈瘤破裂はコントロールされているからＩＣＵ的に問題はない。さっきの発作はアルコールせん妄だから、神経内科の田口講師が主治医というのは適材適所だな」

「そうなんだろうけど……」

田口は諦めたように速水を見る。速水は肩をすくめる。

「それにしても少々ショックだな、俺、あの人の歌、結構好きなんだ」

「彼女は、そんなに有名人なのか？」

速水はうなずく。

「流行《はやり》歌くらい聴けよ。CDを貸してやる。まあ、ファンとしては非常に残念だが、ICUマターは完了だ。再吐血したらすぐ駆けつけるよ。何よりも……」

速水は悪戯《いたずら》っぽく笑いかける。

「輸血は三日継続予定だが、手配は引き受ける。今回はこれでチャラ、な」

返事も待たず階段に向かう速水の早足を、田口の声が追いかける。

「再吐血したら、ICUに戻すぞ」

速水は片手を挙げて、無言の返事を返した。速水が姿を消すと、出勤時のホームなみの混雑だったナースステーションから、あっという間に人影が消えた。

ひとり取り残された田口は、ため息をついた。

4章　オレンジの不良債権

12月15日　金曜日　午前11時
オレンジ新棟1F・救命救急センター

東城大学医学部付属病院新棟、通称オレンジ新棟は五年前に竣工、完成した。白亜の十三階建ての本館、丈の高いホワイト・パフェに添えられた三階建てのオレンジ・シャーベット。ドーム型の外観と鮮やかなオレンジ色が人目を惹き、開院直後は、週刊誌のグラビアでも話題になった。当時は東城大の目玉事業だった。

　一階フロアはＩＣＵ病棟、二階は小児科病棟。桜宮市行政とタイアップし、地域救急医療の二十四時間引き受けを宣言した。オレンジ新棟は救命救急・産婦人科・小児科と、社会的に重要性は高いが人手がかかり収益性が低いため、収益至上主義の現代医療ではお荷物扱いの分野だ。このように配置すれば、濃厚配備したＩＣＵの人員を流動的に活用できるとの目論見もあったらしい。

　〝昇る朝陽《ライジング・サン》〟と呼ばれ、華々しく船出したオレンジ新棟は今は〝沈みゆく夕陽《イヴニング・サン》〟と揶《や》揄《ゆ》されている。その玉座に就いたのは血まみれ将軍《ジェネラル・ルージュ》・速水晃一《こういち》・救命救急センター部長だ。彼は失われた時を引き戻し、再び太陽を昇らせるべく孤軍奮闘していた。だが行く末は暗澹《あんたん》たるものだ。大学が独立行政法人に組織替えし、独立採算制を採ることになったことも、没落への歩みを早める一因となった。

スピードスター・速水の暴虐を支えるのが、小児科の奥寺隆三郎《おくでらりゅうざぶろう》教授だ。奥寺教授が速水の提案に一切異を唱えず受容する様は、まさしく大人《たいじん》の風格。オレンジ新棟の命脈は、このような危ういバランスの上でかろうじて保たれていた。

如月翔子と浜田小夜は看護課の組織機構上では新棟部門という共通ユニットに属している。通常の二倍の看護師が一階の救急医療部門と二階の産科・小児科ユニットに一括配属される。その中からICUが優秀な人材を選び、残りを小児科病棟に配属する、というのが暗黙のルールだ。こうした状況に小児科病棟が甘んじる理由はいくつかある。奥寺教授の鷹揚な人柄、小児科病棟の猫田師長の茫洋とした性格、そして数少ない実利として、NICU（新生児集中治療室）と無菌室、準無菌室がICUの指揮下に入る、ということが挙げられる。

オレンジ新棟は、今や東城大学医学部最大の不良債権だった。沈みゆく船に絡みついた碇。経済効率の悪い二大巨頭、救命救急と小児科を一括して取り扱うという、高階病院長のディレクションは、赤字の相乗効果を高めただけで致命的な選択ミスだったという評価が固まりつつある。ただしそれを、医療の赤字領域を一カ所にまとめ整理するための深慮遠謀に違いない、と勘繰る深読み人間もいた。

午前十時五十分。報告書を書き上げた翔子は、大きく伸びをした。息つく間もなく、眼を光らせていた久保主任の声が飛ぶ。

「如月さん、あなたの今日の業務は何？」

翔子は素早く答える。「偶数ベッド患者の清拭です」

「わかっているなら、直ちに仕事にかかりなさい」

「その前にリスクマネジメント委員会への報告書を総師長室に提出してきます」

翔子は立ち上がると、じっとりと湿った久保の視線を置き去りにして、ひとり颯爽《さっそう》とナースステーションを後にした。

午前十一時。総師長室へ報告書提出という憂鬱な仕事を片づける前に、寄り道して小夜に愚痴って行こうと翔子は考えた。小夜の様子も気にかかっていた。

この時間帯は病棟に人気《ひとけ》は少ない。総回診が終わり、各自の業務の最中だ。

翔子はがらんとしたナースステーションを見回し、片隅でぽつんとワープロに向かう浜田小夜を見つけた。笑顔で小夜にすり寄っていく。顔を上げた小夜が尋ねる。

「どうしたの、翔子。勤務中なのに」

「ゆうべの件で始末書。越権行為の恐れで、リスクマネジメント委員会行き。今から総師長室に報告書を提出するの」

「患者さんを助けたのに？　褒められるどころか、叱られたの？」

「権堂主任にしつこく質問されたり、極楽病棟の白石師長から文句を言われたりしたらしくて、花房師長は朝からご機嫌斜め。とんだとばっちりよ」

翔子はため息をつく。小夜は慰める。

「きっと大丈夫だよ。リスクマネジメント委員会の委員長、田口先生とも顔見知りになれたし。委員長はあたしたちよりも事情をよくご存じのはずよ」

「そうね。委員長が田口先生なら問題なし。だってグッチーだし、昼行灯だし」

ふたりは顔を見合わせ、笑う。

「小夜も始末書？　権堂主任に睨まれた？」

「私の方は月曜の看護カンファのレポート。突然のご指名よ」

「オレンジ名物、恐怖の吊し上げカンファレンスか。猫田師長のご指名はいつも突然だものね。徹夜明けなのにお気の毒さま」

翔子は小夜の書類を取り上げて、ぱらぱらと眺める。

「それにしても、いつ見ても小夜のレポートはすごいなあ」

小夜が再び勉強に取りかかり始めたのを見て、翔子は部屋を後にした。

病院棟四階は院長室や事務長室など、偉い人の部屋が集まる特別な一角だ。

物怖じしないと自負する翔子も、この階の独特な雰囲気には緊張する。

ノックしたが返事がない。〝ノック不要〟、〝不在でも入室可〟という貼り紙を確認し、扉を開ける。幸い総師長は不在だ。机の上に決済書類と未決書類が積まれていた。翔子は未決書類の山を崩し、真ん中に自分の書類を突っ込んで、部屋を退去した。

総師長室の外に出ると、向かいの病院長室から見慣れた顔が現れた。

あ、グッチー先生だ。

査問にかけられる委員会の委員長と遭遇するなんて、何という偶然。

これはツイているのかしら、それともアンラッキーなのかしら。

翔子が会釈すると、うつむき加減で立ち去りかけた田口は顔を上げ、微笑で応じた。

ＩＣＵに戻った翔子は部長室のランプの点灯を確認する。硝子窓に映る影を見て髪を整え、受け持ちベッドへ向かう。ベッドサイドがステージで、観客はただひとり。翔子は背筋を伸ばすと、患者の清拭を始める。浴衣の寝間着をはだけ、人工呼吸器を装着した喉元を濡れタオルで拭く。脳挫傷したお爺ちゃん。清拭を行っているとナースステーションから、佐藤医師と花房師長のやり取りが聞こえてきた。

「今日も満床ですので、昨晩みたいなイレギュラーな受け入れは控えてください」

翔子は清拭をしながら聞き耳を立てる。佐藤のもごもごした返事。

「ガッテン承知、わかってますって。でも救急車が来ちゃったから仕方ないでしょ」

「別に如月を庇《かば》わなくていいんですよ、佐藤先生。昨晩の件はリスクマネジメント委員会に報告させましたから」

「リスクマネジメント委員会だって？　それはまた、ずいぶん大袈裟な……」

佐藤は大声を上げる。数人の看護師が顔を上げ、ナースステーションを見る。

「私の判断は間違っていますか？」

「いえ、あの、そうではなくて、まあ、患者さんも助かったわけだし、少し大目に見てもいいんじゃないかな、なんて思ってみたりしただけで……」

フレーフレー佐藤、頑張れ頑張れサ・ト・ウ。清拭の手を休めずに、翔子は心の中で、応援旗を振りまくる。翔子の応援を、冷水を浴びせるような花房師長の声が、一瞬で打ち砕く。

「先生方はいいかも知れませんが、看護師サイドはそれでは困るんです。佐藤先生や速水部長が如月を甘やかすから彼女がつけあがるんです。遺憾ですわ」

「それは確かにいかんことですね」

佐藤のキレの悪い駄洒落は、花房師長には認知すらされない。

翔子はうなだれる。

——ダメだ、こりゃ。

「今はただの満床ではありません。ゆうべの多重交通事故の急性期患者が三人。二人は軽傷で病棟に上がりそうですが、頭部打撲の土居さんは経過観察が必要ですし、能代さんは骨盤骨折と大腿骨骨折。それなのに無理矢理、食道静脈瘤破裂患者を処置室で受けるだなんて、常軌を逸しています。夜勤帯に患者を病棟に上げないのは暗黙の約束《ルール》ですから、守っていただかないと。ましてや、ゆうべの相手はあの極楽病棟ですよ。クレームは当然ですし、その時に文句を言われるのは、師長の私なんです」

「花房師長、すみません。ああ、もちろんこれでは済みませんね」

翔子は心底失望した。たぶん佐藤にはスべったという自覚症状すらないのだろう。

花房は真面目な顔で続ける。

「佐藤先生は、患者さんへの思い入れが強すぎます。だから如月なんかにつけこまれてしまうんです」

翔子は四番ベッドに移動。花房・佐藤会談は聞こえなくなる。四番ベッド・加瀬さんの寝間着をはぎ取り清拭開始。自分を見下ろす無感情なレンズにちらりと視線を投げかけた。それから欅の扉を見つめた。その扉の向こう側に、自分の視線を届けようとするかのように。

扉の向こう側、救急部長室の中では、とろんとした眼をした速水が、十二台のモニタに視線を配っていた。十台のモノトーン・モニタの中では、白衣の人形たちが無声映画《サイレント》のように活動している。右端のモニタは、グレーのコンクリートの上に黄色い静止円を映し出す。

体裁だけ整えられている、オレンジ新棟屋上のヘリポートだ。

時計の針は二時を指している。今は夜か、それとも昼なのか？　迷うたび、速水は二十四時間表示のデジタル時計に替えようと思う。そして気がつくと、その思いつき自体を忘れている。時間だけではない。季節も喪われている。今日は何日？　冬か、春か？　ジングルベルを耳にした気がするから、多分冬だろう。そういえば病棟クリスマス・コンサートという単語をどこかで見たっけ。

速水はソファに沈みこむ。意識が身体の稜線からどろりと溶けだし、椅子に深く沁みこんでしまいそうだ。モノトーンの画面が並ぶ中、モニタのひとつが突然赤く変わり、速水に違和感を訴えかける。速水はマイクのスイッチを入れる。

「七番ベッド、確認」

無声の看護師がカメラを見上げる。七番ベッドに駆け寄る。

「速やかに状況報告」

「鈴木さん、バッキングです。セデーション追加しますか」

「ああ。オーダーは佐藤ちゃんにもらってくれ」

七番のモニタに答え、ちらりと四番ベッドに眼をやる。画面から、馴染みの強い視線が届く。速水はモニタから意識をそらす。最後に視線を、灰色のコンクリートだけを淡々と映し出す右端のモニタに振り向ける。眼球を指で押さえ、ため息をつく。

「桜宮の空にドクター・ヘリが飛ぶのは、いつの日になることやら」

机の上のヘリコプターの羽が、音もなく微かに回転した。


ICU休憩室では早番グループが昼食を摂っていた。ICUは修羅場なので、みんな揃って昼食を取ることは稀《まれ》だ。たいてい手の空いた二、三人が見計らって入れ替わりで食事をかきこむ。それは消防署の夜勤のようでもあり、クリスマス商戦真っ最中の量販店のようでもあった。ただし緊急事態でなければ休憩の三十分間は完全なオフで、ゆったり過ごせる。女子校のお弁当タイムと違うのは、一緒に食事をする相手を選べないことだ。相手次第で、その時間が天国にも地獄にもなる。

今日の翔子はツイていた。森野が食事の相方だったからだ。

森野弥生は二十代後半、ふくよかな体型で、周囲に安心感をもたらす。ICU的には少々トロいという評価で、院内出世競争では同期の久保に一歩先んじられているが、病棟のムードメーカーはそうしたことには無頓着だ。ICUの爆弾娘と揶揄される翔子も、森野の前では素直になれた。他愛もない話もよくしたが、困り事もたいてい森野に相談する。

森野と翔子はテーブルの上に置かれていたチラシを詳細に検討していた。

「『チェリー』、すごいですよね」

「本当ねえ。話題の大型ショッピングモール、遂に桜宮に上陸、かあ」

「素敵すぎ、ですよね。シャネル、グッチ、エルメスというブランド店からお洒落なレストラン、おまけにシネコンまで。まさに色とりどりの娯楽の殿堂、あたし、ここにだったら何日でもずっと居続けられそうです」

森野は翔子を見て笑う。

「あんたが言うと、冗談に聞こえないから怖いわ。当然、クリスマス・イヴのオープニング・セールには行くんでしょ」

翔子はため息をつく。

「残念ながら、イヴは勤務なんです」

「ま、ウチには盆も正月もないからねえ」

急におばあさん口調になって森野はしんみりと答える。

その時、扉が開き、花房師長が入ってきた。ふたりは目礼をして、黙り込む。花房は控え室の机に置かれていた業務日誌を取り上げ、ふたりをちらりと見て、無言で部屋を出ていった。翔子は、ほっと小さくため息をつきながら、言う。

「最近、花房師長はご機嫌斜めの日が多い気がするんですけど」

翔子が無邪気に言う。森野が答える。

「そういうことを大声で言ってはダメって言ってるでしょ。壁に耳あり、よ」

「人間だからご機嫌斜めの時があって当たり前です。これは別に悪口じゃないです」

森野はやれやれ、と首を振る。

「いくら言っても無駄ね。直るものなら、とっくに直ってるもんね」

森野は扉にちらりと眼をやって、声を潜める。

「仕方ないから教えてあげる。花房師長がイライラしているのは、総師長選が近いからよ」

「そういえば松井総師長は今年いっぱいでしたっけ。来年選挙ですか。総師長ってそんなに偉いんですか？」

総師長室の佇まいを思い浮かべる。教授室並みの立派な机の上には書類の山だった。事務員の机みたい、と感じた。少なくとも看護師の机ではなかった。

森野は呆れて言う。

「あんたってば、本当にとんでもないわ」

翔子は頰を膨らませ、抗議する。

「でも、次の総師長は花房師長で決まりですよね。私だってそのくらい知ってます」

森野はうっすら笑う。

「強気ね。じゃあ聞くけど、花房師長の対抗馬は誰？」

「花房師長の他に、有力な候補者なんているんですか？」

「その程度で情報通だなんて、大口をたたくのは十万年早いわ」

「じゃあ、教えてください。誰ですか、対抗馬って？」

「本当に知らないんだわ、この娘。危なっかしい」

そう言うと、森野は声を潜める。「あのね、ライバルは猫田師長よ」

「ええ？　居眠り猫さん、ですか？」

翔子は驚いて天井を見上げる。

「猫田師長は悪い人じゃないと思いますけど、何だかとてもズボラそうで、あまり総師長さんという感じではないですけど」

森野は翔子を見つめる。

「確かに松井師長と比べるといい加減に見えるわね。でも総師長は看護師のリーダーよ。猫田師長が東城大付属病院看護課二百人のトップに立った姿を想像してみて。どう思う？」

翔子は眼をつむって想像する。ゆうべ、空きベッドを捜していた時も、相手が権堂主任ではなく猫田師長だったらよかったのに、と考えていたことを思い出す。

「ちょっといい感じかも」

「でしょ。いい加減でも何となく安心感がある。それを人徳、と言うの」

翔子は考える。花房師長は人徳で猫田師長に及ばないということなのかしら。翔子はその疑問を口に出さなかった。つまり翔子は森野が言うほど軽率ではなかったし、そのことはもちろん森野もよくわかっている。森野は話を続ける。

「適材適所。ICU師長として花房師長はピカイチ。ハヤブサと呼ばれるだけのことはある。将軍のお供はハヤブサでしょ。猫のお供なんて、ねぇ。殿、ご乱心よ」

「速水部長がどうかされたんですか?」

翔子は自分の言葉に特別な抑揚が混じっていないか、確認しながら尋ねる。

「そうか、如月は看護師になって二年、ウワサの事件の頃はまだ学生だったね」

「何の話ですか?」

「小児科病棟に猫田師長が着任したのは三年前だけど、その時に速水部長は猫田師長をICUの師長にしようとしたことがあったらしいの」

「本当に? 信じられない」

翔子は心底驚きながら、ふと浜田小夜との会話を思い出す。小夜が青く涼しげなワンピースを着ていたから、あれは確か夏の頃だ。

☆

夜勤明けの更衣室で一緒になった翔子と小夜は、ファミレス・ジョナーズでお茶をした。シフォンケーキをフォークでつつきながら、小夜が言う。

「猫田師長って、本当に自分では何もしないの。お茶のお供えから箸の上げ下ろしまで周りのみんなが面倒を見てる」

真っ黒なザッハ・トルテにざくりとフォークを突き刺しながら、翔子は言う。

「傲慢なんだ、猫田師長って」

小夜はフォークですくった生クリームを、くるくると回しながら説明する。

「私の言い方が悪かったかしら。みんなでよってたかって面倒見ちゃうの。でも、だからといって別に手がかかるわけでもないのよ。周りの人が忙しくて構ってあげられない時は、ひとりでぼうっとしてるし」

「花房師長と正反対ね」

ザッハトルテの黒い固まりの半分を口に放り込み、翔子が言う。小夜は微笑する。

「そうそう、丁度そんな感じかな」

「足して二で割るとよさげなんですけどぉ」

「全く同感なんですけどぉ」

ふたりは声を上げて笑う。それから小夜は小声で言う。

「でもね、普段はぼんやりしているのに、ミスを見つけるのは目ざといの。特に権堂主任のミスを見つけるのは猫田師長の得意技。権堂主任は陰で、千里眼と一緒に仕事をするのはしんどいと、よく愚痴ってるわ」

翔子は、その風貌と噛み合わない猫田の評価に、どことなく違和感を覚えた。

☆

翔子は、森野が不思議そうに自分を見つめていることに気づき、話題を変える。

「森野先輩、朝の申し送りの後、言いかけたことを教えてくださいよ」

森野は首を傾げて尋ねる。

「何の話だっけ」

「ドア・トゥ・ヘブンの由来の物語です」

森野は、ああ、という表情になる。

「そろそろ如月にも、この病院の裏話をいろいろと教えてあげないとね」

森野は、これから話すことは絶対に〝ひみつ〟ね、と強調した。翔子は緊張してこくりとうなずく。森野は声を潜めて、続ける。

「ドア・トゥ・ヘブンは、VIP緊急入院用の隠し部屋。先々代の病院長、佐伯《さえき》教授の悪しき遺産よ。その構想が内部公表された時、ＶＩＰだけ優遇するなんて不公平だと猛反対した急先鋒が看護課だった。それでも佐伯病院長は押し切ったんだけど。その名残りで、ドア・トゥ・ヘブンは今でも病院長直轄ベッドよ」

「それって悪いことなんですか？　私立大医学部付属病院には差額ベッドはたくさんありますよね」

「あってもいいし、不平等だと言われればそうかも知れない。どっちみち、私たちがとやかく言うことではないとも思うけど」

森野はそう言って遠い眼をした。そして、続けた。

「結局、そうしたことが正しいか、間違っていたかなんて、誰にもわからないのよ。看護課が猛反対した、悪しきシステムが存在したおかげで、ゆうべあんたが連れてきた患者さんが一命を取りとめることができたのかもしれないし……」

森野の言葉に、翔子は考えこむ。物事を一直線に考える性質《たち》の翔子にとって、森野の言葉は謎めいて聞こえた。

☆

翔子と森野の会話が弾んでいたその頃、花房美和・ＩＣＵ師長は師長室で業務日誌のチェックをしながら、サンドイッチを黙々と食べていた。

気がつくとひとりで食事をとるクセがついていた。コンビニのサンドイッチやおにぎりといった最小単位の食事を、わずかな隙を見つけて胃に流し込む。

師長室には必要最小限のものしか置かない。よく言えば効率的、悪く言えば不愛想。部屋のたたずまいの印象は花房美和のイメージとぴったり重なっている。

——寒い。まるで凍えるよう。

窓の外を見る。殺風景な景色。本館の白い壁しか見えない。花房は夢想する。

——旅に出よう。暖かい所がいい。寒いのはイヤ。

もちろん、そんな時間を取れるはずもなく、また、取る気もないことを花房は自覚していた。

花房は東城大学医学部看護課の希望の星だ。手術室から始まる華やかな経歴には、外科病棟、整形外科病棟、循環器内科病棟、と陽の当たる花形部署が名を連ねる。五年前、オレンジ新棟の設立と同時に花房がＩＣＵ師長に着任した時、これで総師長の椅子は約束されたと、周囲の誰もが確信した。ただし花房を次期総師長と考えると、任期が十五年と長すぎる点が問題視された。そこで対抗馬として急浮上してきたのが猫田だ。猫田は現在愚痴外来で燻《くすぶ》っている藤原看護師の愛弟子。花房は現在の松井総師長の直系だ。十五年前の遺恨の総師長選挙（当時は総婦長選挙と呼ばれていたが）の再現とみる人もいた。二人はオレンジ新棟の上下にいたため、よく比較された。

猫田率いる二階は〝白髭皇帝の殿前軍〟、花房のICUは〝将軍《ジェネラル》の近衛兵〟と並び称された。近衛兵精鋭部隊の中核は七年目の中堅の久保圭子《けいこ》主任、久保と同期・森野弥生、そして問題児・如月翔子の三人だった。

今、花房師長を悩ませているのは如月翔子だった。翔子は現場の和を乱す。物怖じせず歯に衣着せぬもの言いで自分の意見を堂々と主張する様が花房師長の癇《かん》に障った。花房はため息をつく。自分が若かった頃は婦長と話をするというだけで震え上がったものだ。年齢を重ね、激務が負担になりつつある花房には、翔子の無邪気な振る舞いが気に障る。翔子が指摘する問題は、医療現場の根元的なシステムエラーに端を発していることが多かった。ただし、翔子の指摘が的を射ていることを理解している人間は少ない。だが、少なくとも速水は如月の資質を理解している。

だから彼女はジェネラルのお気に入り……。

翔子の提言に従って病棟を改善できればどんなに素晴らしいだろう。だがそれにはカネがかかる。ICUの現状では、豪腕・速水をもってしても費用の捻出は困難だ。

だが、翔子が花房を苛立たせる真の理由は、そのことではなかった。その感情にピントが合って輪郭がはっきりしてくると、花房は反射的にそこから眼を反らす。如月翔子の真っ直ぐな視線の先にいる男を、その光景の中では思い出したくない。

――将軍と呼ばれるカリスマだって、所詮は男。若い女の方が好きなのよ。

芽生えてしまった陰性感情は、無理に押し込めようとするとかえって吹き出して、収拾がつかなくなる。そんな時花房は、自分を定型的な思考に逃げ込ませる。それは、常に陽の当たる場所を歩き続け、陰に陽に賞賛と嫉妬を受け続けた人間が、自然に身につけた自己防衛術だった。

花房は、如月翔子をICUに獲得した時のことを思い返す。いっそあの時、猫田師長が彼女を指名してくれればよかったのに、と、花房はため息をつく。

☆

オレンジ・ドラフト会議。オレンジ新棟における看護師配分の師長会議はそう呼ばれる。看護師の異動時期に行われるその会議で花房は、猫田と衝突したことは一度もなかった。いつも猫田は、うつらうつらしながら花房の言い分を聞き、最後にひと言「それでいいわ」と承認するだけだった。花房にとって、自己主張に著しく欠ける猫田の存在は謎であり、脅威だった。

だが、二年前、猫田が着任して一年後に開かれた第四回のドラフトでは衝突は必至だろうと予想されていた。その時、オレンジに配属された新人は対照的な二人だった。学業成績抜群だが一年間の実技評価は最低、現場ではおそらく使えない優等生、浜田小夜と、学業成績は落第すれすれだが実技はトップ、研修成績も評判も素晴らしい如月翔子。二人セットで配属されてきた時、花房は、如月翔子の争奪戦を覚悟した。翔子がICU向きなのは誰の目にも明らかだったが、小児科だって即戦力が欲しいはず。

ここまでの経緯があるので、ここで花房が如月を獲得したら、自分の持ち場の充実ばかりしようとする視野の狭い師長、という烙印《らくいん》を押されてしまいそうだ。如月翔子は東城大看護課期待の新星なので、周囲の雑音も彗星の尾のように引くに違いない。猫田師長はこれを予見して、これまでオレンジ・ドラフトで言いなりだったのかしら。猫田の渾名が〝千里眼〟だということも、花房の邪推に拍車をかけていた。

その時、花房の脳裏に一瞬の閃光が走った。思い悩むくらいなら、いっそのこと今回は優先権を猫田師長に譲ってしまおう。幸いICUは設立一年経過し、メンバーも充実していたのでお荷物をひとりくらい抱え込んでも、耐えられるに違いない。

そんな決断を思い切りよくできる点が、ハヤブサと呼ばれる所以《ゆえん》であった。

第四回オレンジ・ドラフト会議の当日。一階ICUから花房師長と久保主任、二階小児科病棟からは猫田師長と権堂主任が出席していた。二人の新人プロフィールを前に、花房は猫田に指名優先権を差し出した。

「猫田師長にはお世話になりっぱなしですから、今回は先に指名してください」

猫田は眼を見開き、花房を見た。花房の表情の奥深くを探るように、猫田の視線がゆらゆら揺れる。その眼がゆっくり閉じていく。

短い空白の時間の後、読経のような声が部屋に響いた。

「気にしないで。ＩＣＵの方が激務なんですもの」

猫田はゆっくり眼を開く。

「でも、折角花房師長がそうおっしゃるのであれば、お言葉に甘えようかな」

猫田は、新人《ルーキー》二人のプロフィールを眺める。しばらくして、片方を取り上げる。

「小児科病棟は、こちらにします」

猫田が選んだのは浜田小夜だった。

その時に花房が真っ先に考えたのは、自分が浜田小夜の美点を見落としたのではないかという危惧だった。だがその後の勤務態度や評判を聞くにつれ、花房は自分の評価が適正であったことを確信した。浜田小夜は優秀だったが、予想通り実務処理速度は遅く、しばしば病棟で顰蹙《ひんしゅく》を買っていた。如月翔子は軽率なところもあったが、現場では即戦力として重用された。花房は、労せずして如月翔子を手に入れた。

それは望外の喜びだったが、同時に猫田に対する違和感は一層強くなった。

☆

気がつくと猫田のことを考えてしまっている自分に気づく。猫田はいつも自分の上に鎮座している。目の上のたんこぶ。

二人はかつて手術室で一緒に勤務した時期もあった。だが、花房が猫田の存在を強く意識し始めたのは、小児科の奥寺教授が速水から猫田を横取りしたと知ったあの日からだ。探りを入れてみると、速水は花房をオレンジ二階に上げようとしていたらしいとわかった。花房にとってそれで充分だった。

オレンジ二階に就任した猫田師長は、辣腕《らつわん》を振るう。病棟の雰囲気は一変し、〝看護師の吹き溜まり〟は、〝猫田再生工場〟と称されるようになった。

私に同じことができただろうか。花房はふと考え、途中で考えるのを止めた。花房は猫田を最大のライバルと見ていた。年齢的には五歳上の猫田が有利だ。花房は若すぎて、次の次でも間に合う。猫田には負けたくないという気持ちと、もう一度猫田の下で働いてみたい、という相反した気持ちの間で揺れ動く。正反対のタイプ。だからこそ強敵。眠たげな猫田の顔を見る度に、花房は気持ちを引き締めた。

花房は、猫田の器の大きさに魅せられていた。そしてそのことに自分では気づかないふりをした。

5章　ピンストライプの経済封鎖

12月15日　金曜日　午前11時　本館4F・病院長室

午前十一時。田口は四階病院長室の扉をノックした。のんびりした返事。扉をあけると、両袖机に高階病院長が座っていた。小柄なロマンスグレーの高階病院長の前に長身の男性が立っていた。ピンストライプの背広にシャープな顔貌が映える。

「このままでは病院全体が不良債権化してしまいます。何としても先生方にコスト意識を徹底させ、収益を上げる工夫をしていただかないと」

「有能な医者ほど、金儲けが下手なんです。大学病院に残るような連中は特にね」

「だからと言って、現状では大学病院は朽ち果てるだけです」

「ご忠告、しかと受けとめました、三船《みふね》事務長」

三船は苛立ちを隠さず、手にした書類を机の上に置く。

「危機的な財政難の中、こんな企画が現場から上がってくるなんて信じられません」

田口と眼が合った三船は頭を下げる。机の上に散らかった書類、『ドクター・ヘリ導入に関する要望書』の表紙に速水の名前を認めた。高階病院長が言う。

「それは仕方ありませんね。何しろドクター・ヘリ導入は速水部長の悲願ですから。オレンジ新棟開院の際の桜宮市との話し合いで、導入方向で同意が取れてますし」

「五年前とは状況が違い自治体の救急医療費用拠出は削減される一方です。新たに機体購入五億、年間維持費二億という巨費を投入するゆとりは、もうありません」

「おっしゃるとおりかもしれませんが……」

高階病院長は、視線をゆるやかに田口へめぐらせる。

「次のアポイントがありますので、続きはまた後日」

三船は田口を見、向きを変え扉へ向かう。扉を閉める間際、捨て台詞を投げつける。

「この調子では、東城大が大学病院の倒産第一号になる日も、そう遠くありませんね」


「ずいぶんはっきりと、物を言う方ですね」

三船を見送り、田口は言う。

「三船事務長はアメリカ帰りで新しい病院経営プランをお持ちです。発想は悪くないのですが、アングロサクソンの尖兵だけあっていささか性急でして」

高階病院長は煙草に火をつけ、深々と吸い込む。紫煙を吐き出しながら、言う。

「現在の病棟改革案は彼の発案《アイディア》ですか？」

高階はうなずく。

「三船事務長は病院経営コンサルト会社から派遣されてきました。医療経営のグローバル化を謳《うた》い、米国の巨大資本が日本の病院経営分野に参入しようとしているムーヴメントの一環ですね。医療界の黒船が切り込み隊長を送り込んできたわけです」

「赤字まみれの我が東城大に、そんな人材を雇用する費用が、よくありましたね」

「これは厚生労働省の肝いりのモデル事業なんです。病院業務外注化に積極的な施設に費用援助してくれるという話に乗ったわけです」

「まるで城の明け渡し、無条件降伏ですね」

田口の皮肉に、高階病院長はうっすら笑う。

「組織への忠誠心薄きことアメリカンコーヒーの如《ごと》しの田口先生から、東城大に対する思いの濃さは、エスプレッソ級の黒崎教授と全く同じ台詞を聞くとは、夢にも思いませんでした」

守旧派の巨魁《きょかい》、黒崎教授の姿が像を結ぶ。リスクマネジメント委員会の、空席の副委員長席。かつて垣間見た、高階病院長と黒崎教授の議論の様子が浮かんだ。

「いずれ洗礼の大波が日本の医療界を襲う。とすれば、相手のやり口を理解するのは、できるだけ早い方がいい。大切なものを守り抜くために、ね」

田口は話を変え、高階病院長に尋ねる。

「いよいよドクター・ヘリを導入するんですか？」

高階病院長は肩をすくめる。

「速水君の宿願ですが、財布の元締めがあの調子では、なかなか難しいでしょうね。ヘリ導入の決定権は地方自治体にあるんです」

「ドクター・ヘリ導入で、救急患者の病院到着平均時間が半減し、搬送死亡症例数と重症症例数も半減する。ドイツ救急制度の十五分ルールは昔、イヤになるくらい速水から聞かされました」

「初期救命治療は十五分以内に着手すべき、という原則ですね。どうやら田口先生は最近は速水先生とあまりお話しされていないようですね。最近の十八番は、日本の民間ヘリは世界第五位、八百台で救急専門機は八台。年間総飛行時間二十万時間に対し救急飛行時間は二千時間。救急ヘリの飛行はすべて一パーセントだから切り捨て御免にされてしまうと、気が向くと病院長室に来ては、吼《ほ》えまくってお帰りになります」

高階病院長は、二本目の煙草に火をつけた。

「それにしても昨日に引き続き連日の田口先生からのアポイント要請とはお珍しい」

「実はご相談したいことが二件できまして。一件目は昨晩、救急患者の件で、ドア・トゥ・ヘブンを使わせてもらい、本来病院長裁断を仰ぐべきところ、独断で対応してしまいました。事後承諾でご了承ください」

「どうぞどうぞ。田口先生は、病院長人事権をも握る史上最強の万年講師ですから。どうか遠慮なさらず権限は目一杯行使してください」

「嫌がらせは止めてください。その件はチャラになっているはずです」

田口は抗議する。田口の表情を楽しむように高階は続ける。

「では、ふたつ目の案件は？」

田口はためらってから、言った。

「昨日申し上げた、リスクマネジメント委員会宛に届けられた匿名の投書の件です」

紫煙が天井に上っていく。高階病院長は眼を細めた。田口は前日の院長室訪問の光景を思い浮かべ、昨夕この部屋で、高階病院長が行った怜悧《れいり》な判断を思い出す。

☆

昨日、田口は今日と同じように、封筒の中身を取り出し高階病院長に呈示した。そして、昨日も今日と全く同じように、書類を前にふたりは押し黙った。

『救命救急センター速水部長は、医療代理店メディカル・アソシエイツと癒着している。VM社の心臓カテーテルの使用頻度を調べてみろ。ICUの花房師長は共犯だ』

田口はしばらくして、言葉を発する。

「速水部長が特定業者と癒着、つまり収賄をしているなんて信じられないことですが、たれ込み、もとい、内部告発があった以上は調べざるを得ません。そうしないと高階先生が打ち出した透明度の高い内部監査機構であるリスクマネジメント委員会という理念が……」

高階病院長が手を挙げて、田口の言葉を制止する。

「ちょっと待って下さい。透明度の高い独立内部監査機構を提唱したのは田口先生です。用語の用法は正確に、というのは確か田口先生のモットーでしたよね」

田口は苦笑した。バチスタ・スキャンダル収束の際、田口が引退を撤回させ、釣り三昧の日々を剥奪したことをいまだに根に持っているようだ。

「指摘があった以上、内部監査機構として予断のない調査と判断が必要です。ただし本件が審議案件相当かどうかはトップの判断に委ねるのが妥当ではないかと……」

高階病院長は田口を見つめる。

「確かに医療事故関連を検討するリスクマネジメント委員会案件には相当しませんね。するとどこが対応すればいいのか……確かに委員長の裁量の範疇《はんちゅう》を越えます。なるほど、担当部署を決めるのはなかなかに難しい……」

高階病院長は腕組みをして黙り込む。田口は窓の外の風景を眺める。低層の屋根の重なりの彼方に、水平線が銀色に光っている。昔はこの風景が神秘的に見えたものだが、足繁く通えば物事には慣れる。慣れてしまえば神秘性は薄れる。

空咳に、田口は夢想から引き戻される。高階病院長と眼が合う。

「田口先生、この問題は先般立ち上がった倫理問題審査委員会《エシックス・コミティ》にお願いしましょう」

「エシックスですか……」

田口は微妙な表情になった。当てが外れた、という感情がこぼれ落ちる。

「エシックスの対象は、主に研究の倫理審査だとお聞きしていますが」

高階病院長は、悪戯っぽく眼をくるくるさせた。

「建前はそうですが、内規条文に仕掛けがあり、医療倫理全般に関する問題の検討、という項目をもぐり込ませてあるんです。収賄はまさしく医療倫理問題に関わりますから、妥当でしょう。加えてあの組織には独自の調査権を賦与してありますし」

目立たぬよう布石を打っておくのがこの人のやり方だ。その一環で、リスクマネジメント委員会に特命リスクマネジャーなる仕組みを紛れ込ませておいたことが、バチスタ・スキャンダルの早期解決へ繋《つな》がった。田口はふと、自分が関わる電子カルテ導入委員会運用規約にも高階病院長の探索子《ソナー》が混入しているかも知れない、と思った。

高階病院長は田口から視線を切らなかった。

「田口先生、ひとつお願いがあるのですが……」

田口はびくりとした。このひと言が発端となって、ひどい目に遭わされたかつての日々がフラッシュバックする。

その予感は、続く高階病院長の言葉であっけなく確認された。

「本案件を田口先生からエシックス・コミティに報告していただきたいのですが……」

「ちょ、ちょっと待ってください。なんで私が？」

高階病院長はにこやかに答える。

「今日はこれにてタイム・アップです。申し訳ありませんが病院大忘年会の時間ですので。異論がおありでしたら、明日改めてご相談しましょう」

高階病院長は立ち上がると嘆息する。

「病院も近代化が進み、リスクマネジメントだ、エシックスだ、とカタカナの横文字だらけ。困ったものです」

海外留学歴があり、英語使いの堪能さでは病院内で一、二を争う人の言葉としては、違和感あるコメントで、昨日の高階病院長は会見を締めくくったのだった。

☆

小さい咳き込みに、回想の世界から復帰した田口は、改めて高階病院長に尋ねる。

「昨日は保留しましたが、改めて考えてみると、やはり私がエシックス・コミティに報告するのは越権に思えましたので、改めてこうしてご相談に伺ったわけです」

高階病院長は、うっすら笑って答える。

「そんなことはありませんよ。田口先生ほどの適任者は、他にはいません」

「東城大学医学部は多士済々です。それに、リスクマネジメント委員会とエシックス・コミティは微妙に混線する部分がありますので、私がそんなことをしたら、よけいに事態がややこしくなります」

「そうおっしゃるのでしたら、遠慮なく心当たりの人材を推挙してみて下さい」

高階病院長に突き放され、田口は言葉に詰まる。見回してみると確かにこの案件に適した人材は見当たらない。あえて挙げれば高階病院長本人だが、もしも高階病院長がエシックスに査問依頼をしたら、病院中が大騒ぎになるから、その選択肢は非現実的だ。そうなると……。田口はまたしても落とし穴にはまりそうになっている自分に気づく。あわてて逃げ道を模索する。

「それでしたら、私にもその資格なし、です」

「ご冗談を。匿名告発はリスクマネジメント委員会委員長宛です。今回田口先生を指名したのは私ではなく、告発者さんなんです」

相変わらず怜悧な論理を淡々と……。さすが、たんたんタヌキ。無駄と知りつつ田口は最後の抵抗を試みる。

「エシックス内部に高階先生の息のかかった先生《エージエント》はいないんですか？」

「残念ながら、今回はいません。実はエシックス・コミティは曳地《ひきち》助教授の置き土産なんです」

　瞬間、田口の脳裏に、リスクマネジメント委員会前委員長曳地助教授の、ビン底眼鏡が浮かぶ。空疎かつ絢爛豪華な修辞の使い手。決して結末に至らない文章を操る名手。不思議なことに、その非論理的な文章はすらすらと再現できるが、その表情は全く思い浮かべることはできなかった。高階病院長は続ける。

「任期が一ヶ月と短かったため、あまり知られていませんが、半年前立ち上がったエシックス・コミティの初代委員長は曳地先生だったのです。規約の起草、委員会の人員構成から会合時のお菓子選別まで、あらゆる細部に彼の細やかな神経が張り巡らされています。私ごときが入り込める余地なんて全くありません」

　曳地助教授はこの三月に退官する。田口はげんなりした。曳地助教授が、ぶ厚い眼鏡の底から外界を覗き込むように作成した規約なら、紛れ込んだら二度と脱出できない迷宮に違いない。

「委員長が委員任命をすべて仕切るなんて無茶をよくお許しになりましたね」

「兼任していた委員長職七つすべて辞める、と言われたら慰留《いりゅう》しますよね。その瞬間を衝いて要望されたので、呑まざるを得ませんでした。定年が迫っていたせいか、あの曳地先生が迅速だったこと。ひと目、田口先生にお見せしたかった。私もスピードには若干の自信はあったのですが、上には上がいるものです」

高階病院長が眼を瞠《みは》るほどの曳地先生の速度《スピード》……そんな自己撞着的な現実が存在する。だから、大学病院はワンダーランドなのだ、と田口は思った。

田口はかろうじて見え隠れしていた、最後のかぼそい蜘蛛《くも》の糸にしがみついた。

「でしたら、高階先生お得意の特命委員を任命すればいいじゃないですか」

高階病院長は苦笑いする。

「今回は、駄目なんです。曳地先生はリスクマネジメント委員会で恥をかかされた憂さをエシックスの草案起草で晴らしていきました。私の改変提案の一字一句に眼を光らせ、病院長介入の余地を封殺しました。ですからエシックスではバチスタの時のような横車は通用しません。あそこは曳地先生の作り上げた結界なんです」

バチスタ・スキャンダルの際に高階病院長が行なった一連の手法を、自分で〝横車〟と認定したわけだから世話はない。高階病院長の言葉に苦笑する。それにしても、田口が華々しくリスクマネジメント委員会委員長に就任した陰で、曳地元委員長は密かに陰謀の種を蒔いていたわけか。田口は大学病院の妄執の根深さに思いを馳せた。

「エシックスのメンバー表をご覧になりますか？」

高階は背後の書棚から黄色いファイルを取り出し、田口へ滑らせる。ひと目ファイルを見て、田口は絶句した。

「……よくまあ、ここまで曳地シンパで固めることができたものですね」

「何故こうなったか、おわかりですか？　すべては、田口先生のせいなんですよ」

「私のせい？　どういうことですか？」

「バチスタ・スキャンダル決着の時、田口先生が収めた勝利は実に鮮やかでした。それはそれは見事なもので、後世の語りぐさになるほどの圧勝でした」

「やめて下さい。そんなつもりはなかったんですから」

「存じています。周囲を見回す余裕もないくらい、必死だっただけですものね」

　田口はうなずく。高階は続ける。

「でも周囲の人間は、田口先生のことをそんな風には見てません。いざとなれば準備周到にして大胆不敵な行動が取れる勇者と見なしているはずです」

　誤解も甚《はなは》だしい。高階病院長は田口の表情の変化に構わず、続けた。

「あの時曳地先生は、叩き落とされ笑い者にされた。ああいった性格の方があああいう目に遭わされた時、どんな感情を抱くか、想像したことがありますか？」

　田口は考え、首を振る。醜聞の収束後、田口の周囲環境は激変し、多忙になった。反比例するかのように、曳地助教授は表舞台から姿を消した。

「田口先生はこれまで地の底に潜み、さまざまな事象をやり過ごしてきた。それがあの事件でいきなり天空高く舞い上げられた。今、先生の周囲には反感や嫉妬、羨望が巻き起こっています。先生は周囲に対する戦略を考え直す時期に来ているんです」

そうなったのは一体誰のせいだ。田口は呆れた。愚痴外来という居心地のいい巣穴から俺を引っぱり出したのは、高階病院長と藤原看護師という、東城大学付属病院の老害ペアではないか。

「何事も、勝ちすぎるのはよくないんです。ほどほどが一番。次回からはご留意を」

他人事のように言う高階病院長は、机の上の紙片に眼を落として続ける。

「エシックスのメンバーは、角度を変えて見ると、対田口リベンジ・チームです」

「そんな大袈裟な」

「そんなことありませんよ。チーム・バチスタのエース、桐生《きりゅう》先生なきあと、今や田口先生は東城大学医学部の希望の星なんですから」

田口は心底イヤそうな顔をする。高階病院長は笑う。

「個人的には、是非田口先生に頑張っていただきたい。エシックス・コミティは病院組織から独立した監査チーム、という田口先生が打ち出した概念を模倣し、更に進化させようとしています。けれども、コピーは所詮コピー、オリジナルには敵《かな》いません。私はオリジナリティを高く評価しています。田口先生は自信をお持ちください」

「今度は褒め殺しですか」

高階病院長は肩をすくめる。

「田口先生だけを高く評価しているわけではありませんよ。エシックスの規約文を見ていると、私の人間鑑定眼もまだまだ、と思います。曳地先生がここまで実力のある方だとは思ってもいませんでした。タイミングと事件が合致して初めて、彼の底力が発揮されたのでしょう。もっと早く本業でこの能力を発揮していただければ、曳地先生は間違いなく教授になられていました。東城大学の隠れた損失です」

田口は高階病院長の顔を見つめた。時折ふと、底知れない懐の深さを垣間見せる。高階病院長が、妖怪・化け狸と称される所以だ。高階病院長は続けた。

「エシックス・コミティとリスクマネジメント委員会は、いつかどこかで必ず衝突します。今ここで田口先生がエシックスに関わることは必然かも知れません。その後にくるのは果たして競合か、協調か。どちらにしても二つのシステムは、いずれは深く同調《シンクロ》するはずです」

「なるほど、すでに詰んでいる、というわけですか……」

田口の独り言は高階病院長には聞こえなかったようだ。あるいは聞こえないフリをしただけかも知れない。田口は言う。

「仕方ありません。お引き受けします。ただし条件があります」

「やり方は一任して欲しい、ですね？」

一番言いづらいところを先回りされ、田口はずっこけそうになる。この人の間合いは絶妙で、つくづく苦手だ、と思う。高階病院長は嬉しそうににこにこした。

「それにしてもあっさりお引き受けになりましたね。もう少し抵抗されるかと思いましたが」

さんざん追いつめておいて、何という言い草。病院長相手にこれだけ抵抗することが、下っ端にとってどれほどストレスか、全く理解していない。これだから高階病院長は傲岸不遜《ごうがんふそん》、もとい、根っからのリベラリストなどと評されてしまうのだ。

田口の心中の苛立ちには全く気づかない様子で、高階病院長は不意に真顔で尋ねる。

「ところで田口先生、あなたは速水先生を冷静に調査できますか」

「どういう意味ですか？」

「確か田口先生と速水先生は、学生時代は友人だったでしょう？」

田口は答える。

「関係ありません。できると思ったからお引き受けしたんです」

「友人が不正をしているのが事実だったら、速水先生を断罪できますか」

「できます。たぶん……」

断言してから、歯切れの悪い慎重な語尾を付加するのがいかにも田口らしい。その即答に、高階病院長は驚いた顔をした。

「田口先生らしからぬ、きっぱりしたお返事ですね」

「そうでなければ、これまでリスクマネジメント委員会で裁いた方々に申し訳がたちません。それに……」

田口は息をつぎ、確かめるように続けた。

「それに私が速水を告発することはあり得ない、と確信しています。速水のことはうんざりするくらいよく知っています。アイツはワガママで傲慢で人を人とも思わず医療のために突っ走る暴走機関車です。だけど絶対に、ワイロを取って私腹を肥やすような真似はしない。調査をお引き受けしたのは、速水の潔白を証明したいからです。どうかご心配なく」

「なるほど……」

そう言うと高階病院長は、遠い眼をした。

「それでは、田口先生がご存じない情報をひとつ、お伝えしましょう」

高階病院長は田口の眼の奥底深く覗き込んだ。

「速水先生の外科学の卒業試験成績は断トツのトップでした。学生時代、外科医の基礎が完成されていたと言ってもいい。どこかの誰かさんとは雲泥の差ですが……」

「その件も、チャラになっているはずです」

田口は言い返す。高階病院長のお目こぼしで外科最終口頭試問を合格し、卒業できた事実を気に病んでいた田口は、負債をバチスタ醜聞解決に貢献して返済した、つもりでいた。

「失礼。つい、口が滑りました。私が言いたかったのは、速水君を口頭試問しながら感じたことです。あの時に私はこう思いました。彼はある部分、私とよく似たタイプの方だ、と」

「それはつまり、速水は理想的な外科医だ、ということですか」

意趣返しのように田口が誉め殺しの言葉を吐く。高階病院長が顔をしかめる。そして言った。

「彼は既存のルールを軽視する傾向がある。そうしたメンタリティの人間が修羅場に直面し、しかも自分の思うように動けない場合、往々にして境界線を踏み越える。私とて、速水先生の高潔さは、微塵《みじん》も疑っていません。しかし調査にあたっては、私の懸念を心のどこかに引っかけておいて欲しいんです」

田口はその言葉を心に刻んだ。ただし、真意は理解できなかった。

高階病院長は続けた。

「ひとつご忠告。エシックスの沼田《ぬまた》委員長は、曳地先生が直々に御指名した後継者だけあって強敵です。おまけに田口先生をあからさまに敵視しているフシがある。くれぐれもご注意ください」

——そこまで俺の事を考えてくれているのなら、こんな厄介事を押しつけなければいいのに。

田口は心中で、高階病院長に向かって毒づいた。高階病院長は田口の心を見透かしたように、にまっと笑った。

「たまには、ご自分の姿を姿見に映して見た方がいいですよ。それは、社会人としては結構大切な身だしなみなんです」

煙草を灰皿に押しつけながら、高階病院長は独り言のように言った。

病院長との会談を終えた田口は、階段を下りて二階外来廊下を抜けていく。昼食前だが、外来は混み合っていた。そこにいる人たちの一部は、本当に病気を抱えて呻吟《しんぎん》していたし、残りの大半は自分が病気であると信じることで自分を支えていた。

突き当たり、外付けの非常階段の扉を開ける。十二月の冷気が田口の全身を押し包む。病院棟から阻害された一階外付けの小部屋、公式名称不定愁訴外来、通称愚痴外来へ、階段を下りていく。

扉を開けると、そこはかとない珈琲《コーヒー》の香りが漂ってきた。

田口不在時に、愚痴外来で珈琲が立てられるという状況は、田口の過去の、暗いトラウマを呼び起こす。まさかアイツか？　田口は慌てて部屋の中に入る。

振り向いたのは、神経内科学教室助手、医局長の兵藤勉だった。手にしたカップから、珈琲の湯気が立ち登っている。田口は安堵し、そして脱力した。

「どうしたんですか、田口先輩、腑抜けた顔して」

兵藤の言葉を聞こえないフリをして、田口は藤原看護師に声をかける。

「藤原さん、コイツに珈琲をたててやる必要なんてないですよ」

「あら田口先生、ご機嫌斜めですね」

藤原看護師は笑う。藤原真琴《まこと》。東城大学医学部付属病院を勤め上げ、先年、定年に伴い再任用制度が適用され、不定愁訴外来の専任看護師になった。看護師長として各科を歴任した優秀な看護師だ。その艶やかな笑顔を見ていると、彼女がとうに還暦を過ぎているという事実を忘れてしまう。女は魔物だ。

田口は藤原看護師には答えず、兵藤に向かって「何の用だ？」と尋ねる。

兵藤は首をすくめる。

「入院患者に対する担当医の決定権は医局長である僕にあるはず。田口先生、いくら患者さんが有名な歌手だからって、独断で担当医になっちゃうのはルール違反です」

「ゆうべのドタバタのことか。あの件は白石師長の了解も得たし、たった今、高階病院長の承諾も得てきた。特に問題はないはずだが。医局長に無断で入院させたことは申し訳なかったけど」

「田口先生は彼女のことを全く知らなかったというウワサですけど、本当ですか？」

田口は素直にうなずく。兵藤は、処置なしといった表情で首を振る。

「やはり水落さんの受け持ちは、田口先生にお任せするわけにはいきませんね」

田口は肩をすくめる。ま、いいけど、と呟いてすかさず話を変える。

「ところでお前、エシックス・コミティって知ってるか？」

「沼田委員長率いる、泥沼倫理ですね。正式名称は倫理問題審査委員会」

「さすが情報通。泥沼ってどういう意味？」

「エシックスはものすごく評判が悪いです。新しい研究を行うため厳格な書式と規約に則《のっと》るという大原則を遵守《じゅんしゅ》しすぎるあまりに、現実と乖離《かいり》しています。設立半年で審議課題は三十件を越えるのに、通過課題はいまだに一件もありません。毎週会議を開催しているのに、半年でゼロなんですよ。沼田先生の〝重箱の隅つつき攻撃〟には、臨床医たちも怒りを通り越して、今や諦めの無気力状態《アパシー》。それでも懲りずに課題提出を続ける変わり者なんて、放射線科の島津《しまづ》助教授くらいです。島津先生対沼田先生の対決はガメラ対ギャオス並みの超ドハデな見物《みもの》なんだそうです」

速水の次は、古い邦画になぞらえられて島津の登場か。敵役の精神科・沼田助教授は、旧病院棟にある精神科専門病棟にこもりがちで、田口とはたまに通路ですれちがう程度の、顔見知りだ。田口は兵藤情報にアクセスしようと考え、尋ねた。

「沼田さんって、どんな人なの？」

兵藤は驚いたように田口を見た。感心したようにうなずく。

「田口先生って、院内政治の事情になると、本当に何もご存じないんですねえ。沼田助教授は田口先生の不定愁訴外来が心療内科領域を侵犯している、と言って陰に陽に攻撃しています。以前、自分が相談を受けた時、精神科は器質的疾患の躁鬱《そううつ》病や統合失調症が対象で患者の愚痴なんて専門外だと断言していたのに、田口外来が繁盛し始めるとぐちぐち文句を言い始めるもんですから臨床の人間からは総スカンを喰らい、ほとんど相手にされていません。たまたま曳地先生と親しくて、エシックス委員長の後釜を射止めたんです。沼田先生は常々、最終目標は恩師にして盟友である曳地先生の敵討ち、つまり田口先生を引きずり下ろすことだ、と広言しています」

ずいぶんせせこましい最終目標だな。呆れる田口を尻目に、兵藤は続ける。

「沼田先生はリスクマネジメント委員会をエシックス・コミティに内包すべきだ、と主張しています。ギャラリーは沼田委員長対田口委員長の抗争が勃発するのを手ぐすね引いて待ちかまえています。こちらの方はゴジラ対ガメラ、ですね」

バカめ、ゴジラとガメラが闘うものか。配給会社が違うんだから。兵藤に言いかけた軽口は結局、重くのしかかった情報によって蓋《ふた》をされた。

兵藤からのウワサ情報は割り引かなければならないが、高階病院長と兵藤という対極の二点の座標からの情報は、もはやウワサではなく真実だ。

田口は自分が逆風の中にいることを理解した。

頭上にのしかかるウワサの暗雲。田口はげんなりする。また俺が貧乏クジを引くのか？　兵藤はそんな田口を置き去りにして、するりと部屋を出ていった。

珈琲の香りを楽しんでいると、ノックの音がして、速水が顔を見せた。

「水落さんのＣＤを持ってきた。三部作揃い踏みだ。三作揃えてるマニアはなかなかいないぞ」

速水が手にした三枚のＣＤはくすんだ色調の抽象画で統一されていた。田口が言う。

「これがお前の趣味とは意外だな」

「暗さも徹底すると、かえって明るく感じるんだ」

速水は、愚痴外来のくもり硝子の光を見つめた。

「この部屋は明るいなあ。ここと比べたら俺の部屋なんて、潜水艦の司令室みたいだ」

速水は呟く。その呟きの弱々しさに気づかないフリをして、田口は尋ねた。

「ところでお前、何か俺に言いたいことはないか？　困っていることとか」

「何かって、なんだ？　相変わらず歯切れが悪いヤツだな」

そう言うと速水は田口の眼を覗き込む。田口は眼をそらしながら思う。

コイツはいつもこうだった。相手の心の奥底まで丸裸にする、まっすぐな視線。そこに濁りはない。田口は安心し、話の重心をずらす。

「たとえばお前の宿願、ドクター・ヘリの導入のこととかさ」

速水はからりと笑う。

「日暮れて道遠し、だ。話を聞くと誰も皆、素晴らしい、と身を乗り出す。そこで経費の書類を見せると、みんな突然急用ができて姿を消してしまうのさ」

「一機五億円、運行費用が年間二億もかかれば、事務長が首を縦に振らなくて当然さ」

田口の即答に、速水はほう、と驚いた顔をする。

「三船事務長と話したのか？　意外だな。院内政治や病院経営に無頓着な行灯でも、あの縞々のジャパニーズ・ヤッピーには興味があるのか」

「先ほど、ちょっとした接触《コンタクト》をしたばかりだったもんでね」

「ドクター・ヘリ導入に賛成する病院事務がいたら、お目にかかってみたいよ。事務方のヤツらが新しい試みを前にした時、言うセリフはただひとつ」

速水と田口は視線を合わせ、唱和する。

「〝それって、採算は取れるんでしょうね〟」

ふたりは笑う。田口が言う。

「医療不況だからな。仕方ないだろう」

「各都道府県に一機ずつ配備したとしても、試算すると国民ひとり当たり負担額は八十円程度に過ぎないんだが。それでも総額の大きさに役所がびびってしまうわけだ。

その点、行灯のやり方は見事だった。愚痴外来は初期費用ゼロだし、人件費も不貞腐《ふてくさ》れた窓際講師のリサイクルで実質ゼロ。大したもんだ。少しは見習わないと」

藤原看護師が珈琲を速水の前に置いた。

「これでも少しはカネがかかっているんだぞ。たとえばこの机は新企画を立ち上げた御褒美に、有働教授が研究費から捻出して買ってくれたんだ」

田口が口を尖らせてそう言うと、速水は呆れた声で言う。

「相変わらず、どうでもいいようなことにこだわるヤツだな。そんなことより今の俺が言いたい言葉はただひとつ、ギブ・ミー・マネー。ドクター・ヘリを導入できるだけのカネをくれるなら、俺はこの魂を売っても構わない」

語尾に微かに濁りを感じた田口は黙り込む。速水は怪訝そうな顔をする。

「お前の方こそ何かあったのか？」

田口は首を振る。三枚のCDを手のひらに載せる。

「こいつはすぐ聴いて返すよ」

「俺は擦り切れるくらい聴いたから、急がなくていいぞ」

次の瞬間、速水は扉の向こうにひらりと姿を消した。速水の後ろ姿の残像を見遣り、どうして告発文書が自分に届けられたのだろう、と田口は改めて不思議に思った。

6章　ホンキートンク・ガール

12月16日　土曜日　午後1時
オレンジ新棟1F・救命救急センター

十二月十六日土曜日、午後一時。救命救急病棟に心電図計の電子音が重層する中、電話が鳴り響く。受話器を取り上げた佐藤が告げる。

「救急隊からです。桜宮バイパスでトラックとミニバンの衝突事故です。女性一名、意識レベル300だそうです」

「あいよ、受ける」

ＩＣＵに戻りしな、速水の即答。くわえたチュッパチャプスをゴミ箱に投げ捨てる。ＩＣＵに緊張が走る。電話に答えた後で、佐藤が小声で言う。

「速水先生、あの、一応、今は満床なんですけど」

速水は佐藤を振り返る。

「そうか、佐藤ちゃんにはこれが満床に見える訳ね。まだまだ未熟だなあ」

佐藤は怪訝な顔をする。どこから見てもベッドは一杯だ。速水は早口で言う。

「いいか、ＩＣＵベッドの輪郭は自由自在に変幻する。俺から見れば、今この病棟にはふたつ、ベッドの空きがある」

改めてベッドを眺めてみる。佐藤の眼には、どのベッドにも重篤な患者がへばりついている、ように見える。速水は淡々と続ける。

「まず第三ベッドの赤津さんを外科病棟に移動」

「無茶です。腹部外傷による大血管修復術術後で、昏睡状態から覚めていません」

「佐藤ちゃん、今日は土曜日だろ。土曜日って何の日だ？」

佐藤は首をひねる。速水の手が、佐藤の頭をはたく。

「ぶぁか、臓器統御外科の予備手術日だろが」

「あの、それが何か？」

頭を押さえ、佐藤がおそるおそる尋ねる。速水はため息をつく。

「ということは、五階の看護体制は半分、手術後対応しているはず。つまり深昏睡患者の一人や二人、受け入れる余地がある」

「無理です。そんなことしたら黒崎教授が怒鳴り込んできます」

「赤津さんは深昏睡のままいずれ外科病棟に上がることになる。少しばかり早めるだけ。どのみち上げる日は手術日に設定されるから、大した違いはない」

速水はにっと笑う。

「それに黒ナマズは今頃はウィーンでオペラを鑑賞中のはずだ」

佐藤は手を打った。

「そうだ、黒崎教授は国際外科学会に出席中でした。なるほど」

そう言うと、佐藤はにやにや笑う。

「さすが速水部長、天敵の出没情報取得に余念がありませんね。黒崎教授はことあるごとに速水先生の足を引っ張ろうとしますものね」

速水はからりと笑う。

「仕方ないさ。俺はワガママだからな。昔から、お偉いさんには嫌われる」

佐藤は続けて尋ねる。

「折角ですからついでにお聞きしますが、もう一床の候補者はどなたです？」

「五番ベッドの坂元さんだ。彼女を産科のベッドに上げる。オレンジ二階だ」

「彼女は三時間前に卵巣茎捻転の手術を終えたばかりですが……」

「状態はこの中で一番安定している。ＩＣＵがＮＩＣＵも兼任しているから、産科ベッドを一瞬借り、そこから先は猫田さんに何とかしてもらう。あの人はためらいのない人だから、状態が少しでも変化すればすぐ差し戻してくる。それに二階なら、うちのスタッフの眼が届く」

佐藤は、なるほどと感心する。

「わかりました。折角のご教示ですが、今回はベッドは心配しなくても大丈夫です。

DOA（来院時死亡）ですし」

「それだって、来てみなければわからないさ」

サイレンの音が聞こえてきた。速水はぽつりと呟く。

「行くぞ」

速水が立ち上がると、急激に大きくなったサイレンの音がぴたりと止んだ。

処置室に侵入してきたストレッチャーに、青い手術着のスタッフがまとわりつく。その上には青ざめた顔の若い女性。瓜実顔《うりざね》はぴくりとも動かない。佐藤が頸部《けいぶ》に触れる。

「意識レベル300、ドルック触れません。DOAです」

速水は瞼《まぶた》を指で開く。躊躇せず、言う。

「挿管準備」

如月翔子が前胸部の心臓マッサージを一瞬中断し、救急台車から喉頭鏡《マッキントッシュ》を差し出す。

速水が喉頭展開する。森野が右腕から点滴ラインを取る。

「チューブ、7・0（ナナゼロ）」

翔子が透明な管を差し出す。解き放たれた蛇のように、管が速水の手から女性の喉に滑らかに侵入する。

「佐藤ちゃん、アンビュー維持」

黒いラグビーボールのようなゴム袋を佐藤が装着し、バッグを押す。女性の胸部がゆっくり上下動を始める。翔子が心臓マッサージを再開する。五回圧迫のインターバルを縫って、久保主任が鋏《はさみ》で桃色のセーターと血染めの白い下着を切り裂く。

森野が心電図計の端子を女性の胸に装着する。電子音と共にモニタに緑色の輝線が描き出される。

「EKG（心電図）、フラットです」

「カウンターショック、作動準備」

「準備、できてます」

花房がパッドを速水に手渡す。森野が心電図の端子を身体から外す。速水が両手にパッドを持ち、女性の白い胸に押し当てる。

「よし、ゴー」

ばうん、と音がして、女性の身体が小さく宙に浮く。佐藤が首筋に触れる。首を横に振る。

「アゲイン」

再び衝撃音と共に、女性の身体が身もだえる。森野が心電図端子を再装着する。

「EKG、フラットのままです」

「心マを続行しろ」

翔子は速水の眼を見、うなずく。前胸部に両手をあて体重をかけ、五回リズミカルに圧迫。一瞬のインターバルに、佐藤がアンビューを二度、押す。女性の胸が大きく二回、上下する。

速水は二歩下がって、壁に寄りかかる。腕を組んで修羅場を俯瞰《ふかん》する。時計の秒針がかっきり二回転、文字盤を通過する。速水が決然と言う。

「開胸する。輸血十単位、至急」

久保がイソジン綿球で、白い胸を乱雑に茶色にペイントする。翔子が使い捨て《ディスポーザブル》のスティヒ・メスを手渡す。保護ガードを片手で外した速水は、メスの輝線を白い肌に振り下ろす。肋骨弓に沿ってメスが走り、銀色の軌跡を赤い出血点が追う。

アンビューの維持を森野に任せた佐藤が、出血点を鉗子《かんし》で潰していく。速水は佐藤の動きを蹴散らすように、上下の肋骨を両手で摑み、押し開く。

「開窓器」

銀色の金具が装着された先に、桃色の肺の蠕動《ぜんどう》が見えた。速水は右腕を空間に突っ込む。メスを差し込み心嚢膜《しんのうまく》切離。速水の指先は女性の体内で心臓を探り当てる。

速水の肩の筋肉が律動的に盛り上がる。握力の筋肉トレーニングのように、規則正しい動作が繰り返される。心電図計の緑の輝線が乱雑に揺れる。

速水が動きを止めた。

「カモーン」

女性の胸の中に腕を突っ込んだまま、速水は心電図の緑の輝線を睨みつける。部屋の空気がゲル状に凝固し、ふるりと揺れる。

緑の折れ線が、平坦な直線の上を滑り抜けていった。ピッと、電子音が追いかける。

「よし、戻った」

次第にリズミカルに整えられていく電子音が部屋中に響く。部屋の中に、安堵と弛緩の空気が流れる。

速水は女性の胸の中から血塗れの手を引き抜くと、佐藤を振り返る。

「呼吸維持したまま、緊急CTにぶっ込む」

「アタマですか、ハラですか」

「両方だ。ただし本命《ターゲット》はハラ、だ。多分アタマは関係ない。輸血のポンピングは続行」

手早く胸の傷を縫い合わせる。佐藤がICUの隣に据え付けられた古い型のCTを起動する。傷口に真っ白いガーゼを押し当てられ、検査台に乗せられた身体をX線のメスが輪切りにしていく。モニタを見つめていた速水が、画像が出現してくるのに合わせ確認する。

「アタマ、問題なし。ムネ、肋骨骨折、放置」

それから速水の眼がぎらりと光った。

「ハラ、大量出血あり。原因は……よーし、脾臓《ひぞう》破裂だ。オペ室の尻尾を押さえろ」

速水に寄り添っていた花房師長が答える。

「第九ですね。帰室後、ベッドはどうします？」

「八番の林さんを処置室へ戻せ。んでもって九階脳外科に引き取ってもらえ」

佐藤が怪訝そうな顔で振り返る。

「ベッド移動候補は三番か五番では？　林さんは硬膜外血腫で意識が戻らないんですが」

　速水がため息をつく。

「あのなあ佐藤ちゃん、この患者を受け入れればＩＣＵベッドのバランスが変わる。それに見合うだけの患者のスペースをこしらえるには、これしかないんだ。救命救急の最大の敵は固定観念だ。判断は一瞬一瞬で目まぐるしく変わる」

「でも、それならわざわざ処置室に戻さなくても……」

「そこまでプレッシャーをかけないと脳外のクソッタレ病棟は動かないんだから仕方ないだろ。自由に動くためには、細部まで神経をゆきわたらせること。とにかく第九へ急げ。バックの処理は師長に任せる」

　速水はちらりと、花房師長を振り返る。花房はうなずく。

ストレッチャーを取り巻く集団は、風のように部屋から姿を消した。殿軍《しんがり》から悠々と将軍が遁走者《とんそうしゃ》を追撃する。その様子を見送ってから、花房は壁の電話を取り上げる。

「手術室ですか？　第九、今、速水先生が上がりました。腹部外傷、脾臓破裂です」

第九手術室は〝速水の別荘〟という別称を持つ小部屋だ。本来は全身麻酔を使わない小手術のための部屋だが、速水のため麻酔器が常設されている。速水の緊急手術がない合間に小手術が行われている、というのが現状だ。速水の緊急手術が入れば、予定されている小手術は一瞬で吹き飛ぶ。おそらく受話器の向こうでは手術室のスタッフたちが、突然の将軍の襲来に慌てふためいていることだろう。人員乏しい麻酔科も、速水の緊急要請には最優先で対応し、その都度、瞬間の掛け持ち麻酔を余儀なくされることになる。

花房は受話器を置く。手術室の看護師長も経験したことのある花房は、自分の電話が手術室にもたらした混乱を想像し、ため息をついた。

処置室の後始末に取りかかろうとした花房が、ふと顔を上げると、大柄な看護師が壁にへばりついているのに気がついた。見慣れない顔。人形のように端正な顔立ちなのに、それ以上に身体のボリューム感が眼を惹く。速水は一八〇センチの長身だが、同じ視界にいても、違和感を感じさせない背の高さだ。ただし、速水が場から消えた今になると、その勇姿は砂浜に置き去りにされたゴンドウクジラの屍体くらい、見る者の心にどうしようもない違和感を醸し出していた。

花房はおそるおそる尋ねた。

「あなたはどなた？」

この部屋の責任者である花房は、自分の質問が実に間の抜けたものであることを感じた。その言葉に、度肝を抜かれたように佇んでいた女性は正気に戻ったようだ。

桃色のフレームの眼鏡をずり上げて、頭を下げる。

「あ、はい、あの、私、姫宮《ひめみや》と申します。あの、今日からこちらにご厄介になることになりまして、ご挨拶と思いまして」

おどおどした答え。花房師長は思わず詰問口調になる。

「なんで処置室《こんなところ》にいるの？」

「ＩＣＵに行けと言われて、どこから入ればいいのかわからなくてうろうろしているうちに、目の前のドアが開いたものですから、何となく入ったら、後ろから患者さん御一行がどやどやと……。それから皆さんがあたふたとしていらして……。それでつい、ご挨拶が遅れてしまいました」

「細かいいきさつを伺っているのではありません。どういうご用件かしら。松井総師長からは新人が配属されるという連絡は一切ありませんよ」

「あの、これは高階病院長からの直接のご指示なんです」

「病院長からの直接の依頼ですって？」

姫宮は封筒を差し出す。花房は手紙を一瞥して、顔を上げる。

「どういうこと？」

「そこに書いてあるとおりです。こちらで看護業務の研修をさせていただきたい、ということなんです」

「どうして松井総師長を経由しなかったのかしら。おかしな話ねえ」

「仕方ないんです。私、看護研修はまるきり初めてなものですから」

花房師長は目を丸くして、姫宮を見た。

「これまで全然看護研修をしたことがないの？　まるきり初めて？　ＩＣＵは他病棟で基礎研修してから、回ってくる仕組みになっているのよ。あなた、看護学校はどこ出身？」

矢継ぎ早の花房師長の質問に動じることなく、姫宮は答える。

「看護学校、ではないんですけど、ルイエンの研修を受けたことがあります」

ルイエン、って何だろう。ああ、〝類縁〟ね。一瞬、そう思ってから、ふと准看護師かしらと、花房は考える。医療現場では重宝される存在だけど、そうした人が大学病院のような組織に入り込むことが不可能に近いことは、現場の常識だけど。

花房は質問を重ねる。

「あなた、准看？」

「いえ、違います」

即答だ。

「本当に、看護経験は全然ないの？」

「ええ、カイムです」

カイム？　カイムって、どういうこと？　ああ、今度は〝皆無〟ね。花房は、皆無という音の響きを繰り返す。そういえばこの言葉って、日常会話の中では今まで使ったことがなかったわ、と花房は思った。姫宮が口にすると、聞き慣れた日本語が、初めて耳にした異国の言葉のように聞こえた。

「一週間でＩＣＵを通じて看護精神と技術のエッセンスを叩き込むように、だなんて、病院長が何をお考えになっていらっしゃるのか、私には全然わからないわ」

「苦衷《くちゆう》の心中、お察し申し上げます」

時代劇ファンかしら。姫宮の文語調の受け答えに、花房は途方もない違和感を覚える。初めて花房と話す人間は大概、花房の隙のない論理構築に圧迫感を感じるらしい。しかし、眼前にぼんやり佇んでいる姫宮は、全然動じていないように見える。肝が太いのかしら。それとも常日頃、高圧的な物言いに接していて慣れているのかしら。

改めて姫宮を見た花房は、深海魚みたいな娘だ、と思った。一瞬、チョウチンアンコウの姿が脳裏をよぎる。チョウチンアンコウに似ている顔貌、というわけではない。チョウチンアンコウの目の前でひらひら揺れる疑似餌の部分とそっくりなのだ。そう感じてから、花房はあまりにも野放図な自分の連想に、途方に暮れる。自分を取り戻すために慌てて言葉を繋ぐ。

「それにしてもおかしな話ね。奥歯に物が挟まった言い方をしないで、はっきり言ってご覧なさい。一体あなた、どんな経歴なのよ」

姫宮は大柄の身をすくめて、申し訳なさそうに頭を下げる。

「残念ながら、今は言えないんです。直属の上司から、手紙に書かれていること以上のことは絶対に言うなときつく申しつけられていまして。室長に言わせると、私はすぐいろんな余計なことをぽろぽろ喋ってしまうからダメなんだそうです」

なるほど、上司は〝室長〟というわけね。つまりかなり大きな組織の一員ということだわ。

そう考えて、花房は姫宮の言葉に納得する。確かにこれなら、言葉の端々からぽろぽろ秘密がこぼれ落ちていってしまいそう。

姫宮は淡々と言う。

「ですから室長の言葉をそのまま、お伝えします」

姫宮は深呼吸して、声色を変える。

「ご不明な点は、高階病院長に直接お尋ねになっていただければ幸いです」

誰かの口真似だろうか。だが、オリジナルを知らない人間の物真似を、果たして物真似と言ってよいものなのだろうか。そこまで考えて花房はふと気づく。どうして私は、この娘の話し方を物真似だと決めつけてしまったのかしら。

花房は呆然と姫宮を見つめた。それからため息をつく。

「よくわからないけど、後で病院長に確認します。それまでとりあえず、病棟で見学してて。今はばたばたしているから、詳しい話はまた後で」

姫宮は丁寧なお辞儀をした。あまりにも丁寧すぎて優雅さからほど遠くなってしまうほど、とても丁寧なお辞儀だった。その様子を見て花房師長はぽつんと呟く。

「それにしてもデカいわね、あなた」

7章　新人《ルーキー》の陥穽《ピットフォール》

12月17日　日曜日　午前8時30分
オレンジ新棟1F・救命救急センター

十二月十七日、日曜日午前八時半。明るい陽射しの中、普通の人たちなら一週間の疲れを癒すために惰眠を貪《むさぼ》っている頃。翔子は、救命救急センターのナースステーションで行われている久保主任の申し送りに耳を傾けていた。

救命救急センターには曜日は存在しない。事故やトラブルは、スケジュール表を見て訪問日時を決めるという、小市民的な礼儀正しさを持ち合わせていない。むしろ無頼漢のように、今こられたら困る、という時をわざわざ見計らってやってくる。

救命救急センターには土曜も日曜も、祝日も正月もない。もちろん、クリスマスも。この点では医師も看護師も平等に不利益を被《こうむ》る同志だ。

久保主任の申し送りは精緻を極めていた。完成度が高いが故に、聞いている人間の睡魔を呼び寄せる。翔子は、久保の申し送りを録音して、眠剤代わりに枕元で流してみようか、と考えることもあった。

「以上で、わたくしの昨晩の受け持ち患者の申し送り事項の概要報告を終了します」

久保の決まり文句を片耳で聞きながら、日勤帯の看護師が一斉に立ち上がる。看護申し送り学の授業なら、看護学校でやって欲しいわ。戦場で事務報告を延々と聞いているヒマはない……。心の中でそう毒づいているのは、どうやら翔子だけのようだ。他のスタッフは、久保の演説に完全に順応しているようだ。

みんな大人だわ、と翔子は思う。

毒づこうが黙ってやり過ごそうが、その後の行動は同じ。受け持ちベッドに殺到する。重症患者はワガママな恋人と同じ。僅かな遅れがふたりの関係に修復不能なひびを入れることもある。ＩＣＵの看護師たちは無言の相手に献身的につくす。すべてを投げうって恋人の枕元へと急ぐ。

翔子も、五番ベッドの山本さんのところへ急いで行こうとした。その肩を後ろからそっと押さえられ、翔子は振り向く。

花房師長が、翔子のことを見下ろしていた。

「如月さん、師長室へ来てちょうだい」

背筋を伸ばし、端正な姿勢で歩く花房師長に従い、翔子は師長室に足を踏み入れる。条件反射で謝罪の台詞が頭をよぎる。感情を伴わない台詞を、こんな風にすらすら言えるようになったのは、ＩＣＵ勤務になってからだ。

机をぐるりと回り、花房師長は椅子に座る。翔子は、頻繁《ひんぱん》に呼び出されたために、すっかり馴染みになった師長室の内装を一瞥した。ふと違和感を感じて振り向くと、見慣れない調度品が設置されていた。よく見るとそれは家具ではなく、生き物だった。妙に大柄な看護師がぼんやりと立ちすくんでいる。部屋の片隅、まるで壁にへばりついているヤモリだ。ただ立っているだけなのに、その看護師を見た瞬間に翔子の脳裏に〝立ちすくむ〟だの〝へばりつく〟といった、普段はあまり使用経験がない、文語調の珍妙な動詞がまざまざと浮かんだ。無表情な顔に、桃色眼鏡のフレームが光る。

翔子は尋ねる。

「あの、ご用は何でしょうか？」

「こちら姫宮さん。これからしばらく、私たちと一緒に仕事をすることになったの。それで如月さんに新人教育係をお願いしたいの。あなたもＩＣＵのことは大分身についたでしょうから、そろそろ後進の指導ができるようにならないとね」

翔子は一瞬、怪訝に思う。新人ならどうして、申し送りの時に紹介しなかったのかしら。翔子の疑問を読みとったかのように、花房師長はつけ足した。

「皆さんに紹介しなかったのはね、姫宮さんはここに正式に配属された訳ではないからよ。いわば看護師見習い。看護師の心得をひと通り教えてさしあげてね」

新人指導か。翔子はげんなりした。

「私が看護師の心得を教えるんですか？　そうしたことは看護課全体の初期研修で必ずやるはずですけど」

翔子は首を傾げる。どうして私なのだろう。絶対、久保主任の方が適任なのに。

花房は苛立ったように早口になる。

「私にも、よく事情が飲み込めないの。これは高階病院長からの直々のお願いで、確かめようと思ってお電話したのだけれど、あいにく昨日は病院長は午後から外勤されていて、よくわからなかったのよ。持参した手紙には、医学知識は充分あるけれど、看護師としては素人と考えて鍛えて欲しい、という依頼が書かれている。如月さんの業務を見学させながら、少しずつお手伝いさせて、いろいろ教えてあげてちょうだい。お願いいね」

姫宮は、翔子を見つめた。それは、〝観察する〟という言葉がよく似合う行為に思えた。

無表情のまま、姫宮はぺこりと頭を下げる。

「お忙しいところお手間をおかけしますが、ご指導よろしくお願いします、如月先輩」

翔子はしみじみと姫宮を見つめる。

何だか得体の知れない娘ねえ。翔子が姫宮の顔を見つめると、姫宮もまっすぐ見つめ返してくる。その眼は、アザラシの眼のように、黒々と大きく濡れていた。

翔子は気を取り直す。

そうか、この娘はあたしにとって初めての〝後輩〟ね。よく見ると、そばかすが可愛いわ。

翔子は五番ベッドに姫宮を伴う。ちらりと壁のランプを見る。部長室の赤ランプを網膜に焼きつける。それから振り返り、明るい声で尋ねる。

「姫宮さん、どれくらいの経験があるの？」

「経験と言いますと、何のでしょうか？」

「看護の経験に決まっているでしょ」

翔子は呆れたように、姫宮の桃色眼鏡を見つめる。姫宮は答える。

「カイムです」

「カイム、って何？」

姫宮の中で、かちり、とスイッチが入ったような音がした。いや、そういう音が聞こえたような気がした。

「カイム。皆無。全然ないということを指し示す漢語です。数学的に厳密ゼロに等しい用語。具体的用例としては『このような事態に遭遇する確率はカイムだ』などです」

「あのね、別に広辞苑の説明を聞かせろ、と言っているわけじゃないの。それじゃあ聞くけど、あなたが言っているのは、ズブの素人に、イチから全部手取り足取り教えろっていうこと？　この高度に専門化したＩＣＵのベッドサイドで？　このくそ忙しい最中に？」

「ええ、そういうことになります」

姫宮は、悠然と答える。翔子は眩暈《めまい》に襲われる。そういうことになりますって、誰のせいでそうなってしまったんだと思っているのかしら。姫宮は一見、さも恐縮しているように見えるけど、実は中身は全然悪びれていない。

私にはわかってしまったぞ。なんだろう、この娘。

翔子はしみじみと姫宮を見る。一見年齢不詳だが、よく見ると二十代の後半くらいに思える。ひょっとして、タメかしら、それとも年上の後輩？　どっちにしても、イヤになっちゃう。冴子さんの緊急入院の件といい、今回の件といい、ここ二、三日、どうにもツイてない。

翔子は、気合いを入れ直す。

これも天が遣わした試練のひとつ。負けるもんか。

「わかった。じゃあまずモニタリングの基本を教えるから、とりあえずやってみて」

翔子は簡略に、カルテの見方と計器の数値の読みとり方を教える。姫宮は小さくうなずきながら、翔子の説明を真摯《しんし》に聞いている。

速水はチュッパチャプスを舌先で転がしながら、いつもと同じように部長室のモニタを見つめていた。モノクロの多重画面。壁ひとつ向こうでは、いつもと同じ業務がいつもと同じように行われていた。左端の画面だけが総天然色カラーモニタ。音を消したテレビ画像。そこに映っているのは、間もなく開店予定の桜宮の大型ショッピング・モールのレポートだった。速水はテレビ番組を見ているわけではない。それは慎ましやかな飾り、壁にかけられた絵だ。速水は、混濁し拡散する意識を灰色のモニタ群に無理矢理集中させる。

モノクロの画面のひとつが、突然真っ赤に燃えあがる。危険感知。速水のリスク・センサーがオンになる。喪われていた周囲が天然色を取り戻す。速水は即座にマイクのスイッチを入れる。

「おーい、五番ベッドの受け持ちは誰だ？　状況を確認しろ」

画面の中で、見慣れない大柄の看護師がきょろきょろしていた。眼鏡のフレームが顔の輪郭線から大きくはみ出している。どうやら、声の出所を捜しているようだ。

「こら、五番、俺を捜すな。状況確認しろと言っているんだ。わかったか？」

こくこく、とうなずく動作は見えたが、大柄の看護師は挙動不審の動作を止めようとしない。ようやくモニタカメラの所在を発見したようだ。まじまじとカメラの奥にいる速水を覗き込む。画面の中の桃色眼鏡と速水の視線がかちりとぶつかる。速水の不安感が増大する。

赤色偏倚《へんき》したモニタからはアラーム音の幻聴まで響き始めている。こんなサインはこの部屋に移って以来、初めてだ。妙にでかい看護師がひとり佇んでいるだけなのに、なぜこんなに不安感が募る？　第一種警戒態勢だと？　〝城東デパート火災〟並み？

そんなバカな。

速水は自分の本能があげ続けている声に対し、途方もない違和感を覚える。

別の看護師がモニタ画像に割って入る。如月翔子の姿を認め、速水は安堵する。速水をまっすぐに見つめ、翔子は早口に報告する。

「速水先生、申し訳ありません。彼女は新人ですので」

如月がついているなら大丈夫だろう。速水は、自分の中で鳴り続けているアラームを解除しようとした。しかし警報音は止まらない。速水は魅入られたようにモニタを凝視し続けた。回線を開いたままのマイク越しに翔子の実況中継が聞こえてくる。

「姫宮さん、ほら、このシリンジが逆向きに装着されているの。ひっくり返さないと逆流してしまうのよ。わかった？」

こくりとうなずき、姫宮はシリンジに手を伸ばす。

「ひっくり返すって、くるくる回すことじゃないの。外して向きを変えるの。こら、外すのはそこじゃない。あ、急に引っ張ったら、ラインが抜けちゃうでしょ」

翔子の叱責が次第に切羽詰まって甲高い声になっていく。その声にびくりとして、慌てて手を引っこめる姫宮。一歩後ずさると、足にラインが引っかかり、点滴台が倒れる。がしゃん、と華々しい音が響く。

「あ、ダメよ、もう動かないで。ほら、抜けちゃったじゃない」

患者の点滴ラインが引っこ抜かれたようだ。姫宮が慌てて、手近の布で患者の腕を押さえる。

「何やっているのよ、それは雑巾だよ。雑菌が入っちゃう、やめて。消毒アルコールを持ってきて、早く」

こくり、とうなずくと、姫宮はとたとたと戸棚に向かう。

「ちがーう。それは純エタノール。アルコールはアルコールだけど、私が言ったのはアルコール綿球よ」

翔子の叱責にびくりと立ち止まった姫宮は向きを変えるが、今度は足元の電源線にけつまずく。硝子のエタノール瓶が手から転げ落ち、かしゃん、とはかない音をたてて砕け散る。その瞬間、速水が見ていたモニタ群が一斉に光を失った。

立ち上がって様子を見守っていた速水は、ぐったりと椅子に沈み込んだ。

「……モニタ電源を引っこ抜きやがった」

黒々と沈黙したモニタを見つめながら、速水は呟く。

何なんだ、これは一体?

☆

事態が収束したらしく、画像が復帰した。諸悪の根源の桃色眼鏡はモニタのドールハウスから退場させられたようだ。五番モニタの中では、如月翔子が混沌とした世界の収拾をはかっていた。元気印の翔子にしては珍しく、のろのろとした散漫な動作だった。

速水はマイクのスイッチを入れる。

「五番ベッド、如月、部長室まで」

画面の中で、電撃にうたれたように、如月翔子が顔を上げる。モノクロ画面の中でも、その頬が紅潮するのが見て取れた。速水は腕を組み眼を閉じて、黒い椅子の底に沈み込む。

ノックの音。速水の返事に扉が開く。如月翔子がすらりと部屋の中に入ってくる。モノトーンの部屋で、そこだけ赤い花が咲き、スポットライトが射し掛かっているように見えた。

「お呼びですか?」

「何だ、アレは一体？」

翔子は一瞬、首を傾げる。それから緊張した顔つきで答える。

「私にもわからないんです。花房師長から新人みたいなものだから、看護師の心得から教えるようにと、今朝言われたばかりなんです。でもここに配属された新人、ということではないそうです。実際、看護師としてはまるっきりの素人です。花房師長も高階病院長からの直接の依頼で、事情はよくわからない、とおっしゃっていました」

「高階さんから？　ふうん」

速水は腕組みをしたまま、考え込む。それから、首を左右にこきこきと鳴らした。

「まあいい。ただな、アレは相当危険だ。悪気はなさそうだが、だからこそスーパー・リスキーだとも言える。悪意のある相手の方がマシかも知れない。行動を予測できるからな」

翔子はうなずく。速水は翔子に尋ねる。

「アイツ、名前は？」

「姫宮さん、だそうです」

そうか、と呟くと、速水は翔子の紅潮した頬を一瞬見つめ、視線を机の上に落とす。

「そういえば、水落さんの件はご苦労だった」

「ありがとうございます」

翔子は顔を伏せる。お辞儀のようでもあり、速水の視線を誘発するための媚態にも見える。

「水落さんの所へは、あれから顔出ししたのか？」

「はい、一度だけ。病室でお酒を飲んでいたので、取り上げました」

速水は微笑む。田口の特別投薬《スペシャル・アンプル》も、如月の前では形無しだ。

「速水先生は、冴子さんのファンなんですか？」

「デビュー当時からのファンさ。リバイバル盤も全部持ってる。何なら貸してやろうか？」

「本当ですか？」

翔子の弾んだ声に、速水は背後のＣＤ棚を振り返る。その下にミニコンポが置かれ、だらしなくヘッドフォンがぶら下がる。ＣＤ棚の空白を見て、速水は申し訳なさそうな顔になる。

「忘れてた。さっき田口に貸したばかりだった」

翔子の顔に落胆の色が走るが、すぐ表情を吹き消し、笑顔になる。

「そうですか。部長は田口先生とはお知り合いなんですか？」

「学生時代の同期で、麻雀ではずいぶん稼がせてもらった。放射線科の島津は一緒に、田口の小遣いをむしりあった仲だ」

島津助教授。ＭＲＩのスペシャリスト。ＭＲＩの音にちなんだ渾名は、がんがんトンネル魔人。翔子がそう言うと、速水は、くくっ、と笑う。

「島津はそんな風に呼ばれているんだ。今度会ったら教えてやろう」

院内情報なんて速水にとってはきっと何の意味もないのだろう、と翔子は思った。この人は、自分が血まみれ将軍《ジェネラル・ルージュ》と呼ばれていることも、知らないに違いない。

黙り込んだ翔子を見て、ＣＤが借りられずがっかりしたのだと勘違いした速水は、埋め合わせを思いついて言う。

「付き添いの城崎さんは一世を風靡したグループ、バタフライ・シャドウのベーシストだったんだ。今聴いてみてもなかなかだぞ。よかったらそっちを貸そうか？」

翔子の顔がぱあっと明るくなる。

「いいんですか？」

サイケデリックなジャケットのＣＤを手にして、翔子は足取り軽く、部屋を出ていこうとした。扉に手をかけ、振り返る。

「あの、速水先生……」

速水が顔を上げた時、開きかけた扉が乱暴に押し開かれ、佐藤が入ってきた。一瞬、ふたりを交互に見た佐藤は、翔子への視線を断ち切るように、速水に言う。

「救急隊より連絡です。幼児の事故、ＤＯＡだそうです」

「あいよ、受ける。取りあえず佐藤ちゃんに対応を任せる。何かあったら呼びな」

速水は深々と椅子に沈み込む。その眼には翔子の姿はもう映ってはいなかった。

☆

佐藤の話では、救急隊の到着は二十分くらいかかるらしい。どうやら搬送トラブルのようだ。急いで食事を摂ろうと、翔子はナースステーションの片隅に座っている姫宮に声をかける。

「姫宮さん、お昼ご飯にしましょ」

何か考えごとをしていたらしい姫宮は、翔子の声にはっと顔を上げる。それから掛け時計を見て、おそるおそる言う。

「え？　あの、まだ十時半ですけど」

「あのね、ここは戦場なの。食べられる時に食べておかないとね」

「そうなんですか。それではご相伴させていただきます」

翔子が休憩室に入ると、森野弥生がすでに食事を済ませていた。姫宮がぺこりと頭を下げる。

「あなたがウワサの大型新人、ＩＣＵ期待のホープね」

森野がにこにこする。姫宮もにこにこ笑う。森野は続ける。

「病棟はみんなわくわくしてる。爆弾娘とミス・ドミノ、破壊力はどちらが上だろうってね」

「森野先輩、あんまりです」

翔子は泣き真似をする。姫宮がきょとんとしている。だが、理解不能なことをやり過ごす能力に長けているのか、マイペースで椅子に座ると、花柄のハンカチにくるまれた弁当箱を取り出す。翔子と森野は、ふたり揃って興味津々で姫宮の弁当を覗き込む。

「あら、巻き寿司？」

森野が怪訝そうな声を出す。姫宮は顔を上げると、淡々と答える。

「いえ、納豆海苔《のり》スペシャルロールです」

「納豆海苔ロール？」

翔子の問いかけに姫宮がふるふると首を振る。

「いいえ、納豆海苔スペシャルロール、です。栄養バランスを考えて私が開発しました。納豆で高品質の蛋白質を、海苔でミネラルを補うつもりです。それらをパンにマーガリンでカロリー・フィットさせてみました」

「ふうーん」

森野と翔子は同時に微妙なニュアンスの相槌を打つ。姫宮がにこりと笑って弁当を差し出す。

「作りすぎてしまいましたので、よろしかったらおひとつどうぞ」

森野と翔子は顔を見合わせる。警戒心よりも好奇心が勝った。翔子がロールをひとつ取り上げ、二等分して森野に手渡す。

「それじゃあ、折角だからご馳走になるね」

ふたりは半分こにしたロールを口に放り込む。無言で咀嚼《そしゃく》。姫宮は、弁当を包んでいた花柄のハンカチを前掛けにして白衣に垂らす。両手を合わせ小声で呟く。

「いただきます」

咀嚼を続けながら、森野と翔子は顔を見合わせる。ロール一本を軽々と飲み込んだ姫宮はふと気がついたように、ふたりの顔を見る。

「あの、先輩方、よろしかったらお代わりをどうぞ」

その時、休憩室にマイクを通した佐藤の声が響いた。

「救急隊現着、処置室に搬送中」

森野と翔子は、そそくさと立ち上がる。執拗に咀嚼を要求する姫宮ロールを懸命に飲み込みながら、かろうじて翔子が言う。

「姫宮さん、行くわよ。仕事よ」

8章　沈黙の少女

12月17日　日曜日　午前11時30分
オレンジ新棟1F・救命救急センター

部長室にノックの音がした。さては佐藤ちゃん、トラブったか。

速水がノックに応じると、扉から顔を出したのは三船事務長だった。ピンストライプのシャツの襟をぴんと立てている。速水が怪訝な顔をする。

「これはこれは。事務方のトップともあろう方が、こんな辺地に、しかも休日の午前中にご訪問とは、どういう風の吹き回しかな」

手にした書類を見て、速水は来室目的を悟り、嫌味の先制攻撃をかける。しかし、三船は動じない。

「別に大したことではありません。私にとっては、これが通常の勤務ですよ。ここのところ、休日返上で毎日出勤しています。そうでもしないと、赤字で炎上中の東城大学病院の火消しなんて不可能ですから」

三船事務長は速水の顔を見つめながら、続けた。

「それに、休日訪問という奇襲でも行わないと、速水先生に居留守を使われてしまいますので。何しろＩＣＵの看護師近衛兵軍団は鉄のカーテン、ガードは完璧、忠誠心は賞賛に値します」

「ここは戦場だからな。任務に忠実な兵士だけが生き残る」

速水は三船を軽くいなす。三船はにこやかに続ける。

「私がここに着任して半年になります。これまで二回ほど、救命救急センターの行く末を案じて文書でご忠告を差し上げておりますが、どうやら認識していただいていないようですね」

「オレンジの行く末を考えた忠告、だと？　俺は三船事務長からそんな恋文を戴いた覚えはないが」

三船は乱雑に散らかった速水の机に視線を走らせ、山積みの書類の山から封筒を見つけだす。山麓から目当ての書類を引き抜くと、速水に突きつける。

「これです。ほら、日付は十月でしょう？　もうじきクリスマスなんですが、驚いたことに今もってまだ開封すらされていない」

速水は肩をすくめて答える。

「驚くことはない。手元に残っているのは五通に一通だが、そのほとんどは未開封だからな」

「机の上の二割が未開封ということは残されていない八割は開封するわけですよね。私の封筒もそちらのグループに入れていただきたいものです」

　精一杯の嫌味をこめ三船が言うと、速水はかラりと笑う。

「ご希望ならそうするさ。そちらは未開封のままゴミ箱に直行なんだが」

「そんな光栄な扱いとは露知らず、不躾《ぶしつけ》なことを申し上げてしまいました」

「事務長じきじきの封書は当然、最重要書類扱いさ」

　三船事務長の眼がうっすら光る。机の上のヘリコプターの上に、手にした書類を載せた。速水の顔色が微かに変わる。

「ドクター・ヘリ導入の企画書ですが、詳細に検討した結果、現状では導入困難という結論が出ました。今日はその回答を直接お知らせしようと思いまして」

　速水は息を吸い込む。

「予想通りの回答だが、一応理由をお尋ねしておくか」

　三船事務長は速水を見つめる。

「速水部長ともあろう方が、そんな簡単なことをおわかりにならないんですか？　現状維持だけでもオレンジ新棟は巨大赤字を垂れ流し続けているというのに、その上さらにカネ喰い虫であるドクター・ヘリを導入しようだなんて、狂気の沙汰でしょう。一体、どこをどう捻《ひね》ればそんな奇天烈《きてれつ》な発想が浮かぶんでしょうね？」

「仕方ないさ。俺にできるのは金儲けではなく患者の治療なんでね。あいにく、金儲けの才能には著しく欠ける。だからこそ、そちら方面のプロのあんたが招聘《しょうへい》されたんだろ？」

三船事務長は自嘲気味に答える。

「私の本分は金儲けではなく、適正な医療経済の確立と執行です。理想の医療を日本で実現させてみないか、という甘言に誘われて就任しましたが、見込み違いも甚だしい。ろくな選手がいなくて勝てないチームの監督を要請された挙句、敗戦の原因と決めつけられたらどんな人格者でもさすがにキレる。少しは同情していただきたい。せめて赤字の圧縮くらいにはご協力お願いできませんかね」

「それなら、運び込まれてくる怪我人に頼め。彼等がほんの少し、受け身の稽古をしてくれていれば、ここまで事務長を悩ませることもないと思うんだが……」

にこやかに言葉を交わす速水と三船は、一瞬黙り込み、対峙したまま睨み合う。

突然、救命救急部長室の赤ランプが輝く。切迫した翔子の声が部屋に流れてきた。

「速水先生、トラブルです。処置室にお願いします」

速水は立ち上がる。三船の隣をすり抜けながら、その肩にぽんと手を置く。

「こうして足を運んでいただいたのも、何かの縁だ。よかったら一緒にこないか。書類ばかり眺めていないで、たまには臨床の修羅場を見学してみるのも悪くはないぞ」

☆

処置室では敗戦処理の真っ最中だった。ストレッチャーの上には、三歳の少女が横たわる。蠟人形のような顔。小さな身体に取りすがり、母親が泣き叫ぶ。

「真奈美ちゃん、なんで？　ねえ、眼を開けて」

肺腑の底から絞り出すような声。小さな身体を懸命に揺さぶる。速水が顔を覗かせる。居合わせたスタッフたちは声もなく、母親の悲嘆を見守っている。翔子の哀しげな表情。そんな中、ひとり姫宮だけはきょろきょろと人々の顔を見回していた。

腕組みをした佐藤が途方に暮れている。速水は佐藤を手招きすると、小声で尋ねた。

「佐藤ちゃん、どうした？」

「DOAだったので死亡宣告したんですが。母親がずっとあの調子でして」

「死亡時の状況は？」

「父親の話では、階段から落ちて、頭を打ったと言っています」

小声のやり取りに、壁に立ちすくんでいたのっぺりした男が顔を上げる。銀縁の眼鏡をずり上げる。速水は小さく会釈をした。男も頭を下げた。

「しょうがないなあ、佐藤ちゃんは」

速水は少女の亡骸《なきがら》に触れ、数ヵ所を手早くチェックした。それから、泣きわめいている母親に歩み寄ると、その肩を、ぐい、と摑む。

「お母さん、お嬢さんはお亡くなりになっています」

泣き声がぴたりと止まる。はげた化粧と涙でぐしゃぐしゃになった顔を上げる。

「あんた、誰?」

「救命救急センターの責任者です」

「後からやってきて、何しているのよ。真奈美を助けて。早く生き返らせてよ」

「無理です。お嬢さんは当院に到着時、既にお亡くなりになっていましたから」

「あんた、それでも本当に医者?　医者なら、今すぐ何とかしてよ」

娘の遺体にしがみつく母親の肩に、父親がそっと触れる。

「悦子、泣いても真奈美は戻ってこない。さあ、もう帰ろう」

速水は父親の顔を見つめる。その後、速水の口から出たのは意外な言葉だった。

「まだ、お帰りにはなれません。お嬢さんは解剖させていただきます」

母親の泣き声がぴたりと止んだ。父親が凍りついたような表情で速水を見た。佐藤が速水の袖を引き、小声でささやく。

「速水先生、何を言い出すんですか」

母親が顔を上げ、驚いたような表情で速水を見た。

「何言っているの、この人。解剖って身体を切り刻む、あれでしょ?」

母親の肩から手を外し、父親が速水を睨みつける。

「非常識なヤツだな。娘が死んだばかりだというのに、この上さらに痛い思いを娘にさせようというのか？」

速水はうなずく。

「解剖をしないと死因がわかりません。そうなると死亡診断書を記載できませんので」

男はまじまじと速水を見つめる。それから掠《かす》れた声で言う。

「娘は階段から転げ落ちて頭を強く打った。その情報だけでは不充分か？」

「ええ」

「私たちの言うことを疑っているのか？」

速水はにこやかに答える。

「お気を悪くなさらないでください。これは職業病ですから。女を見たら妊娠を疑え、死体を見たら事件を疑え。救命救急医のモットーですので、ご容赦を」

「馬鹿な。承伏しかねる」

「それなら死亡診断書は書けません。そうなるとここから退院できませんよ」

父親は銀縁の眼鏡をずり上げ、深呼吸をする。

「なるほど。あなたは横紙破りのお医者様らしい。それなら私も本気でお相手させていただく。私は弁護士だ。殺人事件の弁護をしたこともある。だから死亡時の対応についてはよく知っている。先生の主張は、一部しか成立しない。解剖するには遺族の了承が必要だ。遺族として私は、解剖依頼を拒否する。理由は、これ以上娘の身体を傷つけて欲しくないからだ」

成り行きを見守っていた三船事務長が速水に耳打ちをする。

「まずいですよ。訴えられたら負けますよ、これ」

速水はちらりと三船を見る。視線を再び父親に戻すと、淡々と話を続ける。

「言いたいことはそれだけですか？　それでは今から警察を呼びますので、ご了承を」

警察と聞いて、父親の表情が揺れる。声が微かに震える。

「警察を呼ぶ根拠は何だね」

「お嬢さんが異状死されたからです。医師法二十一条によれば、原因不明の死亡に関しては当該警察に届け出る義務がある。警察医を介する必要があるんです」

男は冷笑する。

「私もプロの端くれさ。そんなはったり、何ともない。警察を呼びたければ呼びたまえ。もっとも、先生の思うようにはならないでしょうけどね」

速水は男から視線を切らないまま、振り返らずに背後の電話を指さす。

「佐藤ちゃん、警察に連絡」

佐藤は受話器を持ち上げる。三船事務長が不安気に速水の指先を見つめる。

二十分後。ＩＣＵでふたりの警察官が少女の身体を調べていた。互いに視線で無言の会話を交わす。腕組みをした速水と、神経質そうに銀縁眼鏡をずりあげる父親、ハンカチで口元を隠しながら、きつい視線を速水に投げかける母親。トライアングルの真ん中には、透き通った少女。警察官が顔を上げて、速水を見る。

「先生、検視では特に異状は認められません。体表には傷もありませんし、骨折などの所見もありませんな。ということで、ここはひとつ、死亡診断書を書いていただけませんか？」

明らかに腰が引けている物言いだ。速水はきっぱりと答える。

「死因がはっきりしない以上、解剖が必要です」

「意固地になるにもほどがある。中立的で客観的な警察の判断も認めないのですか？」

「警察の判断は認めます。でも彼らは体表に異状はないと言っているだけだ。死因に問題がないと判断しているわけではない」

「先生がおっしゃることはもっともですけどね。これでは警察も対応はできかねます」

「それなら私から法医学の笹井《ささい》教授に鑑定要請を出す」

速水の言葉に、警察官はぎょっとした表情になる。

「それは越権です」

警察官の動揺を見て、父親が冷ややかに笑う。

「驚きました。これが桜宮の医療の根幹を支える東城大学医学部の実態とはね。どうやらこの問題はメディアにもご協力いただき、今後の展開を考える必要がありそうだ」

三船事務長の顔が青ざめる。警察官は隅でひそひそ話していたが、速水に告げる。

「先生がそこまでおっしゃるのであれば、こちらも正式対応いたします」

電話をお借りします、と言って、若い方の警察官が電話をかけ始める。

「桜宮病院ですか？　お世話になっております。桜宮警察署の斉藤です。巌雄《いわお》院長をお願いします。……はあ、そうですか。わかりました」

警察官は電話を切ると、もうひとりの年上の警察官に小声で何かを告げる。報告を受けた年上の警察官が、速水に言う。

「桜宮病院で検案を引き受けてくださるそうです。ただし院長が不在のため、検案は明日になります。よろしいですか？」

速水は首を横に振る。

「でんでん虫では真相は闇に葬られてしまう。この患者はウチで解剖をする」

「処置無しですな。警察は通常手続きに従って適切な処置をしてくださったのに、それにまでも逆らうとは」

父親はため息をつく。速水が答える。

「通常のシステムに従うことが正解とは限らない。桜宮病院ではこういう案件ではまずほとんど解剖しないからダメだ、と言っているだけです」

父親は速水を指さし、震える声で言う。

「解剖するかどうかは桜宮病院の警察医が判断することで、その判断に対して先生にとやかく言われる筋合いはない。解剖が必要だという自分の判断に固執する気持ちはわかりますが。解剖して何もなかったらどう責任を取るおつもりですか？」

速水は父親を見つめる。それから言う。

「医療人として当然の義務を果たそうとしているだけです。本来、解剖して所見が何もなくても、医師は責任を取る必要はない。ですが、お父さんが気分を害されているのも理解できます。ですから、問題がなかった時は、このクビを進呈しますよ」

隣の佐藤が驚いて、速水の袖を引く。

「速水先生、どうしてそんなに解剖にこだわるんです。もういいじゃありませんか」

父親は楽しげに笑う。

「上司が非常識だと部下が苦労しますな。先生のお覚悟は充分感じ入りました。ですが心意気だけではどうしようもありません。残念ですけど、私は解剖承諾は致しません。桜宮病院への搬送を要請します」

一触即発。場の空気がきな臭く匂う。その時、間延びした声が響いた。

「すみません、差し出がましいようですけど、ひとつご提案があるのですが」

居合わせた人々の視線を集めたのは、片手を挙げた桃色眼鏡、姫宮だった。

「ば、バカ、新人看護師が出しゃばるな」

佐藤が小声で叱責するが姫宮はにこやかな笑顔で佐藤を見返す。その無邪気な表情に毒気を抜かれてしまったか、佐藤は言葉を失う。その隣では速水も、意外な展開に呆然としていた。周囲の状況にお構いなしに、姫宮は父親に向かって言う。

「お父さま、お嬢さまのことは本当にお気の毒でした。お気持ちはとってもよくわかります。でもお父さまだって、お嬢さまがどうしてお亡くなりになったのか、本当の原因をお知りになりたいですよね」

父親はうなずいて、当然だ、と断言してからつけ加える。

「ただし解剖は御免だ。娘の身体にこれ以上傷がつくのは、親として忍びない」

「心中お察しします。お亡くなりになった後までお嬢さまの身体が傷つけられるなんて、耐えられませんもの」

「ありがとう。その通りです」

父親の表情が緩む。勝ち誇った視線で、速水を見つめる。

「この病院は、トップ以外は実に素晴らしい方たちばかりです。日本の組織では残念ながら、よくあることですがね」

語尾を捉えて、すかさず姫宮が続ける。

「それではお嬢さまの身体を傷つけなければ、検査してもいいですよね」

父親の表情が一瞬固くなる。

「それはそうですが。いや、むしろ是非やっていただきたいくらいだ」

そう言って、父親は不気味そうに姫宮を見た。

「さっきからあなたは一体、何を言いたいんですか?」

姫宮は嬉しそうに手を打つ。

「よかった。素敵。それならエーアイをしましょう」

「エーアイ?」

全員、疑問文を唱和した。姫宮が説明する。

「オートプシー・イメージングという英語の頭文字を取って、エーアイ(Ai)。直訳すると画像解剖。広義には死亡時画像病理診断。ひと言でいうと、画像検査を解剖の代わりにしちゃいましょう、という新しい検査概念です」

「なんだ、PMCT(検死CT)のことか」

速水の呟きに姫宮がうなずき、それから首を横に振る。

「概念的には少し違うんですけど、素人さんは大体同じと考えて差し支えありません」

唐突に素人扱いされて、速水はむっとした表情になる。姫宮はそんな速水の変化には気づかない様子で、淡々と父親に言う。

「ＣＴならお嬢さまの身体は傷つきませんから、構いませんよね。その上、身体の表面だけを調べるよりずっと正確に死因もわかります。これなら問題はないでしょう、お父さま？」

男はぎょっとした顔で姫宮を見つめる。

「う、うん、それはそうだが……」

男の声がしどろもどろになる。

「お嬢さまの身体は傷つけませんので、万一何もなかったとしても、よりよい医療を目指すための若気の至りだった、ということで、速水先生の数々のご無礼は水に流して下さいますね」

「ん？　ああ、もちろん。ただし、丁重に謝罪してもらうことは絶対条件だが……」

若気の至り、という姫宮の言葉に、ぴくりと眉を上げる速水。その隣で、青ざめている父親の言葉から急速に力強さが抜け落ちていく。姫宮は振り返ると人指し指を立てて、速水に言う。

「速水先生、お父さまの承諾を得ました。エーアイ、しましょう」

速水はうなずいて、姫宮を呆然と見つめている佐藤に指示を出す。

「佐藤ちゃん、ストレッチャーをＣＴ室へ」

狭いモニタ室にスタッフと両親、それに警察官が詰め込まれた。ＣＴの上に小さな遺体を乗せると、佐藤がモニタ室に戻る。

「それじゃ、撮影を開始します」

「いいか、エーアイ、とやらは身体を傷つけないから承諾したが、解剖は絶対駄目だからな」

心なしか、父親の言葉は震えているように思えた。速水は無視して佐藤に言う。

「検査開始」

機械音と共に、身体の輪切り画像が現れる。速水は刻々と変わる画像を眼で追っている。しばらくすると佐藤がぽつんと呟く。

「脳出血だ」

姫宮の視線が茫洋と虚空のモニタ上に浮かび、漂う。かちり、とスイッチが入ったような音がした。姫宮が機械的な声で、読影所見を朗々と読み上げていく。

「大脳に出血巣あり。硬膜外出血、ただし陳旧性《ちんきゅうせい》。数週間前の受傷と推測。頭蓋骨骨折は認めません。こうした所見を呈する代表的な症候群に、シェイク・ヘッド症候群があります。虐待の典型的な一形態です」

警察官が無表情に両親の顔を見つめる。母親がうつむいた。姫宮は淡々と読影を続ける。

「胸部、異常を認めません。腹部、腹腔内出血大量、出血量は約五〇〇ccと推定されます。肝右葉に断裂。反対側、脾臓断裂。強い外力によるものと推測されます。以上より死因は肝および脾臓破裂による失血死と断定できます。このような所見は重篤な交通事故時の際に認められます。体表に皮下出血を認めない点は少々イレギュラーですが、これも虐待の可能性が示唆されます。虐待技術に長けた親は時として体表を傷つけずに打撲を与えることがあるという文献報告も多数あります。総合診断としては、虐待児症候群《バータード・チャイルド・シンドローム》が強く示唆されます」

速水は姫宮の読影力の高さに舌を巻いた。隣では佐藤もあんぐり口を開け、姫宮の口元を見つめていた。

モニタ上から画像が姿を消した。沈黙が部屋に残された。年上の方の警察官が言う。

「それでは法医学の笹井教授に、司法解剖をお願いするとしますか」

父親がぎょっとした表情になる。

「な、何を言っている。解剖しない、という約束だろ。あんたたちだって聞いていたし、同意してただろう」

「あんた、弁護士でしょ。わかり切ったことを説明させるんじゃないよ」

警察官の口調がぞんざいに変わる。父親は黙り込む。母親がわめき立てる。

「わけ、わかんないわよ。どうして真奈美を解剖しなくちゃならないの？　あたしたちはこの子を無傷のまま連れて帰りたいの」

　母親に速水が言い放つ。

「無傷のまま連れて帰るだって？　何を寝呆けたことを言っているんだ、あんたは。娘さんの身体の中はすでに傷だらけじゃないか」

　黙り込んでしまった母親に、年かさの方の警察官が追い打ちをかける。

「奥さん、私たちは今、娘さんの死を事件と判断したんです。司法解剖の適用判断は、我々検視官が行う。お嬢さんには司法解剖が必要です。弁護士であるご主人には説明する必要はないでしょうが、奥さんのために説明させていただくと、司法解剖は遺族の意志は関係なく適用されます。泣こうがわめこうが、裁判所の命令の下、国家が解剖を決定するんですよ」

　年かさの警察官が若い警官に指示を出す。

「署に応援を要請して、おふたりを署に連行しろ」

「我々を拘留するつもりか？　逮捕状はあるのか？」

「一応任意ですが。拒否されるのであれば、逮捕状を請求します。その場合、多少時間がかかりますが、そんな羽目になるより、素直に従った方がいいと思いますよ。まあ、弁護士の先生には釈迦に説法、ですがね」

がくりと首を折った父親は、若い警官に促され退場した。年かさの警察官が後を追う。

部屋を出ていく間際、警察官は振り返り、速水に向かって敬礼をした。

後には速水と佐藤、三船事務長、そして姫宮が残った。佐藤が姫宮に言う。

「姫宮君だっけ、君さあ、よくエーアイなんていうマイナーな検査を知っていたね。僕は全然知らなかった」

「原理的には単純な発想ですから、大した知識ではないように思われますが……」

冷静な姫宮の回答に、佐藤は気分を害したように押し黙る。速水が佐藤に言う。

「佐藤ちゃん、まだまだだなあ。俺ならこんなトラブルにはならなかったぞ」

「申し訳なかったですね、未熟者で」

佐藤が拗《す》ねる。すぐに真顔に戻り、尋ねる。

「ちなみに速水先生だったらどうされました？」

「俺なら許可を取らずにいきなりＣＴにぶっこむ。結果を知ってから解剖を勧める。そうすればいざとなったら自信を持って強制解剖できるだろ」

佐藤は肩をすくめる。「ズルいですよ、それ」

速水はからりと笑う。

「ズルだっていいさ。少なくとも、ズルくない佐藤ちゃんの対応よりよっぽどマシだ」

ぐうの音も出ない。佐藤は感心したように首を振る。

「それにしてもエーアイもせずに、あの女の子が異状死だとよくおわかりになりましたね」

佐藤が速水に言う。

「俺は女の涙は信用しないんでね。それを差し引いて見ると、胡散臭さがぷんぷん漂っていた。でも決め手は、女の子の涙、かな」

佐藤は驚いて、速水の顔を見つめた。

「あの娘は涙なんて流していませんでしたよ。まさか速水先生は、お嬢さんの死に問題があったかどうか実は確信はなかったとか？」

「当たり前じゃないか。あんな所見、体表から見ただけでわかるわけないだろ」

佐藤は呆れたように首を振る。

「そんな不確かな考えの上に、ご自分の辞表を乗っけたんですか。もし解剖して所見が何もなかったら、一体どう責任を取るおつもりだったんです？」

「佐藤ちゃんは俺の話を聞いていなかったようだな。その時は辞めるつもりだったよ。ほら」

速水はポケットから封筒を取り出す。墨痕黒々と、辞職願、とあった。

「この稼業で自分の意志を通すには、辞表の一枚や二枚、いつでも用意しておかないとな。佐藤ちゃん、これが救命救急医の心意気ってヤツさ」

佐藤はため息をつく。これだからジェネラルには誰も逆らえない。

そう思った途端、隣の姫宮がずけずけと尋ねる。

「ひとつ伺ってもよろしいですか。短い応答の間に、速水部長は論理矛盾を来していらっしゃるようですので。あのう、速水部長は女性の涙を信用するんですか、しないんですか？」

速水と佐藤のふたりは、地球外生命体《エイリアン》を見るような目つきで姫宮を見た。

「お前なあ……」

後の言葉が続かず絶句する佐藤を横目で見て、速水が苦笑しながら答える。

「俺は死者は信頼しているんだ。絶対にウソをつかないからな」

速水と佐藤が肩を並べて病室に戻り、後ろから三船事務長が続く。姫宮がとたとたと殿軍《しんがり》を務める。ナースステーションの片隅に三人が座る。三船事務長は席につかず、腕組みをして佐藤の背後、速水のはす向かいに立つ。

佐藤が言う。

「エーアイって、医療現場のリスク回避には、実に有効な検査ですね」

「俺も医学用語としては今回初めて聞いた。似たような検査にＰＭＣＴがあって、救急現場では秘かに行われてきたんだ。表面から調べるより、画像で調べた方が正確な死因を推定できるなんて当たり前だな」

「日本の死亡時医学検索の貧弱さを思えば、もっと積極的に導入してもいいと思うが、厚労省の腰は引けているんだ」

「エーアイという項目は、レセプト請求にはありませんでしたが」

三船事務長が尋ねると、請求していないからな、と速水が答える。

「まさか、費用は病院持ち出しですか？」

「保険請求の生き字引のあんたなら知ってるだろ。死体の医学検査に対する費用拠出の根拠は、保険にはない」

「死亡時医学検索は、患者の生命維持に利益をもたらさないのだから当然でしょう」

「そんな風に問題をなおざりにし続けると、いつか必ず医療全体が手酷いしっぺ返しを喰らうぞ。死亡時医学検索は医療監査のために大切だ。会計畑のあんたなら監査の重要性はわかるだろ？」

速水は不意に顔を上げ、三船を見つめる。

「あんたと話をしていると、厚労省のお役人と話をしているような気がしてくるな」

三船がぴくり、と表情を変える。

「それは褒め言葉ですか、それとも貶《けな》していらっしゃるのですか？」

「両方、だな」速水はにこやかに答えて、続ける。

「救急現場ではエーアイは費用負担ができないため、生きている患者の検査と誤魔化して保険請求してきた。おかしな話だろ？　よりよい医療のための行為が認知してもらえない。そうだとしたら、それはシステムの方が間違えているんだ。そしてそれは、そうした問題を放置し続けた官僚たちの責任だ。彼らがルールを変えれば、エーアイは普及する。そうならない医療現場の現状の元凶は役所の不作為、怠慢さ」

「申し訳ありません」姫宮が頭を下げる。速水は笑う。

「なんでお前が謝るんだよ。変なヤツだな」

如月翔子の声がした。

「姫宮さん、ここにいたの。記録のつけ方を教えるから、五番ベッドに来て」

翔子は速水をちらりと見る。姫宮と佐藤が同時に立ち上がる。姫宮は速水に丁寧なお辞儀をすると、硝子窓の向こう側、五番ベッドに向かう。速水の耳に、とたとたと足音が聞こえた気がした。少なくとも、急いでいるんだ、という気持ちは伝わってきた。如月の厳しい指導のおかげで、ちょっとマシになってきたのかな。

物が倒れる音に続いて如月翔子の叱責が聞こえてきた。速水は顔をしかめた。

速水に正対するように三船事務長が腰を下ろす。

「現場の人間が役所批判をするのは当然だと思いますが、少しお控えになった方がよろしいかと。厚労省みたいなところは、気に入らないと陰干ししたり、などという陰険なことを平気でしますから。それに、全国の病院のあちこちに役所のスパイ網が張り巡らされていますし」

速水は肩をすくめて、笑う。

「ご忠告どうも。だが、今さら良い子ぶりっこしてみても手遅れだ、という自覚症状はあるからご心配なく」

「ドクター・ヘリやエーアイがシステムとして進展しないのも、速水先生の物言いが役所の反感を買っているのが原因かもしれませんよ」

「腐っても地方医大の雄、東城大学医学部付属病院の事務長に就任する実力を持ったあんたのことだ、役所に気を回したくなる気持ちはわかるがね。俺はご機嫌をとるつもりは全くない」

三船事務長の眼が細くなる。

「天上天下唯我独尊、ですか」

速水は首を振る。

「とんでもない。俺は誰にだってかしずく下僕《しもべ》さ。ただその相手は、ベッドの上の患者だけだ、ということさ」

三船が唾を飲む。速水が続ける。

「患者には、ベストを尽くす。状態の悪い人は、少しでもマシにしてお返しする。心臓が止まれば引き戻す。戻らなければ死因を追求する。もしも医者が患者の死に際し何もしないなら、医者と坊主はちっとも変わらない」

「いくら何でも、言い過ぎです」

三船事務長が反論する。速水は続ける。

「さすがに今の言葉は少々不謹慎だったな。撤回しよう。死体をきちんと医学検索しない医者よりは、生臭坊主の方がまだマシだ。念仏を上げてくれるからな」

三船は速水を見つめた。音をたてて椅子を引き、立ち上がる。

「どうやら速水先生と私は相容れない存在のようですね。今日はそれがわかっただけでも、よしとしましょう。今月分の請求書とドクター・ヘリ導入の件に関しての公式の回答書を明日、お届けします。明日は居留守なしでお願いします」

速水は曖昧にうなずいた。

9章　ドクター・ヘリ

12月18日　月曜日　午前11時
オレンジ新棟1F・救命救急センター部長室

翌日、月曜午前十一時、救命救急センター部長室。速水は、再び三船事務長と対峙していた。

三船は速水のコックピットを見回す。

「着任して半年、私もやっと晴れて司令室に正式招待されました。今日のよき日にあたり、持参しました手土産をご査収ください」

「お気遣いは無用だ」

速水の笑顔に対し、三船が突きつけたのは紙の束だった。

「保険審議会から突き返されたレセプトです。このままでは通らないので何らかのエクスキューズを添付して再提出しなければなりません。提出期限が迫っている年代物ばかりを選りすぐりお持ちしました」

速水は舌打ちをする。

「佐藤ちゃんにも困ったものだ。書類は期日内に提出しなければならない、といつも口を酸っぱくして言っているんだが」

「最終責任者は速水部長ですよ」

　速水は笑う。

「俺は佐藤助手に全権委任している。責は負うが、こんなことくらいスパスパこなせないとは、まだまだ佐藤ちゃんにはセンターを任せられないな」

「豪語されるなら、上司として範を垂らしていただきたいものです。期限が今週末に迫っている十件の理由付けの記載を、今ここでやっていただけませんか」

　速水は紙の束を見て言う。「お安いご用だ。五分、頂戴する」

　速水は紙の束を、ぱらぱらとめくる。まるで週刊誌の記事を捜すような気楽さだった。それから腕を組み、眼を閉じる。居眠りを始めたのか？　三船が怪訝に感じ始めたその時、速水は眼を開き、机の上のボールペンを取り上げ、筆を滑らせ始める。

　筆の運びは滑らかだが、スピードは早いわけではない。だが見る見るうちに、右手の紙の山が低くなっていき、裏返しになった紙の山が左手に積まれていく。黙ってその様子を見つめていた三船事務長は、裏返しの紙を一枚手に取り、読み始めた。

　ボールペンが机の上に転がった。三船事務長が顔を上げると、速水は退屈そうな表情で壁時計を見つめていた。見ると、秒針はぴたり十二時を指していた。

　宣言通りジャスト五分。三船は賛嘆を隠しきれない声音で言う。

「完璧です。もう少し早めにやっていただけると大助かりなんですが」

「言うまでもないが、そこに書いたことは全部、絵空事だぞ」

「口実と全く異なる切実な理由で投薬や検査が行われているなんて、今さら騒ぎ立てることでもありますまい。そもそもレセプトって、そういうものでしょう?」

速水は興味深そうに、三船を見た。

「あんたみたいな杓子定規な規則人間が、こうした欺瞞《ぎまん》とどうやって折り合いをつけているのか、興味深いな」

「簡単ですよ。実際にかかった経費を手に入れるため、正当な経理を行う。それだけです」

「ふうん、一応プロなんだ。もっとも医療のプロ、とは言い難いが」

速水の挑発的な視線を、三船はあっさりはね返す。

「お褒めの言葉と取っておきます。おかげさまで今日はこの下半期中ずっと抱えこんでいた懸案事項が解決しました。ありがとうございます」

抑揚のない、おざなりの感謝。三船にしてみれば、当然の対応だろう。

「さて、それでは次はいよいよ、速水先生の長年の懸案、ご希望のドクター・ヘリについてのお話をさせていただきましょうか」

速水は、机の上のヘリコプターの模型に触れる。

「色好い返事が貰えると思うほど楽天家ではないから安心してくれ」

「そんなに喧嘩腰にならなくても……。こう見えても、私は誠実に対応しているつもりです」

「事務屋にしてはまともな方かな。一見誠実、だが協力的ではない」

三船は笑う。

「辛辣《しんらつ》ですね。結果はご想像通りなので、何を言われても仕方ないですけど」

三船は速水に封筒を差し出す。「厚生労働省のコメントです。非公式ですが」

「厚労省の非公式見解が取れるということを、事務長の力と見るか、限界と見るべきか……」

「私は事務屋ですから、力、と見ていただけるとありがたいです」

速水は机上に置かれた封筒を見て、壁のモニタ群に眼を遣る。

「中をご覧にならないのですか?」

「見なくてもわかるさ。ドクター・ヘリの費用拠出は、健康保険からの捻出は法体系上不可能。各自治体の独自性に判断を委ねる。従って予算は総務省経由の自治体から捻出するべきである」

三船は眼を見開く。

「厚生労働省にお知り合いがいらっしゃるんですか?」

「官僚の文法はいつも何に対しても同じだ。『重要性は理解しましたが、限られた医療資源の分配に際し公共性を鑑みて優先順位を考え、断腸の思いで見送りせざるを得ません。ご趣旨の重要性は十二分に理解し、本省として鋭意モニタさせていただく所存です』か……」

速水は三船を見つめる。

「ああ、失敬。口が滑った。耳にタコができるくらい聞かされた馴染み深い文言だったので、つい、ね」

速水の笑顔に、三船は口を尖らせて反論する。

「仕方ないでしょう。患者の搬送行為は厳密には医療行為ではありませんから」

「それが厚労省の素晴らしいところさ。自分たちに興味がないところは、法解釈を厳密にして締めつけ、自分たちの利益誘導に関係するところは、おおらかな費用拠出を行なう」

「失敬な。厚労省は日夜、国民の福利厚生を考えてですね……」

速水はにやにや笑う。

「あんたはここの事務長なんだから、そんなにムキになって厚労省を弁護しなくてもいいだろ」

三船は黙り込む。顔を上げ、速水を見る。

「どうやら速水先生には告白しておいた方がよさそうです。隠すことでもありませんし。実は私は厚労省出身です。今でも本省の一部の方とは密接なコンタクトを取れる」

速水は顔を上げ、まじまじと三船を見つめた。それからふっと笑う。

「道理で連中と同じ匂いがするわけだ。どうだった？　皇居の傍らに佇むコンクリート要塞から、敗走中の最前線に降臨した尖兵から見た医療現場は？」

三船は速水を見つめる。それから笑顔を返した。

「その回答は保留させていただきます。ただし、どうかご安心を。こんな姑息な小技で速水先生が手のひらを返すと考えるようなボンクラでもありませんから」

三船は対面の椅子に腰を下ろし、速水と対峙した。

「今日、正式に伺ったのは、もうひとつ気になる事がありましてね」

速水は、言葉を切った三船事務長を見る。

「今回のレセプトの件で救命救急センターの器材の決済を徹底的に突き合わせてみたんですが、面白いことがわかりまして」

「何だ？」

速水の眼が蒼く光った。三船は続けた。

「バスキュラー・メディックス社（ＶＭ社）という会社がありまして、そこの心臓カテーテルの使用頻度がＩＣＵで異様に突出していることに気づいたんです」

「あの心カテは使い勝手がいいものでね」

「らしいですね。ただ、それならなぜ随意契約のままなんでしょう？」

「事務上の細かいことは佐藤ちゃんに一任してある」

三船は冷やかに速水を見つめる。

「存じてます。請求書のサインは全部佐藤先生ですから。そこで、速水先生にお尋ねする前に、佐藤先生に事情をお聞きしました」

速水は三船を見つめた。しばらく黙っていたが、笑顔を浮かべて口を開く。

「それで佐藤ちゃんは、何と？」

「着任して三年、事務経理業務を全面委任されたことは佐藤先生も認めています。佐藤先生は優秀な先生ですね。日常必要な物品をほとんど固定契約にし、値引き交渉にも成功している。その中でただひとつの例外、それがＶＭ社の心カテなんです」

三船は視線を切らずに、速水に視線を投げ続ける。

「ＶＭ社の心カテは、速水先生が仕切っていらして、佐藤先生は実状を把握していないそうです。不思議ですね。他の器材は完璧近く把握される佐藤先生が把握できない器材が在るなんて。なかなか興味深いでしょう？」

速水は三船を見た。からりと笑う。「まあね」

三船事務長は更に続ける。

「メディカル・アソシエイツ、という業者はご存じですね？」

速水の頬がぴくり、と動く。

「ちっぽけな会社さ。社長とは昔からの馴染みだ」

「ＶＭ社の心カテはその代理店が一手に仕切っていますね」

速水は言う。

「三船事務長は優秀だ。その手腕を、よりよき医療実現のため存分に発揮してもらいたいな」

「それは買いかぶりというものです。私のようなボンクラがこのような重大かつ深刻な問題を見つけ出せたのには、それなりの理由があるんです」

三船事務長は背広から封筒を取り出し、速水に渡す。速水は、書面に視線を落とす。

『救命救急センター速水部長は、医療代理店メディカル・アソシエイツと癒着している。ＶＭ社の心臓カテーテルの使用頻度を調べてみろ』

速水は顔を上げ、三船事務長の顔を見つめる。

「どこからこんなものを手に入れた？」

三船事務長は笑顔で答える。

「情報源の秘匿は大原則でして。ですが、私の聞き取り調査にはこうした情報がベースにある、という根拠を呈示しないと、速水部長に対してアンフェアな気がしまして」

速水は書面を三船事務長に投げ返す。三船事務長はシニカルな笑みを浮かべて、続ける。

「内容からすると、告発者はICUの経済的内実に詳しい人物です。ここまで明確な情報を上げられるのは、速水部長の他には腹心の佐藤先生くらいでしょうね」

速水は三船事務長の顔を見つめ、笑う。それからゆっくり立ち上がり、扉に向かって歩き出す。

三船事務長は、速水の背中に刃のような言葉で切りかかる。

「逃げるんですか?」

速水が動きを止める。ドアノブから手を離し、振り返る。三船の眼を真っ直ぐ見つめる。

「逃げる? 俺が? なぜ? 寝呆けたことは言わない方がいい」

「それならこの件を説明していってください」

速水は肩をすくめる。

「それはまた今度、時間ができた時にでも。あいにくコールされたんでね」

「コールですって?」

三船の疑問文が波動として空間を震わせようとした瞬間、三船の背後で警報音が鳴り響く。

「速水先生、処置室です。吐血が止まりません」

「あいよ、今行く」

速水は、点滅を始めた赤ランプをちらりと見る。部長室の重い扉が開く。冬の日の午前の、冷たく清潔な光が暗いコックピットに差し込み、一瞬部屋を消毒した。

速水は光の中に一歩踏み出す。速水のシルエットが光の中に溶けていく。三船事務長はその姿を、取り残された暗い部屋の片隅から見送った。

三船は、赤いランプの点滅をいつまでも見つめ続けていた。

第二部　戴冠

10章　赤煉瓦の泥沼

12月18日　月曜日　午後2時　赤煉瓦棟（精神科解放病棟）

『救命救急センター速水部長は、医療代理店メディカル・アソシエイツと癒着している。ＶＭ社の心臓カテーテルの使用頻度を調べてみろ。ＩＣＵの花房師長は共犯だ』

精神科解放病棟は赤煉瓦棟と呼ばれる古い建物の中にある。現在の病院棟が十七年前に建設されるまでは病院の本館であり、今は旧病院と呼ばれている。新病院が建設された後、そこに居残りテリトリーを拡大したのが精神科と基礎医学系の教室だった。病院棟とは細い小径でつながっていて、徒歩で五分かかる。春の桜並木は見事だ。

田口は並木道をたどりながら、思い出す。桜吹雪の中で見失ってしまった男の横顔。今は冬。もうすぐ一年。男から託されたものを、きちんと田口は受け取れたのか。

襟元を吹きすぎる木枯らしに、一瞬震える。枯れ枝の梢は幾何学紋様を描き、青空を無数の断片に砕く。田口は急ぎ足で赤煉瓦棟を目指した。

重厚な装飾を施された扉をノックする。部屋に入ると、本を読んでいた男が顔を上げた。

「これはこれは、リスクマネジメント委員会委員長の田口先生、東城大学の発祥の地にして、今や辺境の地に成り下がった我が赤煉瓦棟まで、遠路はるばるようこそ」

渋味ある、深い声だ。男は、ソファを指さす。田口はソファに着席する。

「ご多忙のところ、お時間を頂戴しましてありがとうございます」

「一向に構いません。私には時間だけはたっぷりありますので」

精神科、沼田助教授はぶ厚い眼鏡の奥から田口を覗き込む。

「リスクマネジメント委員会委員長や、不定愁訴外来主任という多忙な田口先生からの緊急依頼とあれば、どれほど忙しくとも時間をつくらざるを得ません」

「恐縮です」

実に上品な当てこすりだ、と田口は感心する。江戸末期の爛熟した大奥作法みたいで、文化的成熟度は高そうだ。部屋には暖房が行き渡り、とろとろと眠気を催す。足元には緋色の絨毯が敷き詰められている。足首まで埋まりそうな絨毯は、乱暴に歩いても足音は絶対に聞こえなさそうに、無駄に豊かだ。沼田の背後には、重厚な両袖机。その後方に年代物の書棚。硝子戸の中、古びた洋書がぶ厚い地層を形成している。とにかくすべてが古色蒼然としていて、ものものしい。

「田口先生とはかねがね、ゆっくりお話してみたいと思ってました。先生はあちこちの委員会に所属しながら、どこでも幽霊委員でしたから。かと思えば、委員ですらなかったリスクマネジメント委員会委員長の座をいきなり射止めた。自己労働力《セルフ・レイバー》資源に対してのコスト・パフォーマンスがなかなかよろしいようで」

沼田助教授は曳地委員長の後継者と目されている。田口はその評判を実感した。

ノックと共に若い秘書がティーカップを置いていく。ひと口すすり、沼田は呟く。

「……今日はアッサム、か」

顔を上げて田口を見る。

「今日は、どういったご用件ですか？」

田口はテーブルに白い封筒を置く。

「リスクマネジメント委員会宛に匿名の投書が届きまして。その件でご相談に上がりました」

沼田は腕組みをして、テーブルの上の白い封筒を見つめる。

「リスクマネジメント委員会宛の投書を当方に相談する意図は何です？」

「われわれが扱う問題ではないように思われましたので」

沼田は不思議そうな顔をする。

「われわれとおっしゃいましたが、田口先生の他に、どなたかのご判断があったのですか？」

田口は、一瞬考え込む。そして答えた。

「今回の件は、私がリスクマネジメント委員会委員長の裁量範囲を超えていると判断しまして、高階病院長にご相談し、指示を仰ぎました」

「ほう、リスクマネジメント委員会の副委員長にして東城大の重鎮、臓器統御外科の黒崎教授にご相談されることなく、いきなり病院トップに直談判ですか。なるほどなるほど」

ぎょっとした田口を楽しそうに見遣り、沼田は続けた。

「初対面の御仁を苛《いじ》めるのはやめておきましょう。つまりこれは高階病院長のご判断でもある、というわけですね」

「そうです」

田口はほっとして答える。沼田は首を傾げる。

「それならなぜ、高階病院長から私宛にじきじきの連絡がなかったのでしょうか？」

田口は虚を衝かれたが、すぐリカバリーする。

「依頼を含めた全権が私に委任されたんです。なにぶん問題はデリケートです。とりあえず私が代理で伺いましたが、高階病院長の直接依頼が必要なら、改めてお願いしようと思います」

高階病院長の特命という札を早々にショウ・ダウンさせられ、田口はため息をつく。

——なるほど、手強い。

沼田は田口を見つめる。やがて、穏やかな笑顔を浮かべる。

「高階病院長にも本当に困ったものです。病院長という公職にありながら、肝心なポイントで横着をされてもねえ。もっとも高階病院長がエシックス・コミティを敵視されているというウワサは重々承知しておりますが」

「今回は高階病院長が顔を出さない方が、物事が円滑に進むと判断されたのだと思います」

「たとえおっしゃる通りだとしても、病院という公的機構から見るとあまりにもイレギュラーな案件です。病院内部のデリケートな問題に対し病院長が調査依頼を出すことはできない、という御心配は理解できますが逆にそうした問題こそ、病院長がイニシアチブを取っていくべきだ、という考え方もある。高階先生のような、古き良き日本の腹芸的な配慮が従来型医療の不透明性につながるのです。あらかじめ申し上げておきますが、エシックス・コミティは従来の日本文化と一線を画した組織として設計されているのです」

説明していただかなくてもよくわかりました、と田口は思わず口にしてしまいそうになる。沼田は背後の書棚から一通の航空便《エアメール》を取り出し田口に渡した。

「拝見してもよろしいですか？」

沼田が鷹揚にうなずく。英語が苦手な田口が眼を通すフリをしていると、沼田が説明する。

「ハーバードから来年初頭に公表予定の、エシックスの原則集《プリンシパル》です。これに従いますと、病院長の判断手法は、項目3と項目5に抵触しますね」

なるほど、と田口はうなずく。そして続けた。

「了解しました。それでは、高階病院長から正式依頼を取りつけてから、改めて出直して参りましょう」

沼田は笑顔を絶やさない。

「それには及びません。ここは日本ですから。そこまで杓子定規では、何ひとつ動きません。ここは田口先生のお人柄を信頼し、大目に見ます。ですが、覚えておいて下さい。病院長のやり方は時代遅れです。エシックスに要請される最も大切なこと、それは透明性です」

「高階病院長のやり方は、不透明だと？」

「自分で差配しながら、名代をたてる。私が尋ねなければ病院長の介在の有無もわからない。正式な依頼文書もない。このやり方のどこに透明性があるというのですか？」

田口は言葉に詰まる。沼田は眼を細めて田口を見つめる。ふと緊張を解いた。

「この案件は病院長が私のところに直接依頼されるべき性質のものです。本来なら顔を洗って出直していただくところですが、単なるメッセンジャーに過ぎない田口先生に罪はないですし、今回はこれでよしとします」

褒めているのか、貶しているのか？　応答に迷っている田口をにこやかに見遣りながら、沼田は一向に封書に手を伸ばそうとしない。腕組みをしたまま田口に尋ねる。

「この一件は要約すると、どういう問題なんですか」

「現場における収賄に対する、匿名の内部告発です」

沼田の眼が一層、細くなる。

「それはそれは。その告発がリスクマネジメント委員会に届けられたのは、一体なぜでしょうか。本来そういった告発は、直接エシックス・コミティに来ても不思議ではない案件に思えますが。エシックスの現場認知度は、まだ低いのかな？」

沼田は首を傾げ、独り言のように呟く。

「おまけにエシックスに対する理解に乏しい病院長からのたらい回しだなんて、一体どうなっているのだろう……」

「リスクマネジメント委員会が告発先に選ばれた理由は、よくわかりません。ですが、高階病院長はリスクマネジメント委員長は、この告発に対応するにはそぐわない、とお考えのようでした」

「ずいぶんムシのいいお話ですね。リスクマネジメント委員会が適当でないという理由付けは、そのままエシックスに置き換えても成立しそうですが」

「私は横着者なので、できるだけ仮定の話は考えないようにしているんです。事態に直面してから考えるようにしているものでして」

沼田は笑う。「つまり、ドロナワ、というヤツですね」

沼田の暖かい笑顔に包まれていながら、テーブルの上の白い封筒は、氷漬けにされたままだ。次第に田口に疲労が蓄積していく。沼田が尋ねる。

「田口先生の方では、この内容について、基礎調査をされましたか？」

「まだです。そのこともご相談申し上げようと思いまして」

「それは悠長なお話ですね。まあ、いいでしょう」

沼田は、封筒を未開封のまま押し返す。

「エシックス・コミティは調査機関ではありません。倫理問題に関する審査機関です。ですからこの問題をエシックスに相談されたいのなら、どなたかに事実関係の基礎調査をしていただく必要があります。調査役が見当つかなくて、高階先生はエシックスに白羽の矢を立てたのかもしれませんが、原則論からすると的外れな差配です。さて、それでは改めて確認させていただきます。この案件の内容を実際に吟味し、調査されるのはどなたのご予定ですか」

田口は沼田の笑顔を見つめる。こういう笑顔は時々目にする。役所の書類申請で間違った窓口に行った時、係の人間が浮かべる笑顔。従順に順番を待ち続けた挙げ句、やっと並んだ窓口がお門違いの場所だったことに気がついた時の人間を見る、優越感を伴った意地悪な笑顔だ。田口はため息をつく。

「どうやら、調査役は私が引き受けるしかなさそうですね」

「おや、田口委員長じきじきに調査なさるんですか。リスクマネジメント委員会はずいぶんと守備範囲が広く、フットワークの軽い委員会なんですね」

役割分担の有利さの維持を同時にこなす、上品で効率のいい当てこすり。

「いいえ、リスクマネジメント委員会から独立した病院長の特命依頼、でしょうね」

「ほう、するとやはりウワサは本当だったのですね」

「ウワサ、と申しますと？」

「田口先生が、高階病院長の院長権限を随意的に代行している、というウワサです。いやはや、そのお若さで、大したものです」

「とんでもありません。買いかぶりも甚だしい」

「照れなくてもいいですよ。こう見えても口は堅い方でして。おかげで、あちこちから情報が入ってくるのです。例えば先日も、病院長の裁可がなければ入院させられない特室に、田口先生の独断で緊急患者を受け入れたそうですね」

天窓の迦陵頻伽……。田口は呆然とした。あんな些末な出来事が、こんなにも迅速に病院のウワサの底流に広がっていて、しかも尾鰭までついて流通しているのか。これこそまさしく大学病院だ、と田口はうんざりした。田口は答える。

「私も、高階病院長の度量の大きさに甘えたところがあったと反省しなければいけませんね。出来の悪い教え子の面倒を徹底的に見てもらっているだけなんですが……」

沼田は、局地戦に圧勝したのに気をよくして、鷹揚に言う。

「では本案件は、田口先生が個人的に病院長から受けた特命依頼によって事実調査した結果を、エシックス・コミティで倫理的に審議する、という骨格が相互間で共通認識として受容された、ということでよろしいですね」

田口は仕方なくうなずく。自分がどんどん追いつめられているのが見えているのに、身動きが取れない。沼田は曳地委員長の直系と言われているが、それだけではとても不充分だ。正確には曳地家の血筋と高階血脈の混血《ハイブリッド》だ。田口は呟く。

――全く、タチが悪いにも程がある。

「さて、基本合意が成されましたので、具体的な手続きをご説明しましょう」

東城大学最悪の血脈の末裔《まつえい》、沼田は左手のファイルケースの中からぶ厚い封筒を取り出し、積み上げていく。書類の名称を読み上げていくにつれ、茶色い封筒の山がうず高くなっていく。

「添付資料の書式一式。この封筒は構成メンバーの経歴集、これは過去の抄録集です。添付参考資料の書式一式に加えてエシックス要諦。エシックス原則集は来月改訂版が出るそうですのでその抜粋のコピー一式。これまでの議案の抄録集。申請書類一式。注意事項集。エシックス・コミティの審議に案件をかけるためには、これらの審査依頼用紙をもれなく提出していただきます。記載された例文を参考にして書式に従って項目をすべて記載してください」

小柄な沼田の座高より書類の山が高くなってから、ようやく沼田のカタログの読み上げが終了した。最後に書類の山の上に、一枚の目録を載せる。

「そしてこれが、エシックス・コミティのメンバー表です」

目録の上に、田口が持参した薄い封筒が重ねられた。書類入り封筒の山の向こうから、木霊《こだま》のように沼田の声が響いてきた。

「おわかりですか、田口委員長。リスクマネジメント委員会とは違い、エシックスは紙切れ一枚では動かないのですよ」

田口は眩暈を感じた。

呆然とした田口を見遣りながら、沼田は得意気に続ける。

「ここまで厳格にエシックスを運営する組織は日本中捜しても他にありません。この機会に是非、リスクマネジメント委員会の田口委員長にも是非、エシックス精神の真髄を体得していただきたいものです。エシックス出席前に参考資料を一読してください。でないと当日、途方に暮れますからね。ほんの老婆心まで」

「ここまで徹底する必要があるんですか？　臨床現場では対応が難しいと思いますが」

田口にしては珍しく、本音をまっすぐに相手に伝えてしまった。それは、この会見の衝撃の大きさを物語っていた。

「私は、東城大学医学部をエシックスの聖地《サンクチユアリ》にしたいんです」

沼田は呟いた。それから我に返ったように、つけ加える。

「今回の処置は田口委員長に最大限の敬意を表した、特別対応です。書類一式は、コミティの事務局に正式に申請をされてからお届けするのが通常ルールですが、委員長自らご足労頂いたということを勘案し、ここで直接お渡ししましょう」

「ご高配、感謝します」

田口は答える。沼田は続ける。

「詳しい話は後日、書類を検討してからになります。下書きができましたら、こちらまでお持ち下さい。拝見して判断いたします」

田口はスケジュールを確認する。

「この案件はどのくらいで審査していただけますか」

「書類の提出時期によります。調査に一週間として、早ければ一ヶ月後には審査に入れます」

「一ヶ月、ですか。もう少し早くなりませんか」

沼田は笑う。

「本来受ける必要のない依頼を受諾させた挙げ句、今度は迅速な審査要求ですか。田口先生はウワサに違わぬ、そして見かけに寄らぬ剛腕ですね。それではリスクマネジメント委員会委員長自らご足労頂いたことに敬意を表し、エシックス・コミティとしては異例の便宜を図りましょう。エシックスは毎週水曜開催、つまり直近の開催は明後日です。それとは別に毎月一回、外部委員を招いた公式会合が開催されます。こちらは不定期ですが、次回は今週の金曜です。田口先生は幸運《ラッキー》ですね。明日までにエシックスに基礎書類をご提出いただければ、明後日の内部委員会で一次審議できます。そうすれば金曜予定の外部委員を含めた正式なコミティにたどりつけます」

沼田は書類の山を愛おしそうに撫でながら、「素晴らしい。たったの四日ですよ」と言う。

「もし、そのタイムスケジュールに間に合わなかったら、次はどうなりますか？」

田口の問いに、沼田は厚い手帳を繰りながら言う。

「年明け、一月七日受付になります。規則正しい開催がモットーのエシックス・コミティではありますが、クリスマス月間は特別でして」

もはや田口には、明後日までに書類作成を間に合わせるしか選択肢は残されていないことが、あっさり判明してしまった。

田口が礼を言って立ち上がり、書類の山を抱え上げる。顎で書類の頂上を押さえつけ、安定させる。沼田は扉をあけ田口を外に導く。書類の山を抱え、振り返ることもできない田口の背中に、沼田が「頑張ってください」と声をかける。

田口は廊下の掛け時計を見た。沼田とは一時間以上話し続けていたことになる。それなのに沼田は、とうとう具体的な依頼内容について記した告発文には、一切触れることはなかった。

——確かに手強い。

田口は疲れ果てていたが、運んだ書類の重さだけがその理由ではなかった。

11章 フジワラ・ナース・ネット

12月18日　月曜日　午後3時　本館1F・不定愁訴外来

田口が重い足取りで愚痴外来に帰還すると、藤原看護師が、珈琲を差し出した。

「お疲れのようですね」

藤原看護師の表現があまりにも適切すぎて、田口は思わず苦笑した。コールタールの池に落とされたドブネズミみたいな気分だ。あれだけ長時間、ねっとりした嫌味と当てこすりの苦海に沈められれば、誰でも音をあげたくなるだろう。

「凄い人ですね、沼田先生って」

テーブルに書類の山を投げ出し、呟く。藤原看護師が、山頂に置かれたエシックス・コミティのメンバー表を見つめる。

「すごいメンバーですこと。沼田先生の標的《ターゲット》にされるなんて、田口先生も偉くなられたものですね。これまでの標的は出世頭か大物ばかり。これで田口先生の名声も、一段と高まるでしょうね」

田口は反論する気力もなく、力無く笑う。

「えらい目にあってます。厄年のツケがいっぺんにきたみたいだ」

藤原看護師が言う。

「こういうのは〝厄年〟ではなくて、〝怠け者の節句働き〟っていうんです。普段あまり働かない人は、普通の人がお休みする時期に働く、という江戸時代のお洒落な表現です。説得力ありますね、もうじきクリスマスとお正月ですもの」

「高階先生も沼田先生も、滅茶苦茶です。結局、いつだって下っ端がひどい目にあうんです」

「田口先生はリスクマネジメント委員会委員長なんですから、もう下っ端ではありませんよ」

藤原看護師の励ましは、褒め殺しだ。励ましには全くなっていない。

「この書類の山を明後日までに提出しなければ、審理が年明けになってしまうんです」

藤原看護師が尋ねる。

「最先端の研究をなさらない田口先生が、どうしてエシックスに御用があるんです?」

田口は逡巡したが、具体的な部分を省略して、事態の枠組みだけ藤原看護師に話してみる気になった。

「……というわけで、リスクマネジメント委員会に投げ込まれた匿名の告発文書を、沼田先生のエシックス・コミティで検討していただくことになったんです」

「それって見方を変えれば、貧乏クジのたらい回しに成功したわけでしょう？　貧乏クジマニアの田口先生にしては、画期的じゃないですか」

藤原看護師が淡々と言う。田口は苦笑いする。

「ところが、実はそうでもないんです。沼田さんの方が一枚上手でした。肝心のところはすり抜けられてしまい、現実の調査は当方に差し戻しになってしまいました。書類作成分、かえって仕事が増えてしまったようなものです」

「この、山のような書類作成が全部、骨折り損のくたびれ儲けになる可能性もあるんですね……お気の毒に」

「縁起でもないことを……もっとも、現実はその通りなんですけど」

電話のベルが鳴った。藤原看護師が受話器を取り上げる。二言、三言、言葉を交わすと、田口に受話器を差し出した。

「オレンジ二階、浜田さんからご相談です」

☆

控えめのノック。扉が開き、小児科の看護師、浜田小夜が姿を見せた。オレンジの歌姫。小児科病棟の子どもたちには、彼女の子守歌は絶大な人気を誇っている。

「今日のご用件は何ですか？」

小夜の依頼を聞いて、田口は驚いた。小児科版の不定愁訴外来の開設依頼だった。MRI検査時の不手際で、患児の精神状態が不安定になっているらしく、その回復の依頼だった。田口はため息をついた。書類の山と子どもの群れ。苦手が大挙して隠れ家を急襲してくる。

「猫田師長も訳のわからない依頼を……私の手法は、子どもには有効なのかなあ。沼田先生の心療内科外来の方がいいんじゃないかな」

つい先ほど、ファーストコンタクトしたばかりの沼田のイメージを脳裏に思い浮かべる。心からお勧め、という気持ちにはとてもなれない。小夜が答える。

「権堂主任も同じ意見でしたけど、猫田師長の〝ワガママと勘〟で押し切ったんです」

話の流れに耳を傾けていた藤原看護師が、口をはさんだ。

「ネコは昔から勘がいい子だったから……。ちょっと田口先生を買い被りすぎだけど、勘は相変わらずいいセン。もっとも小児に関して田口先生は未知数だし、かといって沼田先生のところは最悪だし……」

藤原看護師は呟いて考え込む。やがて顔を上げた。

「こうしましょう。一人二人なんてケチなことは言わず、元気な子どもを何人かまとめて連れてきて。明日、火曜日午前十時は愚痴外来キンダーガーデンの開院式よ」

呆然としている田口を尻目に、藤原看護師はてきぱきと追加指示を出す。

その様子を見ていた小夜は、一体誰がこの部署の責任者なんだろう、とふと思った。

午後四時。不定愁訴外来の中央に鎮座している両袖机を隅に運びながら、田口が藤原看護師相手に愚痴をこぼしていた。

「子どもの相談相手になるだけなのに、どうしてこんなおおごとになるんですか？」

「これは猫田からの依頼、ということは問題は看護の周辺環境にあるんです」

「それなら、愚痴外来で受ける筋じゃない」

机の移動後に出現した広い空間を見やりながら、田口が言う。藤原看護師は笑う。

「やっとお気づきになったのね。浜田さんが依頼に来た瞬間なら断れたのに」

「そんな。私は子どもが苦手なんです。今からでも断ろう」

「無駄ですよ。相手はネコ、ぬかりはない。千里眼は全部読んでいるはず」

その言葉が終わらないうちに電話が鳴った。藤原看護師が受話器を取り上げる。

「田口外来、藤原です。はい、……はい。少々お待ちください」

含み笑いをしながら、藤原看護師が田口に受話器を差し出す。

「田口です。……はあ、いえ……そんな、奥寺教授。わざわざのご配慮、恐縮です」

田口は、呆然と受話器を置く。間髪を入れず再び電話が鳴る。受話器を取り上げると、相手は高階病院長だった。

――小児科の奥寺教授から不定愁訴外来拡張の依頼がありました。対応していただけますね？

承諾するしかなかった。呆然と受話器を置いた田口を見て、藤原看護師が笑う。

「今のは高階先生ね。奥寺教授からの正式依頼と合わせて、形が整ったから逃げ道はありません。ネコはすべてお見通し。田口先生が直前で日和《ひよ》るところまで読んでいる」

「猫田師長って、一体何者なんですか？」

田口の問いに、藤原看護師は笑って答える。

「ネコ、あの娘はね、東城大学医学部開闢《かいびゃく》以来の横着者よ」

「ネコのワガママにつきあってくださって、ありがとうございます」

丁寧な藤原看護師の言葉に、田口はため息をつく。

「構いませんよ。あの沼田先生のところに、いたいけな子どもたちを送り込むことは私も賛成しかねますし。それよりもこの書類の山を、どうにかしたいなあ」

藤原看護師は、書類の山にごろりと抱きついた田口を見つめる。

「よろしかったら、お手伝いしましょうか。ひょっとしたらお力になれるかも……」

「そうしていただければ、願ったり叶ったりですが……。でも、どうやって？」

田口は驚いて藤原看護師を見た。藤原看護師は、ふっと真顔になる。

「差し支えなかったら、その告発文書を拝見できませんか？」

差し支えはある。田口は一瞬ためらったが、静かにうなずく。

「よろしくお願いします。リスクマネジメント委員会の委員長としては問題アリの行動ですけど、緊急事態ですし、私ひとりでは限界がありますし」

田口は胸ポケットから、白い封筒を取り出し藤原看護師に手渡した。沼田の部屋でジュラ期の地層に氷漬けで封印されたままだった古文書は藤原看護師の手であっさり解凍された。封筒から中身を取り出した藤原看護師は、眼を見開いた。

『救命救急センター速水部長は、医療代理店メディカル・アソシエイツと癒着している。VM社の心臓カテーテルの使用頻度を調べてみろ。ICUの花房師長は共犯だ』

「まさか、速水先生に限って……おまけに、あの花房まで……」

絶句する藤原看護師。田口は、同感です、とうなずく。

「沼田先生は告発の具体内容をご覧になっていないのね？」

田口はうなずくと、藤原看護師はほっとしたように笑う。

「沼田先生の具体的な情報獲得量はゼロなのね。よかった。田口先生はツイてる」

藤原看護師は、再び考え込む。それから顔を上げ、言葉を続けた。

「明日から小児科不定愁訴外来が始まるし、どう考えても時間が足りない。こうなったのも半分以上は猫田のせいでもあるし、仕方ないから私がひと肌脱ぎましょう。さて、ところでこの文書、どう読み解きますか？」

　田口は腕組みをして眼をつむる。

「告発者は院内関係者ですね。ICU内部の人間の可能性が高いと思いますが、確定できません。そうすると速水に恨みを持っている人間、あるいは正義感が強い人、のどちらかでしょうが、後者のラインは薄いと思います。これは患者の生死に関係しない部分の告発だからです。そうなると義憤よりも妬みや恨みの可能性が高い。兵藤情報によれば、ICUナンバー・ツーの五十嵐副部長は休職中、助手の佐藤先生は雑事を一手に引き受けていますが、速水のスパルタ教育に不満らしい。副部長の休職も、速水が厳しすぎたからだというウワサもある。看護師をこき使うので看護課の不満も鬱積しているようです。こう考えると容疑者候補は多い。ベッドコントロールに関しても、病棟事情を考えず有無も言わせぬ暴君振りですから、ICU以外に対象を広げると相当数になるでしょう」

　藤原看護師はちらりと時計を見る。「ぎりぎり、間に合うかな」

　藤原看護師は受話器を取り上げる。

「田口外来藤原です。中村主任をお願いします……久しぶり。そちらに不定愁訴外来希望者いる？　わかった。じゃあ十分後に外来受診ね。あなたが介助してきて。無理言ってごめんね」

藤原看護師は更に二件電話をした。会話の中身は同じ。電話を切り、藤原看護師は田口にメモを手渡す。三人の患者の名前があった。長期入院患者で愚痴外来の常連だ。愚痴外来受診希望を出すが、あまりにも頻繁過ぎるので病棟で適度にコントロールされて、愚痴外来受診が希望通りには適わない患者たちだ。

「それでは田口先生には今からお仕事をしていただきます。不定愁訴外来を三人ばかり、ただし、ひとり二十分のショート・コースでお願いします」

通常の不定愁訴外来は、患者が満足するまで聞き取りを行うが、今日は様子が違った。奥の院で藤原看護師と付き添い看護師のひそひそ話が終わると、愚痴外来は中途でも強制終了させられた。患者は未練たっぷりの様子で、病棟に戻っていく。通常ならひとり最低一時間かかる常連の外来が、三人合わせて一時間で終了した。勤務時間内ぎりぎりだったので、仕方がないのだが、田口は患者に申し訳なく思った。

中途半端な愚痴外来を終え、中途半端な疲労感にぐったりした田口に、藤原看護師は一杯の珈琲と紙の束を差し出す。田口はそのメモを受け取り、ぱらぱら眺める。すぐに真剣な顔で読み始める。しばらく読み込んだ後で顔を上げ、藤原看護師に尋ねる。

「これは一体？」

「ナースの院内情報網は、医師を遥かにしのぎます。そのメモはウワサの集積だから真実ではありません。でも仮説なら立てるくらいのとっかかりとしては充分なはずです。メモを足がかりにして、エシックスに斬りかかってみたらいかが？」

田口は賛嘆と感謝があふれる眼で藤原看護師を見つめる。

「ありがとうございます。これなら明日までに書類作成できるかもしれない」

そう言ってから、田口は不思議そうに藤原看護師に尋ねる。

「でも、看護師さんから情報を聞くだけなら、わざわざ不定愁訴外来にかこつける必要はなかったのでは？」

「情報を得るだけなら、ね。でもあたしがそういう動きをすれば、院内情報網に引っかかり、沼田先生に知られてしまうかもしれません。それは避けたくて、不定愁訴外来を隠れミノにさせてもらったんです」

藤原看護師は、にまっと笑う。藤原看護師の、沼田に対するマークの仕方は尋常ではない。その姿勢に違和感を感じながら、田口は積み上げられた書類の山に一撃を加え、破片を更に細かく砕く作業に没頭し始めた。

「私は時間なので失礼します。頑張ってくださいね」

最後の珈琲を置いて藤原看護師が小声で言う。田口の耳には藤原看護師の激励の言葉は届いていなかった。藤原看護師は苦笑し、部屋を出ていった。

12章　エシックス・エントリー

12月19日　火曜日　午後2時　赤煉瓦棟（精神科解放病棟）

翌朝八時。出勤してきた藤原看護師が愚痴外来の鍵を開けようとすると、扉はあっさり開いた。奥の院を覗くと、毛布にくるまった田口が寝息を立てていた。藤原看護師は物音を立てないようにフラスコに水を満たし、アルコールランプの火をつける。こぽこぽと水が逆流する音がし始めると、珈琲の香りが部屋に満ち始める。漆黒の液体がサイフォンの上部に満ちあふれたのを見計らって、藤原看護師はカーテンを開き、朝の光を部屋に導き入れる。

その光に起こされた田口が眼をこすり、上半身を起こす。

「おはようございます」

藤原看護師の挨拶に、田口は会釈をする。目の前の毛布をぼんやり見つめている。

「うあ。寒いですね」

珈琲の香りが気付け薬になったのか、田口の視線の焦点が周囲に合う。その目の前に、湯気の昇る珈琲カップが差し出される。田口は大きく伸びをすると、脱皮するように毛布から抜け出した。珈琲カップを両手で持って、手のひらを暖めた。

「書類作成は進みましたか？」

売店で朝食用のカツサンドを購入して戻った田口に、藤原看護師が尋ねた。

「おかげさまで。昨日はありがとうございました。本当に助かりました」

「お役に立ててよかった。それで、今日のご予定は？」

「午前中は小児科の子守でしょう？　午後になったら、基礎書類の提出前点検を直接、沼田先生にお願いしようかと思っています」

「そうですか……そのスケジュールはやむを得ないでしょうね」

藤原看護師は考え込む。顔を上げ、田口を見る。

「それなら今日の夕方、聞き取り調査を二人分、至急行う必要があります」

「二人ってどなたです？」

「速水部長と如月翔子さん」

飲み込みかけていたカツサンドが、田口の口の中で動きを止めた。

「速水の聴取、ですか」

必須の通過ポイント。わかってはいたが、現実にいざ突きつけられてみると、そのことを自分が望んでいなかったことに気づかされる。田口はためらいがちに尋ねる。

「どうしても今日、必要なんですか？」

藤原看護師がうなずく。田口は重ねて尋ねる。

「エシックスの様子をみてからではダメなんですか？」

「ダメです」

藤原看護師は首を強く横に振る。

「沼田先生の情報収集力を見くびってはいけません。今は田口先生がアドバンテージを握っていますけど、同時に用意ドンしたら勝ち目はありません。でも今なら間に合います。午後、沼田先生に書類の下見をしてもらうことがどうしても必要なら、今すぐ速水先生と如月さんとの面接を設定しないと後手に回ります。一刻の猶予もできないわ。沼田先生の情報網はきめ細かく張り巡らされていて、反応も素早いから」

「そうですか。兵藤クンとどちらが上ですかね」

冗談まじりの田口の問いかけを、藤原看護師は無視して続ける。

「ＩＣＵスタッフとのアポ取りは、朝の申し送り前でないと。今すぐ連絡した方がよろしいかと」

有無を言わせない口調と共に、藤原看護師は受話器を取り上げる。

「言葉が足りませんでした。アポイントは私が取ります。田口先生が直接連絡なんかをしたら却《かえ》ってヤブヘビです」

手短なやり取りで、速水と如月翔子の二人との会見を設定し終えた藤原看護師は、ほっとした笑顔になる。

「これで沼田先生の機先を制することができました」

「速水は当然ですけど、どうして花房師長ではなく如月さんなんですか？」

「注意点はエシックスにオレンジ二階の権堂主任がいること。彼女は松井総師長系列で情報収集の要。正義感あふれる人だけど融通が利かず、現場での軋轢《あつれき》も多い。彼女をエシックスに抜擢するなんて沼田先生はただものではない。必ず権堂を通じて病棟に細工を仕掛けてきます」

田口は別世界のおとぎ話を聞いたかのように無邪気に言う。

「ＣＩＡかＫＧＢみたいですね」

藤原看護師は、田口の茶々に取り合わず、続ける。

「沼田先生に依頼された権堂主任が目をつける相手は、間違いなく如月さん。その独特な性格と並外れた正義感は焚き付けるにはうってつけ。他のメンバーは花房師長が掌握していて、おそらく権堂主任には手出しができない」

「つまり、如月さんははぐれ狼なんですね」

まっすぐな眼で自分に挑みかかってきた翔子の様子を思い出し、田口は言う。

「そうです。ＩＣＵの爆弾娘。でもしたたかさは、権堂主任の方が数枚上手。看護課で権堂主任の首根っこを押さえられるのは猫田くらいしかいません。権堂主任が花房師長に細工するのは、力関係から不可能。でも如月さんに対してはできる。ですから前もって如月さんを押さえておく必要があるんです」

「速水を押さえたのはなぜです？　権堂さんは速水にもちょっかいを出すんですか？」

藤原看護師は呆れて田口を見つめる。

「まだ寝呆けていらっしゃるんですか。速水先生の事情聴取は遅かれ早かれ必要になるに決まってるでしょ。それなら如月さんと同時に行えばアナウンス効果がある。どうせ午後にはバレてしまうんですから。速水先生と如月さんに田口先生から依頼があったという情報の存在だけで、権堂主任の動きは封じ込められる」

「そんなものですか」

「そんなものです。でも、ご安心ください。これで権堂も軽々には動けない。さ、この件はここまで。もうすぐ小さなお客さまがお見えになりますから。張り切っていきましょう」

藤原看護師の言葉が終わらないうちに愚痴外来の扉が勢いよく開き、玩具を両手いっぱいに抱えた子どもたちが愚痴外来に飛び込んできた。

午後二時。田口は再び、赤煉瓦棟の由緒正しいぶ厚い扉をノックしていた。扉を開けると、沼田は驚いたような視線で、田口を迎えた。

「どうされました、アポイントもなしで。何か疑問点でもございましたか？」

田口は書類の束を差し出す。

「エシックスに提出する書類をお持ちしましたので、念のため事前に、ご指導をいただこうと思いまして」

「もう完成したのですか？　基礎調査も終えて？」

疲れ切った表情で、田口はうなずく。沼田はさすがに驚いたようだった。

「そうですか。それは素晴らしい。では早速拝見しましょう」

ぱらぱらと頁《ページ》を繰っていた沼田は、顔を上げると首を横に振る。

「内容自体は、過不足なくよく書けています」

田口はほっとした。昨晩病院に泊まり込んだ甲斐があった、というものだ。沼田は、田口の安堵に釘を刺すように続ける。

「よく書けてはいますが、残念ながらこのままでは受理できません。エシックスの審査は個人の吊し上げが目的ではありません。ですから固有名詞や、個人を同定できるような情報は抽象化しなければならない。このままだと一読して審査対象が速水先生だと同定されてしまいます。それがわからなくなるような形に書き直してください」

そんな文学的作業を現場の医師に行わせるなんて杓子定規で無茶な話だ。田口は心の中で呟く。沼田は淡々と続ける。

「このことは、お渡ししたエシックス要諦・第二分冊、一二五ページに記載してあったと思いますが。拝読した限り、今回のケースでは具体的な内容を私も把握しておく必要がありそうな気もしてきました。もしよろしければ、告発文書のコピーを頂戴できますか？」

「それは、今はしてはいけないことでしょう。エシックスの性質を考えたら、個人同定できるような資料と接すると、判断が変わってしまう可能性があるのでは？」

「そうですね。これは一本取られました」

にこやかな声に反し、縁なし眼鏡の奥の細い眼は笑っていない。沼田は続ける。

「問題の緊急性は理解できました。当方も、迅速に対応することをお約束します」

田口はほっとした。田口は藤原看護師から事前に、今回沼田は告発文書を見たがるはずだからそれは何としてもパスするように、という難問を課せられていたのだ。

沼田は田口に言う。

「それでは抽象化した書類のコピーを、明朝までに直接、各委員に配布して下さい。そうすれば明日午後のエシックスで取り上げることを約束します」

「全員に事前配布ですか？」

田口の疑問符に、沼田はうなずく。

「幸い明日のエシックスは院内バージョンで、内部委員だけで構成されています。ですから小回りが利くんです。今回は月に一度の院外エシックスの事前検討会もかねていますから、最速の対応で、金曜の院外エシックス審議にかけることも可能です」

田口は業務軽減を目指して、沼田に尋ねる。

「明日の会議の場で資料をお配りする、というのはダメでしょうか？」

「駄目です。他の委員会と違って、エシックスには事前に議題を検討してこないなどという不届き者はいませんから。これでも最大級の配慮をしているんですよ」

沼田の答えはにべもない。田口はため息をつく。さりげなく挿入された当てこすりは、リスクマネジメント委員会の黒崎教授を指しているに違いない。田口の委員長就任後、臓器統御外科・黒崎教授は委員会に出席することがほとんどなくなった。たまに出席しても議論には加わらず、居眠りばかりしている。黒崎教授から見れば田口は、自分の秘蔵っ子のチーム・バチスタを崩壊させた張本人なのだから、こうした反応も仕方がないと諦めていた。沼田は畳みかける。

「明朝までに委員全員に資料提出できますね？　無理なら、次の審査になるので一ヶ月後、つまり来年になりますが」

田口のためらいを、「来年」という言葉の響きが振り払う。

「やります」

「では、明日、午後二時、第三会議室でお待ちしています」

沼田が念押しをする。田口は尋ねる。

「ところで、明日の会議で審査する案件は、他にいくつあるのですか？」

「当エシックスは、迅速かつ頻繁な審査をモットーにしていましてね。いつでも新しい審査事項があるのです。但し毎週やっていますから、一回の審査で一件、もしくは二件がいいところです。ちなみに明日の審査希望者は放射線医学教室の島津助教授。議題は『検死に対するオートプシー・イメージング（死亡時画像病理診断）の普遍的運用』という案件です」

沼田の口調が微妙に変わる。田口は島津と沼田の確執を思い出す。島津は同級生だが、最近会っていない。小児科愚痴外来設立のきっかけでもあるし、久しぶりに顔を拝みに行ってみよう、と田口は思った。


扉を開けながら、沼田が穏やかな声で言う。

「そういえば田口先生は、小児科の猫田師長からの依頼で、小児不定愁訴外来なるものを立ち上げたらしいですね」

昨日の夕方のことをもう把握しているのか。田口は一瞬、首筋が寒くなった。沼田に対する藤原看護師の危惧を笑い飛ばした今朝の自分を猛省する。

「老婆心ながら申し上げますと私の専門は〝小児の精神外傷〟なんです。不慣れな分野に嘴《くちばし》を突っ込むと熱傷《やけど》しますよ。子どものご機嫌取りなら田口先生は適任だと思いますが、本格的に精神外傷《トラウマ》の治療をお考えでしたら、遠慮なくご相談ください。先生の手に負えなくなりましたら、いつでもお引き受けします。今回のように、ね」

音もなく扉が閉まる。一歩廊下に出ると、そこは厳寒のブリザードだった。田口は手にした再提出の宿題が急に重さを増したのを感じた。

田口が去った後、腕組みをしていた沼田は、おもむろに受話器を取り上げる。

「小児科病棟ですか？　権堂主任をお願いします。は？　ああ、精神科の沼田です」

沼田は窓の外の風景を見つめていた。やがてぼそぼそと受話器の向こうの相手と話し始める。

「なるほど、速水部長と如月看護師に田口先生から連絡があったんですね。それなら結構です。ああ、慌てなくても明日の朝には権堂委員の手元にも、その事案に関する資料が届きますからご心配なく」

受話器を置くと、沼田は考え込む。やがて、低い笑い声が部屋に流れた。

「田口、か。とっぽそうに見えて、どうしてどうして、なかなか、だな」

田口は憮然と腕を組み書類の山を睨んでいた。藤原看護師が珈琲を差し出す。

「どうでした、沼田先生の試験は？」

「落第《ビーコン》を喰らいました」

藤原看護師の表情に同情の色が浮かぶ。それから慰めるような口調で続ける。

「心配なさることはないです。今のところ、序盤は圧勝ですからね。心配していた小児科愚痴外来の立ち上がりだって上々ですし」

田口は、島津のところへ行って来ます、と言って立ち上がった。

☆

田口は地下3T―MRI画像診断ユニットへ向かう。
東城大学には二台のMRIが配備されている。一台は二階、画像診断ユニットにある1・5テスラの通常タイプ。もう一台は「地下MRI特別室」の3テスラ・高磁場MRIだ。MRIは強力磁石のN極とS極を高速に入れ替え、身体の中の小さな磁石（主に水素原子）を回転させ、位相差情報から画像を再構成する診断機器だ。テスラとは磁力単位で、磁力が強いほど鮮明な画像が得られる。3テスラは高性能機種で、撮像法を変えれば生体内物質移動や脳機能活性度など、高度な動的診断も可能になる。

CT（コンピューター断層撮影）と違い、MRIは撮影者の技術が物を言う。その機能を存分に引き出せるのは東城大学では島津だけだ、と言われていた。

後ろから肩を叩かれた。振り返ると島津の笑顔があった。

「よう、行灯じゃないか。珍しいな。どうした、道に迷ったか」

「久しぶりだな。実はその通り、少し迷った。お前の玩具箱《おもちゃ》に行こうと思ったんだ」

島津は不思議そうな顔をする。

「俺に何か用か？」

田口が小児科不定愁訴外来が立ち上がった経緯を話すと、島津はあっさり謝罪した。

「担当の看護師にもやりこめられて、反省している」

「浜田さんか？」

「なんだ、知り合いか」

島津は言う。

「丁度いい、明日午後に検査がある。見学に来いよ。ひょっとしたら画期的な世界的発見の場に立ち会うことができるかもしれないぞ」

田口は翌日の再来を約束し、話を変える。

「エシックスの沼田さんて、どんな人なんだ？」

途端に、島津の顔色が変わる。

「俺の前でその名を出すな。忌々しい」

ちらりと神田《かんだ》技師を見る。神田はそそくさと部屋を出ていった。神田の姿が見えなくなると、島津は田口に笑いながら語り始める。

「切れ味鋭い頭脳を、研究の邪魔をすることに精一杯活用している奇特な人さ。まあ、傑物であることは間違いないが、俺との相性は致命的に悪い。院内政治力も相当あって、あちこちに子飼いのスパイがいる。神田もそのひとりさ。忠誠心あふれる連中を集めて作り上げた諜報組織、それこそがエシックス・コミティだ」

「ずいぶんひどい会議らしいじゃないか。あの兵藤がお前に同情していたが」

「廊下トンビに同情されてもなあ。アイツは本来なら沼田組に入るべき人材だ。そうしないでいるのはお前に遠慮しているからだ。少しはヤツの気持ちを汲んでやれ」

田口は驚いて島津に尋ねる。「兵藤クンが俺に遠慮している？」

思わずクン付けしてしまった田口に、島津は笑って答える。

「ちょっと違うか。兵藤はお前になついているんだ。お前にとっては、毒にも薬にもならないだろうけどな。ところでなんで突然、沼田さんのことを知りたくなったんだ？お前のスタンスなら沼田さんとの接点は全くないはずだが」

「実はそうなんだ」

島津は、画像データをモニタ上で解析しながら、田口の言葉を待つ。田口は続けた。

「これから言うことは、誰にも言わないで欲しいんだが……」

島津はモニタを操作する手を止め、田口に向き合う。「おう、いいぞ。何だ？」

田口は一枚の紙を差し出した。島津はその紙を一瞥して、すぐに田口に返した。

「驚かないのか？」

島津はうなずく。「ヤツなら、ありうる」

「バカな。速水はこんなことのできるヤツじゃないだろ」

島津は田口を見つめ、言う。

「俺とお前は、アイツに対する認識の視点が違う。お前は、速水は高潔だからこういう行為はしないだろうと考える。俺は高潔だからこそこういう行為をするかもしれない、と考える。そこの違いさ」

田口は島津を見つめた。

「実は速水から直接話を聞こうと思っているんだが。同席してくれるか？」

田口の依頼に、島津は静かに答える。

「今回はやめておく。まずはお前が徹底的に話してみろよ。万が一こじれたら、その時は俺も参加するから」

その言葉を最後に、ふたりは黙って告発書を見つめ続けた。

13章　旧友《オールド・フレンド》

12月19日　火曜日　午後4時　本館1F・不定愁訴外来

速水は愚痴外来で珈琲を飲んでいた。田口の姿を認めると、速水は言った。

「行灯も偉くなったものだ。裏番長の藤原さんを使って、救命救急センター部長を呼び出すんだから。さすがにリスクマネジメント委員会委員長ともなると態度が違う。それにしても、じきじきのご指名なんてどういう風の吹き回しだ？」

田口は椅子に座る。机に肘をつき両手の指を組んで、速水を見つめる。

速水の顔から笑顔が消える。椅子に腰を下ろし、田口を見つめる。田口は言う。

「実は、リスクマネジメント委員会に、匿名の内部告発があった。お前が花房師長と収賄にからんでいる、という内容だ」

速水は田口の眼の奥を覗き込む。視線がピアノ線のように張りつめる。

「……どこから漏れたんだ？」

ため息のような速水の言葉を聞いて、田口の全身から力が抜けた。

「速水、まさか、お前」

速水はにこやかに微笑む。

「事実、だ」

圧力もかけないうちの自白は、コイツ一流の冗談《ジョーク》だ。田口はそう信じたかった。

「別に隠すつもりはなかったんだ。いつでも誰にでも答える準備はできていた。まさかその相手が行灯になるとは意外だったが、それが良かったのか、悪かったのか。まあ、その程度のことさ」

田口は速水の顔を見つめ、吐き出す。「なぜ、こんなバカなことを……」

「バカなこと、ね。あながちそうとも言えないんだ」

速水は視線を遠くに投げる。

「そもそも事の発端は、ウチの病院の事務方と市当局が救急医療に対する方針をいきなり転換したことだ。五年前オレンジ新棟を立ち上げた当時は、経済的要因は一切考慮しなくていいから桜宮市の救急医療を完遂して欲しい、と求められた。ドクター・ヘリ導入も視野にあると言われ、一も二もなく部長を引き受けた。オレンジの屋上がヘリポート仕様なのはそのためだ。ところが二年前、事務長が代わり、赤字徹底削減という方針に転換した。本気らしかったが事態は好転せず、そうこうするうち業績は更に悪化、前事務長は更迭された。これくらいは、お前も知ってるな？」

田口はうなずく。速水は、続けた。

「これでひと安心かと思ったら今度は、米国かぶれの事務長が厚労省の肝入りで派遣されてきた。杓子定規にカネで切り捨てたら救急は潰れるぞと脅したら、それでも一向に構わない、赤字部門は切り捨てる予定だから、とあっさり答えた。そうしなければ病院経営は成立しないそうだ。独立行政法人化した大学病院は経営もシビアだが、それでも現実は、治療を必要とする患者が目の前にいれば、治療しなければならない。結果は赤字の垂れ流し。俺は非合法な赤字隠しを講じながら治療を続けた」

速水はため息をつき、続けた。

「実は俺は、オレンジを立ち上げた当初からずっと、懇意だったメディカル・アソシエイツという納入代行業者とつるんでいた。そうでもしなければ、オレンジなんてあっという間に潰れてしまっただろう。俺たちが医者になりたての頃は、プロパーと呼ばれた薬屋が、雑用を何でも引き受けてくれた。あれもリベートの一種だったがまあ、そんな時代だった。赤字の救命救急現場で何とかしようと悩んでいるうち、いつしか物品の不正請求という方法で裏金を捻出する手法を覚えた。だが、使い馴れた手法を以てしても、近年の赤字解消には至らない。焼け石に水、さ」

速水は視線を田口に戻す。

「すべては言い訳さ。俺はリベートを取り、現場の費用を賄《まかな》った。それが罪だというのなら遠慮なく裁けばいい」

「お前らしくないな。なぜ、高階病院長なり誰なりに頼まなかったんだ」

「病院全体が赤字だから、費用を捻出してもらえない。無駄なことさ」

「このままでは罪に問われ、ここを追われるぞ」

「俺を追い出せるヤツなんているのか？　俺はリベートを取った。だが自分のためには一銭も使わずすべて、ここの医療を回すために使ったんだ」

速水はうっすらと笑う。

「現実的には証拠は何ひとつないはずだ。俺と業者の間では機器納入の際の領収書しか発行されず、手渡された領収書はその場でシュレッダー行き。どうやって立証する？」

「どういう会社なんだ、そこは？」

「メディカル・アソシエイツの代表取締役は、結城《ゆうき》さんさ」

田口は一瞬、ぼんやりした。それから徐々に古い記憶に血を通わせるように思い出していく。田口は、まさかと呟く。そして首を振った。

「参った。それじゃあ俺ごときでは、もうどうにもならない。サイアクだな。おまけにこの一件は沼田さんのエシックスにかけられることになった」

「何で行灯を経由して、エシックスに行くんだ？　さっぱりわけがわからんな。まあ、いいか。最後にあの沼田大先生と対決できるなんてラッキーだ。一度でいいから、あのすかした面《ツラ》を粉々にしてやりたい、と思っていたところだからな」

速水は立ち上がる。

「いつかこういう日がくると思っていた。だが相手が行灯とは、夢にも思わなかった」

速水は立ち去りかけて、立ち止まる。

「ひとつ言っておく。花房師長はこの件には関与していない。そこだけは事実と異なる。これは俺の独断でやったことだ」

速水は首をひねった。「それにしても一体、誰が……？　わからん」

速水は片手を挙げ、部屋を出ていった。田口と藤原看護師が部屋に残された。


「速水先生がこんなことに手を染めるとはねえ」

藤原看護師につられて、田口もため息をつく。

「どうやら、私利私欲ではなさそうですけど……これから大変です」

「この問題の処理を間違えると、東城大は炎上します。ドア・トゥ・ヘブンに迦陵頻伽が舞い降りた時からの運命なのよ、きっと」

藤原看護師は視線を上に投げる。十二階極楽病棟の止まり木にひっそりと棲んでいる迦陵頻伽、伝説の歌姫、水落冴子に、ふたりは思いを馳せる。

「次は如月さん。この娘には、スパイ役を引き受けてもらうつもり」

「それはたぶん無理ですよ。如月さんは速水に惹かれているみたいですから」

「だからこそ、この話に乗るはず。だって速水先生を助けるためですから」

「どういうことですか？」

「速水先生は地位にしがみつく人ではない。自分を守るためなら、あんな風に白状しないわ。辞職を覚悟し、東城大学医学部の行く末を案じているから、ああいう言い方になるんです。速水先生は自爆するつもり。そうなったら懲戒免職もあり得る。この状況を理解してもらえれば、如月さんはあたしたちの手足になってくれる」

藤原看護師は田口の顔を見つめる。

「だけど考えてみると少し変ね。速水先生は当然としても、なぜ告発文書に花房師長の名前があったのかしら。佐藤先生の名前の方がよっぽど信憑性《しんぴょう》がありそうだけど」

「その点は私も違和感を覚えました。一番考えやすいのは、佐藤先生が告発者だ、ということです。でも、それでは花房師長の名前を出すことが説明できない」

そう言うと田口は腕組みをして考え込む。そしてぽつんと呟く。

「どうやら内部告発とは別次元の何かが紛れ込んでいる、のかもしれません」

「田口先生、今日は冴えてるわ」

「滅多にないくらい酷使されているので、脳細胞のブレーキが壊れたんでしょう」

藤原看護師はふふ、と笑う。それから真顔で田口を覗き込む。

「告発者が誰か、一刻も早く同定する必要がありますね」

田口は首を傾げながら、答える。

「私は実は、告発者のあぶり出しはあまり意味がない、と思っているんです」

藤原看護師は不思議そうな顔をした。

「どうして？　それが今、速水先生を守るために一番必要なことではないのかしら」

田口は同意して、続ける。

「告発者の候補者は内部関係者でしょう。それ以上は何もわからない。でもそれで充分です。速水なら、告発者が誰であっても、甘んじて処分を受けますから」

「そうかも知れませんね」

藤原看護師は、虚空に視線をさまよわさせる。それから、厳かに告げる。

「でも、速水先生を切り捨ててはいけない。その時は、東城大学医学部が瓦解するわ」

ノックの音がして、扉が開く。青ざめた顔の如月翔子が田口の顔を見つめていた。


「先日はご苦労さまでした。おかげさまで水落さんのお加減は上々です」

「あの、その節にはお世話になりました。田口先生には大変ご迷惑をおかけしました」

翔子は頭を下げる。それからまっすぐ田口を見つめる。

「今日は、いかなる処分も受けようと覚悟して参りました」

「処分って、一体何の話ですか？」

「今日の呼び出しは、先日のベッドコントロールに口を出すという越権行為に対するリスクマネジメント委員会の審査結果の伝達ではないのですか？」

翔子は、松井総看護師長に書類を提出したことを告げた。

「どうやらリスクマネジメント委員会は当て馬にされたようですね」

田口は笑顔で言うと、翔子が田口に問いかける。「どういうことですか？」

「委員会には事象の報告義務がある。けれども好ましくないことなんですが、現実には件数が多すぎてリスクマネジャーが事案をコントロールしている。おそらく松井総師長のところで足止めされているんでしょう。ただ、いずれにしても如月さんの案件は問題がありません」

そうなんですか、と翔子は呟く。それから一層怪訝そうな顔で尋ねる。

「それなら私をお呼びになったのは、どういう御用なんですか？」

田口は気持ちを固め、一枚の紙を差し出す。

『救命救急センター速水部長は、医療代理店メディカル・アソシエイツと癒着している。VM社の心臓カテーテルの使用頻度を調べてみろ。ICUの花房師長は共犯だ』

翔子は紙片を取り上げ、一瞥した。みるみる顔が青ざめる。「何ですか、これ？」

「先日、リスクマネジメント委員会宛に送られてきた匿名の投書です」

「誰がこんなでたらめを？　どうして？」

「質問を変えましょう、速水先生はこうしたことに関与されていると思いますか？」

「速水先生に限って、こんなこと絶対にありません。田口先生は学生時代からのお友達なんでしょ。それなら速水先生のお人柄は、よくご存じのはずです」

田口は真剣な表情で言う。

「お願いがあります。この文書は内部の人間が書いたと思う。ＩＣＵ内部には速水先生に対し反感を持っている人間がいるはず。その動きは把握しておきたい。でないと速水はエシックス・コミティでぼろぼろにされてしまう。あいつは無防備すぎる。腐れ縁の友人として、そうなるのを見過ごせない。なのでＩＣＵ内部から告発が本当かどうか、あなたの視点から調べてみて欲しいんです」

「あたしにスパイしろ、というんですか？」

翔子は考え込む。それから顔を上げる。

「わかりました。やります」

翔子の答えに、田口はほっとして言う。

「引き受けてくれてありがとう。何かわかったら、すぐ私に連絡をください」

「わかりました。私から田口先生にご連絡する時はどうしますか」

「不定愁訴外来に電話を下さい。私がいなければ、藤原さんに報告してください」

翔子はちらりと藤原看護師をみる。それからまっすぐに田口を見て、尋ねる。

「時間外の場合はどうしますか？　あたしたちＩＣＵ勤務の看護師は時間が滅茶苦茶ですから、時間外にご連絡する必要もあるかも」

田口は、紙片にメモ書きをする。

「私の携帯の番号です。独り身ですから二十四時間いつでもＯＫです」

「ひとりで飲んでいて淋しくなった時でも、かけていいんですか？」

田口は一瞬、ぎょっとして翔子を見つめる。それからゆっくり笑顔になる。

「おじさんをからかうものではない」

藤原看護師が隣から口をはさむ。

「如月さん、今日、他に呼び出しを受けなかった？」

翔子は首を傾げる。それから、はっとする。

「そういえば、夕方、オレンジ二階の権堂主任のところへ伺うように言われましたが」

田口と顔を見合わせた藤原看護師はうなずく。

「そう。権堂主任にはあたしから連絡しておくから、その件はキャンセルしてね」

翔子は小さくうなずいた。

部屋を出ていく翔子の後ろ姿を見送りながら、藤原看護師は呟く。

「最近の若い娘は、油断も隙もあったものじゃないわね」

14章　ジェネラル・ルージュの伝説

12月19日　火曜日　午後5時
オレンジ新棟1F・救命救急センター

翔子がICU病棟に戻ると、影のように、姫宮が寄り添ってきた。

「如月先輩、何かあったんですか？」

翔子はぎょっとして言い繕《つくろ》う。

「ううん、ちょっと疲れただけ」

部長室の色褪せたランプを見上げる。不在。翔子の胸が暗雲で覆われる。

「大丈夫ですか？　顔色が悪いようですが」

姫宮の心配が疎ましい。翔子は突き放すように言う。

「人の心配より自分の心配よ。記録はつけた？　確認するよ」

姫宮はおずおずと記録板を差し出す。翔子は詳細にチェックする。じっと見つめていたが、やがて翔子は顔を上げる。驚きの色を隠せない表情。

「よく書けているじゃない。これ、本当にあなたが書いたの？」

こっくりとうなずく姫宮。褒められて、桃色眼鏡が恥ずかしげにうつむく。

たった三日なのに、すごい進歩。この娘、絶対にどこか変。人間ってこんな風に進歩しちゃっていいものなの？

翔子は薄気味悪そうな視線を、姫宮に投げかける。得体の知れない何かが、身の回りで起こっている。そんな気配に、翔子は震えた。

「あ、時間よ。ラシックスの静注をしないと」

こくりとうなずくと、姫宮はとたとたとナースステーションに向かう。

確実に進歩している。特に理論系の理解の速度はすごい。

とても素人とは思えない。

そんな風に考えた翔子は我に返って笑う。白衣を着て医療現場に立っているんだから、もともと素人のわけがない。何を考えているの、あたしったら。この娘を前にするとどうもリズムが狂う。

苦笑いしながら、姫宮の存在が翔子の心に確かな足跡を残していることに気づく。翔子の視線に見守られていることにも気づかずに、姫宮は床の配線につまずく。しかし電源を引っこ抜くには至らず、転ぶことも回避した。翔子は肩をすくめる。

実技系も進歩はしている、のかもしれない……こちらの方はほんのわずかずつ、だけど。

申し送りが終了し、ICUでは数人のスタッフがくつろいでいた。控え室では、いよいよ開店が間近に迫った大型ショッピングモール『チェリー』の話題でもちきりだった。当日非番の看護師が誘い合って、見学ツアーを企画していた。特に、口紅の専門店『リップス』は日本初上陸の有名ブランドとあって、その場の話題を独占していた。ひとしきり華やかな会話が続いていたが、ふと話題が途切れた瞬間、控え室の扉が開いた。みんなの視線が、翔子に叱られながら入ってきた姫宮に集中した。

ひとりの看護師が言う。

「それにしても姫宮って、化粧っ気がないわよねえ」

姫宮はあっさりと答える。

「お化粧はほとんどしたことありません。大学の卒業式の時に母がしてくれたのが最後です」

「あんた、本当に変わってる。大学出たの？」

看護学部があちこちに設立され、次第に大学出身の看護師が増えてはいたが、桜宮ではまだ、専門学校である看護学校出身の看護師の方が圧倒的に多数だった。姫宮は、はっという表情で口を押さえる。

「あの、一応大学は出ましたけど、看護師としては全然ダメです」

「そんなこと、わざわざ言わなくてもみんな知っているよ」

誰かの揶揄に、周囲は大笑いになる。森野がたしなめる。

「その辺にしておきましょう」

笑いが静かに収まって、穏やかな雰囲気になる。笑い声を上げた何人かの看護師は、立ち上がり、部屋を出ていった。姫宮と森野、そして翔子が残った。森野が言う。

「姫宮さん、化粧をしないのは各自の自由だけど、ICUにいる間は、ポケットに必ず一本口紅を持っていないとダメよ」

「なぜですか？」

「それがICUルールなの。花房師長も化粧っ気ない人だけど、ルージュだけはきちんと引いている。如月、あんたも持ってるでしょ？」

「当然です。私なんて、いつも最低五本は常備してます」

翔子はポケットからルージュの束を取り出し、ババ抜きのカードのように広げる。

「あんたは、やりすぎ」

森野が、翔子の頭を軽くこづく。翔子は、五本の内の一本を姫宮に渡す。

「多すぎて怒られたから、一本あんたにあげる。留守中に仕事を手伝ってくれた御礼」

姫宮は、ルージュを両手で受け取ると、嬉しそうに微笑む。

「ありがとうございます、如月先輩。嬉しいです。こんな素敵なルージュをいただいてしまって、本当にいいんですか？」

翔子は鷹揚に答える。

「いいのよ。これであたしのポケットのルージュは一本足りなくなるから、『リップス』に行くためのいい口実になるし、ね」

姫宮は、ルージュを陽にかざしてうっとりする。そんな姫宮の様子を見つめていた翔子は、ふと疑問を覚えた。翔子は森野に尋ねる。

「綺麗な赤……」

「ところで、どうしてICUの看護師はルージュを持たなければならないんですか？」

「花房師長から教えてもらわなかった？　ICUの患者は生死の境を彷徨《さまよ》うことも多い。その時、口紅の匂いにこの世への未練をかき立てられる患者がいないとも限らない。患者さんをこの世に引き戻すためなら何でもする。それが私たちICUのナースの心意気よ」

「その話は伺いました。でも、それが理由なら、看護師は全員ルージュを持つべきでしょ。その話は、何もICUに限らなくても、成立しますもの。私が聞きたいのは、なぜそれがICUのナースだけの話になったんですか、ということなんです」

森野は如月翔子を見つめた。それからにっこりと笑う。

「如月は鋭いわね。おっしゃるとおり、今のは他の部署の人間を納得させるために作られたお話。本当は、ICUの伝説に由来するの。聞きたい？」

「聞きたーい」

「どうしようかな」

「ああ、ひどいです、森野先輩、教えて。ね、姫宮、あんたも聞きたいよね。だったら一緒にお願いしなさい」

翔子の隣で、姫宮がこくこくとうなずく。森野は周囲を見回して、小声で言う。

「如月はそろそろこの話を聞く資格があるけど、姫宮、あんたには特別サービスだからね。いい、絶対他の部署の人間に漏らさないと約束して」

姫宮と翔子は真剣な顔でうなずく。森野はその様子を見届けて、話し始める。

「ICUのナースがポケットにルージュを持ち続けている理由、その物語の主人公は速水部長。速水部長は〝ジェネラル・ルージュ〟と呼ばれているけど、みんなは、〝血まみれ将軍〟だと思っている。事務の人たちはもっとひどくて、〝赤字将軍〟とバカにしている。でもどちらも違う。その由来は、あの〝城東デパート火災〟のエピソードなの」

ふたりの観客は、ごくりと唾を飲み込んだ。

森野はジェネラル・ルージュの伝説を語り始めた。

「桜宮に住んでいれば、〝城東デパート火災〟は知っているわよね」

森野の問いかけに翔子はうなずく。十五年前、開店セール中の城東デパートが火災になり、死者十数名、重軽傷者合わせて百名を越える大惨事になった。当時翔子は十歳。新聞やテレビで大きく扱われたので子ども心にも大惨事だ、ということは伝わった。森野は続けた。

「当時、赤煉瓦棟にあった東城大学医学部付属病院にはＩＣＵもあったけど、外科手術の術後患者も受け入れる、手の掛かる患者をすべて寄せ集め人員を手厚く配置する、という病棟だったらしい。ＩＣＵではなく、手術室付属病棟だったのね」

「そういう形態のＩＣＵは現在でも、地方の中堅病院では時々見られます」

姫宮が冷静に合いの手を入れる。森野は微笑み、続ける。

「火災は夕方に発生した。運悪く、病院に怪我人が運び込まれ始めたのは夜七時過ぎ。多くの医師は日勤を終え、帰宅途上にあって連絡をとれなかった。看護態勢は準夜勤の入り立て、つまり医師や看護師が最も手薄になる時間帯に、火災が発生して患者が運び込まれてきたの。あの頃は携帯電話もできたての頃、ポケットベルがはしりで、連絡がつかない人がほとんど。最初の怪我人が運び込まれてきた時、ＩＣＵ病棟にいたのはまだ若かった速水先生だけだった」

十五年前。速水は二年目か三年目の新米医師だったはず。若き日の速水の姿を想像し、翔子の胸は高鳴る。身を乗り出し、食い入るように森野を見る。そんな翔子を、姫宮が不思議そうにながめる。

「その時の速水先生の処置の迅速さは今でも語り草よ。当時のスタッフは今でも速水先生に対する尊敬の念を抱いている。当時のＩＣＵは規模が小さく、たった七床。最初の怪我人が運び込まれてから五分後にはベッドはいっぱいになった。それでも受け入れ要請の電話は鳴り続ける。看護師たちは電話応対で手一杯。かろうじて速水先生の処置スピードについていけたのは若手のエース看護師だけ。速水先生はその看護師とふたりで、次々に処置を施していった」

森野は、手にしたペットボトルのお茶をごくりと飲む。

「それで？」翔子が先をせかす。森野はにっこり笑って話を続けた。

「どれほど処置が迅速でも、ベッドはたった七床でしかも満床。その時点で、下っ端の速水先生には患者受け入れ拒否しか選択肢はなかった。だけど速水先生はそうしなかった。救急隊からの受け入れ要請を片っ端から受けていったの」

「大変。そんなことしたら病棟はパンクしてしまいます」

姫宮がはらはらしながら、言う。

「誰もがそう考える。でも速水先生は違った。一瞬の隙をついて病院長室に電話をかけたの」

「そして院長に向かって、院長権限を代行させせろ、と怒鳴りつけた、とか？」

翔子は推測を口にする。速水らしい逸話。ところが森野は首を横に振る。

「それも速水先生らしいけど、そうじゃなかった。その時病院長は海外出張中。つまりヘッド不在時の大災害だったの。速水先生は一瞬ためらった後、部屋を出ていった。さて、どこへ行ったと思う？」

「わかりません」

翔子はじれったそうに答える。いちいち確認しないで、とっとと物語を進めて。翔子は心の中で叫んだ。森野は続けた。

「向かったのは一階事務室。全館放送用マイクで、一斉放送を流した。『火災発生により負傷者が多数搬送されている。非常事態を宣言する。今から全病棟スタッフは私の指揮下に入る』」

言葉を切ると、森野は翔子と姫宮を交互に見つめた。翔子と姫宮は、ごくりと唾を飲み込む。

「信じられる？　ペーペーの下っ端医師が、独断で病院全体の指揮権を執ると宣言するなんて。でもそれだけでは終わらなかった。速水先生は、全館放送を通じて指示を出し続けた。医師、看護師はおろか、事務系の人たちまで手の空いている人間を全員、ホールに集合させ、外来待合室を臨時病棟に仕立て、あっという間に簡易病棟を編成してしまった。的確な処置をしながら、手空きの人を瞬時に適所に割り振る。怪我が軽い人に処置の手伝いもさせる。怪我は重くても生死に関わらない患者は簡易処置で床に転がしっぱなし。周りの人間は速水先生の手足のように動き回る。若手だけでなくベテランも速水先生の指示に従って処置をした。最後には速水先生は机の上で仁王立ち、運ばれてくる患者を適切に配分することだけに集中した。その様子を見ていた人には、速水先生が凱旋将軍のように見えた、というわ」

「それでジェネラルが渾名になったんですね」

翔子が尋ねる。ICUの語り部、森野がうなずく。

「そうよ。すべての処置が終わった時、病院全体のベッドはまるで計ったかのようにきっちり満床になっていた。速水先生が効率良く割り振りを行った結果よ。技術や器具が未熟な時代だから、よけいに驚きよ。こうして速水先生が捌《さば》いた城東デパート火災事件は、東城大学医学部付属病院の伝説になったの」

「速水部長、カッコいいです」

姫宮はうっとり呟いた。その様子を横目で眺めながら、翔子もまた、話の余韻に浸っていた。だが翔子はそのうちに、小さな違和感を覚えた。この話には絶対に続きがあるはず。しばらく待ったが、森野は話を再開する様子がなかったので、おそるおそる尋ねる。

「ところで、今の話とルージュはどこで繋がるんですか？」

如月翔子の質問に、森野ははっとした。

「いけない、一番肝心な話を忘れてた」

森野は、自分の頭をこつん、と叩く。それからお茶をひと口飲むと続けた。

「実はこの時に、ルージュがとても大切な役割を果たしたの。ＩＣＵが満床になり、速水先生が病棟全体の指揮権を執ろうとしたまさにその瞬間、さすがの速水先生も緊張して、顔が蒼白になった。その時に将軍《ジェネラル》の窮地を救ったのが一本のルージュ」

森野はポケットから二本のルージュを取りだし、机の上に並べる。その一本を人差し指でつつきながら、言う。

「指揮官が青ざめていたら、弱気が部下に感染する。はったりでもいいから勇ましく。そのために口唇に真っ赤なルージュを。そうアドバイスをした看護師がいたらしいの」

森野は、一本のルージュからもう一本の方に指を移して、続ける。

「速水先生は忠告に従い紅を引き、危険回避《リスク・ヘッジ》した。そのことがどれほど役立ったのかはわからない。影響なかったかも知れない。でもルージュは持ち主に返されることはなく、今も速水先生のポケットに眠っている、と言われている。それはＩＣＵナースの密かな誇りなの」

「速水先生が紅を引いたんですか。素敵。見たかったです」

姫宮が無邪気に感想を述べる。翔子は自分が口に出せなかった言葉をあっさり口にする姫宮を複雑な表情で見つめる。

「速水先生にルージュを渡した看護師は、誰だったんですか？」

翔子はさり気なく尋ねる。森野は答える。「これはウワサなんだけど……」

森野は声を潜める。つられて翔子と姫宮が前のめりで森野に近づく。森野は言う。

「それは当時手術室勤務だった若手のエース、花房師長だったらしいの」

翔子はどきりとする。

「ジェネラル・ルージュ、ですか……何だか、化粧品の新製品みたいですね。ひょっとしたら、『リップス』という所で捜してみたら見つかるかもしれません」

姫宮の素っ頓狂なコメントが、膨れ上がった翔子の想念に冷水を浴びせかけ、翔子は冷静さを取り戻す。さっき見せられた告発文書が浮かぶ。翔子の心の中に、熱い想いが燃え上がる。

こんな素晴らしい先生を、地に堕とすわけにはいかない。

15章　泥沼エシックス

12月20日　水曜日　午後2時　本館3F・第三会議室

地下室で施行されていた患児のMRI検査が終わり、田口《たぐち》は島津《しまづ》よりひと足先にエシックスの会場に向かう。東城《とうじょう》大学医学部の本館三階には会議室が三つあるが、頻繁に使用されるのは第三会議室だ。十名前後の会議を開くのに手頃な広さで、窓からの景色もよい。

開始十分前に島津が合流した。田口の顔を見て言う。

「プログラムによると、俺の審査が先だ。よく見て一刻も早く沼田《ぬまた》さんのクセを見抜け。でないと泥沼に飲み込まれ、速水の救出が困難になる」

田口はうなずく。「援護を頼む」

「審査が終わってもオブザーバーとして残ってやる」

田口はプログラムをぱらぱらと眺める。

「それにしてもお前がエーアイに関わっているとはね。意外だったたな」

「法医学の笹井《ささい》教授に泣きつかれてね。義ヲ見テセザルハ勇ナキナリ、でね。話を聞いてみると、なかなかイケそうな企画だし、何より医学の根幹を成す情報としての重要性を確信したから積極的に関わることにした」

　島津は続ける。

「よく考えたらお前は俺の案件審査のオブザーバーになるわけか。それなら耳栓を用意しとけよ」

　沼田がお供を引き連れ入場した。田口と島津が談笑している様を見て、笑いながら言う。

「そういえばおふたりは同級生でしたっけ。せいぜい協力して頑張ってください」

　数分後。島津は自分の予言通り、吼《ほ》えていた。

「沼田さん、何が不満なんだ？　この案件審査は三度目だぞ」

　沼田は親指と人差し指を立ててL字を作り、自分の顎を支えながら島津を冷静に見つめる。

「表現が不適切です。不満ではなく、不備、と言い換えてください」

　そう言って振り向くと、書記と思しき事務員に顎をしゃくる。

「君、今の不規則発言を議事録から削除して」

　事務員はうなずく。

「どこが〝不備〟なんだ？　教えていただけませんか」

島津のはらわたが煮えくり返っているのが手に取るようにわかる。瞬間湯沸かし器。学生時代とちっとも変わっていない。オブザーバー席から様子を眺めていた田口は、島津の短気を責める気にはなれなかった。沼田の進行加減は、百人いたら九十九人まで、島津に対する嫌がらせに見えたに違いない。沼田は肩をすくめる。

「御発言の際には、挙手を。しかしまあ、島津先生は常連ですし、カスタマー・サービスをしないとお見限りされてしまいそうですから、今回は特別に問題点をお教えいたしましょう」

沼田は島津の申請書類を取り上げる。

「前回指摘した、添付資料の不備に関しては今回は多少解消されています。でもそれは〝多少〟ですから、誤解なさらずに。但し問題はそこではない。今回、新たな問題が発覚したんです。患者に対する告知文書の不備。これが致命傷でした。この申請書の中には、患者に対する副作用や有害事象に対する記載がない」

島津は呆《あき》れて沼田を見つめる。

「患者の有害事象って、あんた、俺の申請書類を本当に読んでいるのか？　本研究はエーアイ、つまり死体の画像診断に関する研究だ。被験者に有害事象なんてあるわけないだろ。死んでいるんだから」

沼田は動じない。

「その考え方は偏狭です。有害事象は、死者に対する説明においても重要です。たとえいかなる検査であろうとも、いみじくも検査という名がつく以上は、そこに必ず情報の受け手が存在します。有害事象に関する知識がどう役に立つかということは、人知の及ぶ事象ではありません。情報発信側はその点に留意し、常に受け手のことを考えて万全を期す必要があります。それこそ医療従事者の誠意です」

見事な論理。きらびやか、かつ空疎。田口は、沼田が曳地《ひきち》委員長の直系の後継者であることをはっきり認知した。論理的に見える分だけ曳地委員長よりもタチが悪い、もとい、格上だ。沼田は曳地委員長の秘蔵っ子と呼ばれていたようだが、ひょっとしたら鬼っ子なのかもしれない。

島津が立ち上がる。

「これ以上議論を重ねても通してもらえそうにないな。仕方がない。次回までに、死体に画像診断をした場合に、〝本人〟に及ぼす悪影響について記載しておく」

沼田は悪びれずに頭を下げる。

「お願いします。老婆心ながらご忠告。その論理を補強するための参考文献を必ず添付して下さい。それから〝死体〟ではなく〝御遺体〟と記載し直すこと。そうしないと審査は落ちます」

机の上で揃《そろ》えた書類をばん、と叩きつけ、島津は乱暴なお辞儀をする。そのまぐるりと遠回りし、田口の座るパイプ椅子《いす》に蹴りを入れる。

八つ当たりするなよ、という田口の小声の抗議に、島津が言う。

「やってられないぜ、全く」

島津の様子を尻目に見ながら、会議室の前方でエシックスの構成員の面々が合議を重ねていた。やがて島津の背中に沼田の声が響く。

「島津先生、コングラッチュレーション。ただ今の指摘点を修正の上、ご提出いただければ、明後日の外部委員参加のエシックス・コミティにエントリーさせていただきますが」

田口が島津を見上げる。小声で言う。

「よかったな、一歩前進だ」

島津はうんざり顔で田口を見下ろす。

「めでたくなんかない。内部のバカばかりではなく、今度は外部からアホウがやってくるだけのことさ」

島津は椅子にどかっと腰を下ろし、小声で田口に言う。

「うまくやれよ。普段よりオーバーに暴れたから、ヤツも多少は動揺しているはずだ」

田口は島津を見る。ウソをつけ。地でやってたくせに。田口はそう思ったが、あえて言い返さずに、いたずらっ子のような表情の島津に対してうなずき、立ち上がる。沼田の硝子玉のような眼が、田口を見た。抑揚のない声が田口を舞台に招待した。

「お待たせしました。エシックス・エントリーナンバー78、リスクマネジメント委員会の田口委員長から提出された案件の審議に入ります」


田口は丸椅子に腰を下ろす。小さな机の上に提出書類のコピーがあった。洋画で見た場面を思い出す。米国の陪審員制度の下の裁判。田口が着席したのは被告席だ。陪審員は七人の怒れる人々。名簿には八名記載されていたが、一名欠席で総計七名。

正面に、小柄な沼田が堂々と座る。右手に呼吸器内科曳地委員長の直系・日垣《ひがき》講師。左手は循環器内科の谷村《たにむら》講師。ふたりとも田口より年下で、論文の数もそこそこ、教室の出世頭。臨床センスにやや欠け、病棟での評判が芳《かんば》しくなく、かつて受け持ち患者を愚痴外来に送られた経験を持つなど共通項が多い。田口に対し決して良好な感情を持っていないことだけは確かだ。このふたりを飛車角とするなら、香車は沼田の腰巾着《ぎんちゃく》、精神科講師・工藤《くどう》だ。桂馬は島津の門番、放射線技師の神田《かんだ》。神田は島津の下にいる方が不自然で、ここの方が似合う。銀将はオレンジ新棟二階小児科の権堂《ごんどう》看護主任。藤原看護師もマークする要注意人物にして情報のキーウーマン。幸か不幸か、田口とはほとんど面識がない。

王将にぴったりと寄り添う金将は、意外にも三船《みふね》事務長だ。トレードマークのピンストライプの背広と、姿勢のよい佇《たたず》まいが、医療従事者とは異なる色合いをメンバーに加えていた。事務職トップとはいえ着任してまだ半年で畑違いのエシックス・コミティの委員に名を連ねるあたり、なかなかの遣り手だと言えるだろう。

欠席者は曳地前委員長。院長情報によればエシックス設立の立て役者だが、定年退職が間近のため会議も欠席気味らしい。

どうやら高階《たかしな》病院長や兵藤《ひょうどう》の情報はマブネタだった。最強にして最悪のメンバー、これほどのメンバーが対田口撃墜チームという意図で構成されたとしたなら、田口にとって身に余る光栄と言わざるをえない。

沼田が口火を切る。

「本日は、恐らく東城大でエシックスから最も縁遠い存在である田口講師からの申請事案に対する審査です。ご存じのように田口講師は現在、神経内科学教室の講師であると同時に、不定愁訴外来なる病院の一ブランチの長にして、病院の重要な機構であるリスクマネジメント委員会委員長、及び電子カルテ導入委員会の委員長を兼任しておられる、わが東城大学医学部の昇り龍であらせられます。その出世頭の田口先生をして、なにゆえエシックスから最も縁遠い医師と考えるのか、ということを老婆心ながらご説明しますと、エシックス・コミティは臨床研究の倫理審査を行うため設立された委員会だからです。そして田口委員長は臨床研究や論文作成という大学病院における基本的義務に背を向け、敢然とアンチテーゼを大学当局に突きつけ続ける英雄です。本日は場違いなエシックスによようこそご足労くださいました」

絢爛《けんらん》にして豪華なプロフィールの紹介を受け、田口は素っ気なくお辞儀をする。田口の余裕をうち砕こうと、谷村が濁った声で追い打ちをかける。

「臨床研究や論文に背を向けていらっしゃる？　そんなことが大学病院の一員として、可能なのですか？」

時代がかったセリフに右手の日垣がうなずく。

「田口先生は一編も論文を書くことなく神経内科学教室の講師に登り詰めた天然記念物、いわば東城大学の人間国宝なんです」

「なるほど、絶滅危惧種だから病院長から手厚く保護されているのですね」

沼田のジョークに、メンバーは一斉に笑う。こうして眺めてみると、エシックス・メンバーの結束力はチーム・バチスタのグロリアス・セブンにも匹敵する。だが、同じ七名でありながら、その品格は天と地ほど違う。

田口はため息をついた。

沼田が言う。

「初お目見えのお客さまに対するリスペクトはこの程度にいたしまして、早速本題に入りましょう。先ほど申し上げた通り、田口先生がエシックスに顔出しするという事態は全く想定しておりませんでした。しかし本案件を拝見し、いかにも田口先生らしい依頼だと再認識しました。田口先生と私たちの接点はここしかないという、ピンポイントの案件です」

谷村が皮肉な笑顔になる。

「おっしゃる通りです。書類を拝見しましたが、他科のあら探しとはね。リスクマネジメント委員会を愚痴外来の延長だと勘違いされているのではないですか」

「委員会の私物化、のようにもお見受けしますが……」

甲高い声で神田が参入する。どうやら彼は、田口の引きずり下ろしの急先鋒になることが自分に課せられた使命だと思っているらしい。神田も、小児愚痴外来設立の一因を成しているわけだから、間接的に田口に恨みを抱いているひとりであるには違いない。見回せば四方八方敵だらけ。日頃の行いは自分に還る。田口はため息をついた。

沼田が笑いを抑えて言う。

「我々も潤沢な時間を持ち合わせているわけではありません。先を急ぎましょう。具体的な内容について調査結果を田口先生からご説明をお願い申し上げます」

「これはある医局で収賄が行われている、という内部告発です」

田口のあっさりとした口調に、谷村が笑う。

「田口先生、今さら未熟な匿名化なんかしなくてもいいですよ。誰が読んでもこれが速水《はやみ》部長の犯罪の告発だ、ということは一目瞭然です」

沼田がすかさずたしなめる。

「谷村先生、匿名化はエシックスでは厳格に守るべき規則です。たとえ書き手の未熟さで匿名化が不充分だったとしても、そこにはあえて眼をつむりましょう」

「申し訳ありませんでした」

谷村は謝罪する。沼田が続ける。

「まあ、これは建前です。田口先生にエシックスの根本の理解を獲得していただくために谷村先生に教材になっていただきました。審査進行に関しては、同定されてしまった人物を匿名化する意味はないので、今回は例外的に実名で審議します」

日垣がうなずいて、意見を述べる。

「それにしてもあの傲慢な将軍が裏でリベートを要求していたとは。清廉潔白な白馬の騎士だと思っていたら、実は悪代官だったなんて、寂しい限りですね」

沼田をちらちらと見ながら、谷村が言う。

「田口先生のエシックス・センスはゼロに近いですね。本案件は法により判断されるべきことで、倫理審査以前の問題でしょう」

田口は沼田から視線を切らないまま、告げる。

「私がこの案件をエシックスにかけたのは、速水先生の処分をどうして欲しいか、ということを討議していただくためではありません。この案件が倫理的に問題があるかどうか、検討していただきたいと思ったからです」

一瞬、場が静まり返る。次の瞬間、爆笑が湧き上がる。

「収賄が倫理的かどうか、ですって？　違法行為が倫理的？　なるほど、谷村先生の印象は妥当です。田口先生は実にユニークなセンスをお持ちですね」

沼田が笑い声を抑え、田口に言う。笑い声が収まるのを待って、田口は言う。

「違法性と倫理問題は関係ないと思います。〝悪法も法〟か、〝悪法は修正されるべき〟かによって、話は変わるはず。速水先生のような高潔な人物がなぜ、収賄などという犯罪行為に走ったのか、その原因を検討することこそエシックスの本筋ではないのですか？」

「なるほど、造反有理ときましたか。しかしいくら強弁なさろうと所詮はリベート要求ですからね。確実に自分のポケットに入れてますよ。でなければリベートを取る意味がない」

日垣の一方的な論理展開に、田口の抑制が外れた。胸中を、アクティヴ・フェーズの極意の惹句、〝張られたツラは張り返せ〟がよぎった。田口は日垣を見つめて言う。

「日垣先生がおっしゃるとリアルですね。こうした場合に真っ先に浮かぶ考えは、自分ならどうするか、という考えですから。そこには自ずから、その人の品性が表れます。沼田先生、確かそうでしたよね？」

日垣は田口のねじくれた表現をすぐに理解できずにぽかんとした。沼田が苦虫を嚙《か》みつぶしたような表情になる。半呼吸遅れて日垣が田口発言の要旨の理解に到達し、到達した途端、憤りで真っ赤になる。

沼田は、田口を見ながら言った。

「田口先生のエシックスに対するスタンスは、一連のご発言で理解できました。申請者がこのように不真面目では仕方ありません。エシックス・コミティ委員長権限で、明日、臨時倫理問題審査委員会を召集いたします。その場で告発対象者に対する直接審問を行います」

「本人尋問はエシックスの原則に反するのでは？」

田口が反論する。沼田はねっとりした笑顔を浮かべる。

「ご心配なく、これは尋問ではありません。審理結果を本人に通達する時の聴聞です。参加は自由。出席したくなければそれで結構です。エシックスに処分権限は与えられていません。賦与されているのは、審査行為だけです。従って何ら問題はありません」

沼田は感情を抑えきれなくなったのか、さらに言葉を続ける。

「先日、提出を却下された告発文書原本を、明日は必ず提出してください。ご本人をお呼びするわけですから告発文書を当コミティに隠匿する理由はありません。それでも拒否されるとあれば、田口先生に対するあらぬ疑惑まで誘起します」

田口は答える。「本人出席でしたら、その時は資料として配布します」

中途半端なアクティヴ・フェーズは、沼田委員長の中の獣性を呼び醒ましただけだったようだ。生兵法は大怪我のもと。オブザーバー席で、島津がげんなりした表情で田口と沼田の双方を交互に見比べていた。その表情は険しかった。沼田はそんな島津の様を見て、にやりと笑った。

委員が退場した会場に、島津と田口が残っていた。田口が口を開く。

「……ドジった」

腕組みで難しい顔をしていた島津が、不意に表情を崩す。大笑いしながら田口の肩を叩いた。

「よくやった。胸がすっとしたぜ」島津は高笑いを続けた。

「沼田さんがあそこまで感情を露わにしたのは初めて見た。いつも高みから人を見下ろしていたから、気にくわなかった。そりゃ余裕あるよ、他人を評価するだけで自分は絶対安全地帯から出てこないんだから。行灯は沼田さんを同じ土俵に引きずり下ろしたわけだ」

「怒らせて、事態を悪化させてしまった」

「いや、大成功さ。ルール遵守に命を張る沼田さんに臨時エシックス・コミティの開催を口走らせたんだから。今頃沼田さんは我に返って歯ぎしりしているはずさ」

大笑いしすぎてこぼれた涙を拭きながら、島津は続ける。

「やり合っている最中も、大笑いしたくてしょうがなかった。でも、もしも俺が高笑いなんかしたら、沼田さんはたちまち正気に戻ってしまうからな。いやあ、我慢は辛《つら》かった」

田口は島津に言う。「これから水落さんの回診なんだが、一緒にこないか？」

島津は真顔に戻る。

「行きたいのはやまやまだが、実はトラブル発生で、明日急遽、症例検討カンファを開くことになった。その準備と再提出書類作成で時間がない」

そう言うと島津は声を潜めた。

「行灯が関わっていた小児科患者、ちょっとヤバいぞ。その件に関し明日カンファを開催するんだ。よかったらお前も参加してくれないか」

田口は、島津を見てうなずいた。

16章　天窓の歌姫

12月20日　水曜日　午後4時
オレンジ新棟1F・救命救急センター部長室

オレンジ新棟、救命救急センター部長室。速水は灰色のモニタ群をぼんやり眺めていた。そのひとつが、さっきからずっと薄桃色に染まっている。だが速水は腕組みをして、我慢していた。

モニタの中では、大柄の桃色眼鏡がとたとたと動き回っていた。

——論理的に解析すれば、無駄が極端に少ない合理的な行動なんだが……。

速水が見守る中、姫宮《ひめみや》は〝淡々と〟プラス〝おそるおそる〟という、互いに相容れるはずのない形容詞のハイブリッドの様子で、与えられた課題をこなしていた。速水のアラームは相変わらず鳴り続けているが、始めは第一種だった警戒態勢は第三種に格下げされている。この二日間で、姫宮の動作の安定性は驚くほど向上していた。

——大した進化速度《スピード》だ。

心中で褒めた途端、モニタの桃色が赤く強くなる。かしゃん、と硝子が砕ける音。

「こら、姫宮」

モニタの外側から如月の叱責《しっせき》の声がする。姫宮は声の方向に頭を下げ、それからモニタの中の速水を真っ直ぐ見つめて、深々と謝罪のお辞儀をする。速水は苦笑した。

安定性に欠けるのが、姫宮《アレ》の最大の欠点だな。

速水は溶けてしまって棒だけ残ったチュッパチャプスをゴミ箱に投げ捨てる。

――それにしてもこの時期に姫宮に一ベッド任せるとはいい度胸してるな、あいつ。翔子《しょうこ》は案外いい指導者になれるかもしれない、と速水は思った。

速水はふと、午後になって如月《きさらぎ》翔子の姿がモニタ上に現れていないことに気がついた。いつもならうるさいくらいモニタに映り込もうとする翔子の姿が見えないことに、速水は微《かす》かな喪失感を覚えた。自覚したその想念をあわてて吹き消す。

画面は薄桃色に復帰していた。その中で姫宮が床に散らかった硝子の破片を黙々と片づけていた。気がつくとモニタは、桃色《ピンク》と灰色《グレー》の点滅を始めていた。

電話の音。普段はアラームか呼び出しマイクの音しか鳴り響かないので、速水にはそれが電話の呼び出し音であることを認知するのに少々時間が必要だった。

受話器を取り上げると、女性の声が聞こえてきた。

「救命救急センターの速水部長、でしょうか？　お電話を代わります」

外線？　案に相違し、聞こえてきたのは内部の人間の声だった。

「速水部長、沼田です。エシックス・コミティの」

電子音みたいな声が抑揚なく響く。やっときたか、エシックス。

「ご用件は?」

一瞬、受話器の向こう側が口ごもる。不明瞭な響きを、速水は何とか聞き取ろうと耳を澄ませる。

「本日の倫理問題審査委員会で、速水先生に関する議題が出ました。討議の結果、明日開催の運びとなりました。速水先生のご都合がよろしければ、明日の臨時倫理問題審査委員会にご出席いただけないかという申し出でして」

「委員会への出席? なぜ俺が?」

「当事者としての御意見を是非お聞かせ願いたい、と思いまして」

「明日は少々多忙で、午後の出席は難しい。倫理問題に関し、意見などありませんよ」

「敵前逃亡ですか?」

押し殺した声。瞬間的に速水が応酬する。

「何だと? 言葉遣いには気をつけろ」

受話器の向こう側の体感温度が一度下がった気配。張りつめた緊張がふっと緩んだ。

「失礼しました。ご多忙なら構わないんですが。ただ、欠席なさるとさっきも申し上げたみたいに思われる可能性は否定できません。何しろ明日の議題は、速水先生に対する告発文書が検討課題ですから。当方といたしましても欠席裁判はできるだけ避けたい、と考えておりまして」

速水は沼田の公家言葉を、ＩＣＵ用語に翻訳する。

――お前の吊し上げ会を開催するから出席しろ。欠席したら逃亡犯で有罪と判断するぞ。

翻訳を終えて速水は苦笑する。公家一族にもそれなりの苦労があるものなんだな。

――誰が逃げるか、そうならそうと最初からそう言え、ボケ。

速水は自分のセリフを公家翻訳装置にかけて、相手に伝える。

「そうでしたか。そうとは知らずご無礼いたしました。そういうことでしたら、何とか都合をつけて出席します。四時、第三会議室ですね」

にこやかに言って、速水は乱暴に電話を切った。

珍しくＩＣＵ病棟は安定していた。ベッドも二つ空きがある。ふと、天窓の歌姫のことを思い出した。速水はソファの中で大きく伸びをすると、立ち上がる。

患者のフォローは大切だ、と言い聞かせ、速水はエレベーターに乗り込んだ。上昇を始めたエレベーターランプをぼんやりと見つめる。

エレベーターは上昇を止め、扉が開く。

十二階、極楽病棟。天国に一番近い病棟。ここの空気はICUのバトル・フィールドと正反対だ。機銃掃射と曳光弾《えいこう》が飛び交うど真ん中にある、たんぽぽが風に揺れる原っぱ。

速水はため息をつく。一瞬立ち止まるが、すぐ大股で歩き出す。

ドア・トゥ・ヘブン。この扉の向こう側には、本当に天国があるのだろうか。

扉をノックすると、物憂げな返事が返ってきた。扉を開けると、部屋には光があふれていた。アルコールの香り。空間は爛熟《らんじゅく》し、熟柿《うれがき》のように枝から落ちそうだ。

夾雑物《きょうざつぶつ》を排しナイフの抜き身のように、冴子《さえこ》はただそこにいた。

冴子は速水を見て、微笑する。

「ようこそ。お待ちしていました」

速水は勧められた椅子を断り、腕を組んで壁に寄りかかる。「この方が楽なんです」

「独楽《こま》みたいな方ね。静かだけど高速で回転している」

速水は笑顔で尋ねる。「お加減はいかがですか?」

冴子は、速水を見つめる。

「社交辞令はいらないわ。ご存じでしょ、あたしに残された時間は少ないの」

速水は窓の外、海原を見つめる。冴子のハスキーな声が速水の輪郭を描き出す。

「疲れていらっしゃるのね」

速水は笑う。「実は、友人に告発されましてね」

「悪いこと、したんですか？」

「悪いとは思っていないんですが。社会のルールには反しました」

冴子は笑う。

「心配することないわ。速水先生は天翔けるイカロス。ただひとり、大空を駆ければいいの」

「いいんですか？」

冴子はアリアを歌い出すように背筋を伸ばし、胸の前で手を組む。

「いいの。世界を代表してあたしが言うわ。速水先生、自分が信じる道を行きなさい」

冴子は笑顔になる。ふたりは黙って、窓から見える光り輝く水平線を見つめた。


速水は話題を変える。「主治医はどうです？」

「最高ね。行灯《あんどん》先生はお友達なのでしょ？」

「とんでもないヤツですよ。俺を告発したのもアイツなんですから。おかげで明日は院内裁判に出頭しなくてはなりません」

「行灯先生が速水先生のためを考えてくれてるのは、わかっていらっしゃるんでしょ」

速水は押し黙る。やがてぽつりと言う。

「一曲、歌ってくれませんか」

冴子は速水を見つめた。ゆっくり首を振る。

「あたしの歌なんて、ちっとも必要としていないくせに」

速水はうつむく。肩越しに冴子が言う。

「あたしは速水先生のためには歌わない。だけど明日は歌うことになっているの。よろしければ午後三時、地下の画像検査室においでになって」

冴子は速水を扉まで見送る。

「さよならをする前にもう一度だけ、あたしはこの世界で誰かのために歌う。だけどそれは速水先生のためではない。あたしの歌は、ねじれた世界をときほぐすためのもの。だから先生とは無縁の世界よ。だって、速水先生《ジェネラル》の道はどこまでも真っ直ぐで、決して曲がることはないのだから」

冴子の言葉に、速水は不思議そうに彼女を見つめる。

「何であんたは、そんなことを……」

問いには答えず、冴子は速水の肩を押し出した。優雅なお辞儀と共に、扉が閉まる。

速水の目の前でひとつの世界が閉ざされた。速水は昂然《こうぜん》と顔を上げ、戦場に戻る。

エレベーターを降りると、私服姿の如月翔子とすれ違った。一日、姿を見ないことが速水をどれほど渇かせたか、翔子の姿を認めて初めて自覚した。翔子は速水を認めると、うつむいて会釈をし、足早に通り過ぎようとした。速水は翔子を呼び止める。

「如月」

翔子は立ち止まる。振り向かず答える。

「何でしょうか、速水部長」

速水は言葉に詰まる。何かを言いたくて呼び止めたわけではなかった。一瞬ためらい、それから不意に思いついて、不器用に言葉を紡ぐ。

「水落さん、元気だったぞ」

翔子が振り返ってにっこり笑う。「よかった」

「明日、地下画像診断室で水落さんが歌うことになった。一緒に聴きに行くか？」

「いいんですか？　嬉《うれ》しいです」

翔子は速水を見つめた。それからうつむいて、お辞儀をする。「失礼します」

両手で鞄《かばん》を抱き締めて、足早に行き過ぎる。速水が後ろ姿を見送っていると、不意に翔子は振り返る。

「明日、とっても楽しみです」

翔子の笑顔が、速水の胸に沁みこんでいく。

速水はＩＣＵに戻る。モニタはグレー一色。不愛想なモノトーンに、安堵《あんど》する。

結局、俺には他に行くところなんてない。

——お前らしくないな。

田口の言葉の欠片《かけら》がふわりと浮かぶ。

相変わらず遠慮のないヤツ。俺らしいってどういうことだ？　学生時代、麻雀卓を囲んで徹夜した頃の俺が、俺らしいのか？　それとも竹刀を握り、面金の向こう側の敵の眼を見据えていた時だろうか。長い月日が経つうちに、俺は本当の自分をどこかに置き忘れてきてしまったのかもしれない……。

思いがけないタイミングで、思わぬヤツから、思いもよらない指摘を受けたな。

テーブルの上の片隅に置かれた架空請求書に眼をとめる。処理のし忘れ。蓄積疲労がほころびから顔を出す。気づかないうちに、あちらこちらに沢山のぼろを撒き散らしているに違いない。速水はコールを押し、花房《はなぶさ》師長を呼び出す。

花房師長が音もなく部屋に入ってくる。速水が請求書と領収書を合わせたものを手渡す。書類を受け取り出ていく花房を、速水は呼び止める。

「その書類、本当にシュレッダーにかけているんだろうな」

花房が動きを止める。ドアノブに手をかけたまま、振り返らずに言う。

「ＩＣＵで速水部長の指令に逆らえる人間なんて、いませんわ」

「その件が外部に漏れ、エシックスに喚問された。どうやら俺は、沼田さんの餌食《えじき》になるようだ」

花房が眼を見開く。「どうして沼田先生が？　まさか、そんな……」

速水はからりと笑う。

「心配しなくていい。これは俺ひとりでやったこと。あんたは何も知らない。いいな、あんたは俺に言われるがまま中身も見ず、書類をシュレッダーにかけただけだ」

花房の頬が紅潮する。「関係ないのなら、なぜお確かめになるんですか？」

「単に確認しただけさ」

花房は声を荒げる。

「速水先生、何かありましたら、私はいつでも先生のために証言いたしますから」

速水はうっすら笑う。

「気持ちだけありがたく受け取っておく」

花房は速水を見つめた。何か言いかけて口を開いたが、その言葉は速水には届かなかった。花房はドアを開き、部屋を出ていく。後ろ姿を見送りながら、速水は呟く。

無音の檻から開放される日は、近い。

速水の耳に突然、周囲の心電図のモニタ音が響いた。

17章　火喰い鳥の告知《ノーティス》

12月21日　木曜日　午後3時
本館地下1F・MRI画像診断ユニット

朝。如月翔子は花房師長に、三時から一時間の時間年休を申し出た。花房師長はあっさり承諾し、翔子は拍子抜けした。ご機嫌いいようにはとても見えないのだが。翔子は花房師長の表情を盗み見る。美しいが感情が抑制され、能面のようだ。最大の難関をクリアし、翔子は壁の出勤ランプを見つめる。ダイヤモンドカットの部長室のランプは赤々と光り輝いていた。

時間年休に入る直前、救急患者受け入れ要請の電話が入った。臨戦態勢を取るＩＣＵの中をひとり抜けるのは勇気が要る。でも花房師長は、翔子を引きとめなかった。

「三時からは如月さんが一時間年休を取るから、姫宮さんがその穴埋めをしなさい」

姫宮がこっくりうなずくのを見て、翔子の心の中で、不安感と申し訳なさが同時に同じ速度で膨張していく。翔子が小声で言う。

「ごめんね、姫宮。あんたも連れていってあげようと思ってたんだけど」

朝、ＩＣＵは落ち着いていたので、姫宮もリサイタルに同伴しようと翔子は思っていた。翔子の謝罪に、姫宮はふるふるふると首を振る。

「情報収集してみると、星回りが悪そうなので、私はそのミニ・コンサートには行かない方がいいみたいなんです。それに如月先輩のお役に立てて嬉しいです」

後輩って可愛い。ただ言っていることはよくわからないけど……。

翔子は眼の隅に速水の姿を捉え、後を追う。大股の速水になかなか追いつけない。

——ひと言、声をかけてくれればいいのに。

翔子は速水の後ろ姿を恨みがましく見つめる。そりゃ速水部長はいいわよ。院内自由度無限大ですもの。どこで何をしてたって誰も文句は言えない。

翔子が尊敬を混じえた視線で追っていた背中が、エレベーターホールでぴたりと止まり、振り返る。翔子とかちりと眼が合う。翔子はあわてて眼を伏せる。

「間に合ったか。直前にコールが入ったから無理だと思っていた」

翔子は声が震えるのを抑える。

「抜け出すのが大変なのは部長の方ではないんですか」

速水は笑う。

「俺には佐藤《さとう》ちゃんがいる。任せておけば問題ないさ」

地下の3TのMRI室には予想外に大人数の客がいて、翔子は驚いた。

田口、冴子、城崎《しろさき》、そして小夜《さよ》は顔なじみ。それに網膜芽腫《もうまくがしゅ》の患児が二人。眼球摘出されてしまうなんて、かわいそう。放射線科の島津助教授は相変わらず髭もじゃ熊。あれ、神田が偉そうにふんぞり返っていない。このメンツにびびってるのかしら。

翔子は視線を見慣れない、場違いな男三人に転じた。三人とも、医療従事者ではないことは一目瞭然。一番目立っているのは、背が高く迫力ある男。シャープで怖そうだけどぞくぞくするくらい綺麗な顔。偉そうにふんぞり返っている、その様子が風体にぴったりだ。あたしの分類では企業舎弟の親分《ボス》。モロ好みだわ。まるでモデルみたいだし。その隣の小柄な中年おじさんは人がよさげ。お茶飲み友達にぴったり。でもボスより若いのかな。気の弱い鉄砲玉ってとこ。

翔子は瞬時に人物鑑定スキャンを行ったが、残るひとりのところまでやってきた瞬間、なぜだか突然、フリーズしてしまった。

小柄で小太り。翔子分類ではお世辞にもいい男とは言えない。だけど洋服は上等のアルマーニ。つんつるてんのズボンの踞《すそ》から見えている靴下は、その色合いからして絶対にポロ。カルダンのネクタイかあ。

この統一感のないセンスは、どこかで見たことがある。そうだ、銀座のブランド店を平日の午前中にうろうろしている厚化粧のおばさん。自分ではオシャレのつもりでも、周囲に視覚の雑音を撒き散らかしているだけ、という自覚が全然ない。そして、若者向けのバーゲンにしゃしゃり出てきて、あたしたちを蹴散らしてジバンシーのミニなんか奪い去っていっちゃったりする。

翔子は、過去の悲惨な体験をまざまざと思い出し、心で吐き捨てる。

——なんてウザいの。ウザすぎる。

観察進行中、会話から男の名が白鳥《しらとり》だと知った翔子は、男の服のブランド名を数え上げ、感想を宙に放り投げる。すると、男が真っ直ぐ翔子に近づいてきた。

「ええと、ＩＣＵの如月さん、ですね？　オレンジ踊り子部隊のヘッド、東城大学美形男性検索ネット代表にしてＩＣＵの爆弾娘、でしたよね」

初対面の人間のテリトリー侵害地点まで侵入した後、いきなり急停止した白鳥はだしぬけに質問をぶつける。防御する暇もなく反射的にうなずく翔子。

翔子は一瞬ぎょっとしたがすぐ態勢を立て直し、ビーンボールを打ち返す。

「名称が違います。美形男性検索ネットではなく、美男子愛好同盟・ネット検索エンジン本部長です」

相手をやりこめたつもりだったが、次の瞬間、男は肩透かしで翔子をうっちゃりに沈める。

「そのリップ、五星堂この秋の新色『ヘリカルパープル』ですよね。さすが東城大学屈指のファッションリーダーだけのことはありますね」

翔子が発動した心理ガードは、〝シカトでスルー〟という、攻撃と防御が一体化した高度な技の前に、一瞬にして崩壊させられてしまった。自分がウザいと認定したはずの男に、流行最先端のリップの名称を正確に言い当てられた衝撃はあまりにも大きすぎて、翔子には呆然と白鳥を見つめるしかなかった。

——一体何なの、この人？

検査室では小夜の歌が披露され、翔子の脳裏に美しい女性の面影が浮かぶ。その画像がＭＲＩ上で実在として確認され、白鳥が共感覚《シネスセジア》という耳慣れない専門用語を駆使し、鮮やかに小夜の歌の原理を解き明かす。翔子は白鳥の論理展開に素直に感心した。人間、何かしら取り柄があるものなのね。あたしなんかにもわかるように説明できるなんて頭いいんだわ。

白鳥の解説が終了すると、ＭＲＩ検査室から出てきた小夜に、翔子は抱きついた。

「あたしは小夜の歌が一等賞だってずっと思ってた。それが科学的に証明されたよ」

次は冴子さんの番。「ブラック・ドア」での続きが聴けるなんて最高。その時、翔子が腕時計を見ると、四時を過ぎていた。時間年休は終わり。普通なら少し大目に見て貰えるけど時間帯が悪すぎ。申し送り時間だもの。あーあ、やっぱりツイてない。

カルテを取りに戻る小夜と一緒に、後ろ髪を引かれながら、翔子は病棟に戻った。

怒濤の歌が終わり、吹き荒れる感情の渦を背にして、冴子が軽やかなステップで部屋を立ち去る。速水と田口と白鳥、そして島津が残った。

☆

速水が尋ねる。「この方は誰だ？」

田口が説明しようとした時、白鳥が立ち上がって自己紹介を始めた。

「私、厚生労働省大臣官房秘書課付技官の白鳥圭輔《けいすけ》と申します」

速水はまじまじと白鳥を見て、ぼそりと言う。

「あんたか。チーム・バチスタを叩き潰した厚労省の問題児は……」

白鳥は田口を振り返る。

「どうやら田口センセは、僕の悪口をあちこちで言いふらしているようですね」

田口は首を精一杯強く振る。「とんでもない。私は調査官のウワサなんかしませんよ」

口に出すのもはばかられるんです、という口から出かかった言葉を呑みこむ田口。そんな田口に向けられた白鳥の疑惑の視線を、速水は強制的に自分に振り向かせる。

「行灯はあんたのことは何ひとつ、俺には言っていない。バチスタ・スキャンダルの時、はではでしく動き回っていたから、あんたは院内ではそこそこ有名人なんだ」

「行灯ですって？　田口センセって、グッチー以外にもそんな渾名《あだな》があったんですか」

うきうきと楽しげに言う白鳥を横目で見ながら、田口が苦々しげに速水に言う。

「この間頼んだだろ、大昔の渾名で人を呼ぶなって」

白鳥は田口に尋ねる。「この方が救命救急センターの部長先生、ですね」

「一体どういう経緯で、何のためにここにいるんだ、この人は?」

速水の問いかけに、田口が肩をすくめるのを無視し、白鳥は勝手に続ける。

「どうでもいいじゃないですか、そんなこと。でも折角ですから、速水先生には改めて正式な自己紹介させていただきます」

白鳥は嬉しそうに両手をこすり合わせて続けた。

「私にはもうひとつ肩書きがありまして。医療過誤死関連中立的第三者機関設置推進準備室室長でもあるんです。あーあ、言っちゃった」

「何をひとりで完結して、ホケホケしているんだ?」

速水は興味深そうに白鳥を見つめて、尋ねる。

「いえね、僕がこの肩書きを振り回す時って、たいていの場合、周囲がエラいことになるものでして」

白鳥は、速水から視線を切って田口に尋ねる。

「速水先生って一般常識に欠けているんですか? 人に自己紹介させて自分は知らんぷりだなんて、社会人として感心できませんね」

速水は恐縮してみせる。

「これは失礼した。私は独立行政法人旧国立大学連絡機構東城大学医学部付属病院救命救急センター部長、速水晃一です。以後、お見知りおきを」

白鳥は一瞬、息を呑む。口の中でぶつぶつ呟きながら、指折り数え始める。最後に呟く。

「十二文字も負けてる……」

速水がからりと笑う。

「あんたは肩書きが二つあるから、合わせれば三文字分あんたが勝ってる。それに、俺にはカタカナが四つもある」

白鳥の顔がぱあっと明るくなる。

「そうか、そうですよね。さすがジェネラル・ルージュ、太っ腹です」

速水はまじまじと白鳥を見る。

「どこからそんな言葉を……。あんた、一体何者だ?」

白鳥は眼をくるくるさせて答える。

「やだなあ、自己紹介を聞いていなかったんですか?　僕は医療過誤関連死中立的第三者機関設置準備推進室……」

「もういい、やめやめ」

速水は手を振って、白鳥の寿限無《じゅげむ》を中断させた。それからぼそりと言う。

「どうでもいいけどな、自分の所属する組織名の再現性くらい、確実に保証しろよ。お役人なら肩書きは生命線だろ。さっき名乗った時は、その前と名称が違ってたぞ」

白鳥はへらりと笑う。

「そうでしたか？　実は時々間違えているらしいんですが、部外者から面と向かって指摘されたのは、これが初めてですね。でも、ま、どうでもいいじゃないですか、そんなこと」

速水は肩をすくめ、後ほどエシックスで、とひと言残し部屋を退去した。

「俺たちもすぐ行く」

島津の返事が速水の後ろ姿を追いかけた。白鳥は尋ねる。

「どこかで待ち合わせですか？」

田口は一瞬逡巡《しゅんじゅん》し、答える。

「私たち、エシックス・コミティという会議にお呼ばれしてるんです。全くの別件で」

白鳥は、ふうん、という顔をした。

☆

速水が、本館とオレンジ新棟をつなぐ硝子の回廊を歩いていると、水落冴子が壁にもたれて佇んでいた。速水の姿を認め、にこりと笑う。

「……お別れを言おうと思って」

「さっきはラッキーだった。『ラプソディ』は一遍ナマで聴いてみたかったんだ」

速水の言葉に冴子は唇をきゅっと持ち上げて、笑う。

「速水先生は、『ラプソディ』とは縁のない人。あなたの中には、あの歌で呼び覚まされるものは何もないはず……」

冴子は、すい、と速水に歩み寄り、ふんわりと抱きしめる。

「さよなら、血まみれのイカロス……」

速水は小さく呟く。

「俺はイカロスなんかじゃない。ヘリコプター一機、この空に飛ばすこともできないんだから」

速水は冴子の胸の中で、棒きれのように佇んでいた。

ふいと身体を離すと、冴子は速水の眼を覗き込む。

「心配しないで。ジェネラル、あなたの道はどこまでもまっすぐ続いている」

冴子は軽やかなステップで、速水の視界から姿を消した。

速水は光溢《あふ》れる硝子の回廊に立ちすくみ、冴子の後ろ姿を見送った。

18章　泥沼の中のジェネラル

12月21日　木曜日　午後4時　本館3F・第三会議室

「この頃、お前や速水と顔を合わせる機会が、妙に増えたな」

午後四時、第三会議室。田口が言うと島津は笑う。

「お前も速水も最近やっと、巣穴から顔を出すようになったからな。俺はこれまで世の中にエントリーし続けて無意味に思える説得を延々と繰り返してたんだな」

「偉いんだな、お前は」

「ああ、偉いんだ。だから俺は国際級の研究者として認知されているのさ」

沼田委員長を筆頭に時間厳守が原則のエシックス・コミティの面々が入室してきた。縁なしの眼鏡をずり上げて、沼田は田口に尋ねる。

「主賓はどうされましたか?」

「すぐ来ます。先ほどまで別件で一緒でしたから」

沼田は島津をちらりと見て、議長席に着いた。続いてメンバーが序列順に着席していく。軍隊のように統制が取れている。最後に田口が弁護人席に着席し、島津が傍聴席に陣取る。こうして簡易裁判の場が完成した。ただひとつ、被告人の席を除いて。

谷村が咳払いをして、沼田に尋ねる。

「速水先生は、忘れているのかも知れませんね。院内ＰＨＳで呼び出しましょうか」

隣で書類をめくっていた三船事務長が、顔を上げずに答える。

「無駄ですよ。速水先生が院内ＰＨＳに応答するのは、二十回に一度ですから」

経験に裏打ちされた言葉に、一同失笑する。沼田委員長が言う。

「開催予定時刻から十分以上経過すれば本会は不成立です。残りあと二分」

その瞬間、扉が開いた。微かに血の香りを孕む一陣の風が部屋を吹き抜ける。

血染めの白衣を翻し、ジェネラル・ルージュ・速水が降臨した。

「遅れて申し訳ない。大腿骨骨折の患者の整復に思いのほか時間がかかってしまった」

沼田が、ハンカチで口を押さえた。

「速水先生、白衣を着替えてこられてはいかがですか」

速水は白衣の裾を広げ、あちこちに飛び散った血しぶきを見る。

「バイクの自損事故で裂傷があったもので。これくらい大したことではない」

「大したことかそうでないかということよりも、清潔な身だしなみで会議に臨席するのは、最低限の礼儀ではないでしょうか」

速水はからりと笑う。

「着替えていたらもっと遅刻してしまうから、かえって失礼かと思ってね。眼をつむってもらおう。さて厄介事はさっさと済まそうか」

「速水先生に指図されるのは越権かつ、不本意です」

沼田は顎を上げ、速水を見た。島津が傍聴席から野次を飛ばす。

「オレンジのスピードスターに速さで対抗しようなんて思わない方がいいぞ。委員長、御託を言わずとっとと始めな」

沼田は忌々しげに島津を見た。書類を机の上できちんと揃え、自分の前に置く。左右のメンバーを視線で確認して、礼をする。同時にメンバー全員が頭を下げた。

「それでは第三十三回臨時倫理問題審査委員会を開催いたします。定員八名、出席七名、よって成立要件である過半数を越えていますので、本審査会は成立いたしました。本日は、昨日の第三十二回エシックス・コミティにてリスクマネジメント委員会経由で田口委員長から本委員会に提出された告発文書に関する倫理問題審査を行います。さて、本日は当事者である救命救急センター速水部長の臨席を賜っております。ご本人をお呼び立てしましたのは、告発内容が迅速な判断を要する案件であり、同時に本人からの事情聴取抜きでは審議困難と判断されたためです。審議困難に至った理由は、依頼者の田口委員長が告発文書のコピー提出を拒否されたことが多大な要因です。告発対象ご本人をお呼びすれば、告発文書の本委員会への提出も容易と推測されます。

これが臨時倫理問題審査委員会開催決定の主たる理由です」

田口は沼田の宣誓にげんなりする。書類を出し惜しみしたお前が悪いんだぞ、という単純な叱責をここまで婉曲に表現されると胃が痛くなる。隣の速水は島津以上に気が短い。沼田が言い終えるのを待たず、田口に向かって短く言う。

「遠慮は要らないから、告発文書を全員に配布しな」

田口は速水を見、振り返り島津を見る。島津はうなずく。田口は封筒からコピーを取り出し配布する。速水も一枚受け取り、ちらりと文書を見つめた。一瞬驚いた表情になるが、すぐにそれを吹き消すと、その紙をテーブルにひらりと放り投げる。

沼田は文書に視線を注ぐ。時を止めたかのように、微動だにしない。隣の三船事務長が、文書を見て、速水同様驚いた表情になる。ちらりと沼田を見た。他のメンバーもしきりに沼田を見るが、沼田は凍りついたように動かない。

痺れを切らして、速水が言う。

「沼田委員長、議事を進行してくれないか」

沼田は紙片から視線を上げ、速水をねっとりと見つめる。思案するように視線を天井に投げかける。長い長い間。再び視線を速水に戻すと沼田は言う。

「速水先生、この文書内容について弁明はございますか？」

速水は笑って答える。「ノーコメント」

「この文書を作成した人間に心当たりは？」

「ノーコメント」

「文書で指摘されている、VM社との関わりについて、何か釈明は？」

「ノーコメント」

さすがの沼田もキレた。テーブルを拳で叩きつける。

「速水先生、真面目にやっていただきたい」

速水は笑顔を吹き消す。

「俺は真面目に答えている。ではお尋ねする。沼田委員長、あんたは何の権限があって俺に尋問しているんだ？」

「エシックス・コミティ委員長として、本件を審議するためです」

「では、この文書内容を、俺が事実だと認めたらどうなる？」

「事実に基づいた調査結果を加え、報告書を作成します」

「それから？」

沼田は首をひねる。「それから、とは？」

「報告書を作成して、それで終わりか？」

「報告書は病院長に提出し、事態改善勧告を出します」

速水は手にした資料を机の上にばさりと投げ出す。

「つまり告発の内容が事実なら、処分を執行するのはエシックス・コミティでなく、施設長である病院長だ、ということだな。ならば、あんたがどれほど多くの問いかけを俺に向かって重ねたとしても、俺から得られる答えは永遠に、〝ノーコメント〟のひと言だけだ」

沼田は眼鏡の奥の細い眼をさらに細めて、掠《かす》れた声で「なぜですか」と尋ねる。

速水は傲然と沼田を見下ろして答える。

「あんたは何ひとつ背負わず、自分だけ安全地帯にいるからだ。そんな人間に他人を審査したり、ましてや裁く資格なんか、ないのさ」

速水は沼田の眼の奥底を覗き込む。沼田の硝子玉のような眼が凍りつく。速水は、親指で自分の胸を指し、短刀のような寸言で沼田にとどめを刺す。

「俺の領域に触れたいなら、ここまで降りてこい」

沼田はそのひと言で、速水の呪縛から解放されたかのように、肩の力を抜いた。

「それが速水先生の主張ですね。わかりました。今のお言葉から示唆されたのは、速水先生と高階病院長との癒着の可能性です。もしこの問題に病院長の関与があったとしたら、ひとりの医師の素行不良といった問題を越えてしまう。病院の存続すら揺るがしかねない由々しき事態、一大スキャンダルです」

速水は呆れ顔で沼田を見た。

「どうしてそんな短絡的発想になるのかなあ。俺が高階さんの名前を出したからといって、高階さんに助けを求めたというわけではない。そう思ったのなら、それはとんだお門違いさ。高階さんは俺のやったことを理解するだろう。俺が何を考え、どうしてそうしたのかについて説明するまでもない」

「その言葉こそ、事前に密約があったと白状したようなものです」

「バカだなあ。人の話をよく聞けよ。俺は、俺の考えを高階さんは即座に理解するはずだと言っただけだ。俺の行為を是認するかどうかは全く別の問題だ」

沼田は速水を見つめる。憐れむように首を左右に振り、判決を言い渡した。

「速水先生のご希望はわかりました。どうやら議論を重ねても平行線のようですね。それではこういたしましょうか。明日開催される、外部委員の参加する倫理審査委員会に高階病院長の出席を要請します。その場でもう一度、速水先生の問題を審議いたしましょう。その時、病院長の前で同じ啖呵《たんか》が切れるかどうか、楽しみです」

「こっちからも委員長に、ひとつ頼みがある。何でも結構だが、手短にやってくれ」

速水は立ち上がり、会釈した。

次の瞬間、白衣の裾を翻し姿を消していた。

取り残された沼田は、憂さを晴らすように、田口に冷たく言い放つ。

「当事者があの調子ですので、調査報告書はもう少し詳細に事実の裏づけを行い、かつ単純簡明な記載に仕上げ、明朝までに再提出してください」

田口は沼田委員長を見つめ、仕方なさそうにうなずいた。そしてため息をつく。

結局いつも、尻拭いは俺のところにやってくるわけだ。


証人と被告と傍聴人が退廷した部屋には、二人の裁判官が残っていた。

沼田の前には、二枚の紙片が並べられた。三船事務長が尋ねる。

「どういうことですか、これは？　エシックス・コミティに届いた匿名の告発文書を使って、東城大学の赤字王《レッド・キング》を粛正したらどうかとけしかけたのは沼田先生でしょう？」

沼田は縁なし眼鏡の奥で眼を細める。

「滅多なことを口にしないでいただきたいですな。私はエシックスに呈示された案件の処理に関して、委員長として副委員長にご相談申し上げただけです」

ひやりとした視線に、一瞬三船事務長は息を呑む。沼田はふっと緊張を解き、呟く。

「それにしてもリスクマネジメント委員会にも同じ告発文書が届いていたとは……」

三船事務長は首をひねる。

「正確に言えば内容が少し違いますがね。なぜ二通の告発文書が違うんでしょう？　我々の文書はワープロ打ち、リスクマネジメント委員会のは手書き。これは一体？」

沼田と三船事務長の視線は、目の前に並べた二枚の紙片の上を行き交った。

『救命救急センター速水部長は、医療代理店メディカル・アソシエイツと癒着している。ＶＭ社の心臓カテーテルの使用頻度を調べてみろ』

『救命救急センター速水部長は、医療代理店メディカル・アソシエイツと癒着している。ＶＭ社の心臓カテーテルの使用頻度を調べてみろ。ＩＣＵの花房師長は共犯だ』

三船事務長が尋ねる。

「告発者は複数なのでしょうか？」

「その可能性は低そうです。文章があまりにも似すぎている……」

沼田は視線を天井に投げかける。

「我々に告発文書を提出したのは速水部長の腹心、佐藤副部長代理にほぼ間違いない。彼のストレスがひどいことは複数筋から確認が取れているし、彼の立場なら容易に入手できる情報ばかりだ。そうなると、彼はリスクマネジメント委員会への告発文書で、なぜ花房師長を巻き込んだのだろう？」

沼田は腕を組んで、眼を閉じた。地の底から響くような、低い声で吐き捨てる。

「わからん。さっぱり、わからん」

田口が愚痴外来に戻ると、白鳥がひと足先に戻っていて、わがもの顔で珈琲《コーヒー》を飲んでいた。大体、高階病院長の依頼でやってきた、と自分では言っているものの、それが本当かどうかなんて確かめようがない。田口はげんなりした顔で白鳥を見た。その向かいに座ると、自然に嫌味が口を衝いて出る。

「早々にアフタヌーン・ティーですか。いいご身分ですね」

そんなスパイス程度の当てこすりでは、白鳥がダメージを受けるはずもない。

「どうでした、泥沼エシックスは」

「サイアクです」

田口は手短に経緯を説明した。白鳥が言う。

「ものはついで、その告発文書を見せてくれませんか？」

田口は首を振る。

「そんなことできませんよ。外部にみだりに資料を見せるわけにはいかないんです」

白鳥は笑う。

「田口センセ、エシックスではもう少しきちんと資料を作成しろ、と言われたでしょ」

図星をさされ、田口はうなずく。

「それなら、ひとつ取引しましょ。ここに、さる極秘ルートから入手したＩＣＵの内部情報があります。レアなマブネタですよ。それと交換こ、というのはいかがです？」

「ＩＣＵの内部情報ですって？」

田口と藤原《ふじわら》看護師が同時に声を上げ、顔を見合わせる。田口が言葉を続ける。

「どうしてそんなものをお持ちなんです？」

白鳥はへらり、と笑う。虚空の三点を順々に人差し指で叩きながら、答える。

「ひ・み・つ」

白鳥の可愛い子ぶりっこぶりに、田口は思い切り脱力する。

「どうします？　交換こ、それともやめる？」

田口は諦める。時間はなく、仕事《デューティ》は山積み。多少の非合法的対応やむなし。今強制されている警察に対する捜査協力と比べれば、こちらの方がはるかに敷居が低い。

田口はポケットから告発文書を取り出す。それからエシックスに提出した基礎資料、フジワラ・ネットの産物を隣に並べる。白鳥は告発文を取り上げる。

『救命救急センター速水部長は、医療代理店メディカル・アソシエイツと癒着している。VM社の心臓カテーテルの使用頻度を調べてみろ。ICUの花房師長は共犯だ』

「ふうん、たったこれだけ？」

白鳥は田口を覗き込む。

「田口センセは、どう読み解いたんですか、この暗号」

「暗号ですって？」

白鳥は田口の反応を聞いて、肩をすくめる。独り言のように呟く。

「なんだ、やっぱりその程度か」

「こんな短い文章でも、田口先生は充分読み取れるだけのことはされていましたけど」

藤原看護師が助け船を出す。白鳥は斜に構えて、藤原看護師を見る。

「低レベルで精一杯やっても、何にもならない。世の中は結果がすべてです。どうせ田口センセの推理は、身内か速水先生に恨みを持つ人間の仕業、程度でしょ？」

図星をさされ、田口と藤原看護師は顔を見合わせる。すかさず藤原看護師が言う。

「まさか調査官はそれ以上のことを、この紙片から読み取れるとでも言うんですか？」

「当たり前です」

「それなら、読み解いてごらんなさいよ」

藤原看護師が乱暴に珈琲を白鳥の前に置く。

「お安い御用です」

その時、聞き慣れた電子音が響いた。白鳥はポケットから黄色い物体を取り出した。

「その前にたまごっちのご機嫌を取りますから、少々お待ちください」

白鳥は珈琲をすする。それからおもむろに、告発文書を取り上げる。

「まず紙ですが、業務用便箋《びんせん》です。病院内部のどこにでもある、一般的なもの。そこにボールペンで手書きされている。筆圧は弱く、丁寧です。几帳面で、小心な人間だと考えられる。筆の流れを見ると、ところどころでためらいの跡が見られる」

「どうしてそこまでわかるんですか？」

田口が疑わしそうに尋ねる。白鳥は答える。

「ほら、ここ。文字の終点にインクの小さな溜まりが見られる所が何ヵ所かありますよね。この人は、そこで迷っているんですよ。速水部長の〝長〟の字、花房師長の〝房〟の字と〝長〟の字のところにインクの溜まりがある」

田口と藤原看護師は紙片を見つめる。言われてみると確かに指摘された文字の末尾に、小さなインクの滲《にじ》みが認められた。

田口が顔を上げて、白鳥に尋ねる。

「つまり？」

「告白者は人の名前を記す時に、プレッシャーを感じている。これは田口センセの推理通り、身近な人間であることの裏づけです。ただし、恨みや憎悪といった感情だとは思えません。なぜなら、そういう場合には普通ためらいはないからです」

「そんなものかな」

田口が疑わしそうに白鳥を見る。

「そんなものなんです。さて、次は文書の中身です。田口センセ、この告発文書で際立っている特徴って、何だと思いますか？」

「そうですねえ、文章が素っ気ない、ということかな」

「ぜーんぜん、違います」

白鳥はばっさりと田口の意見を切り捨てる。田口はむっとした。白鳥は雰囲気の変化などは意に介さず、藤原看護師に尋ねる。

「藤原さんはどう思いますか？」

藤原看護師は腕を組んで考え込む。それから答える。

「手書き、ってことかしら」

「ご名答」

白鳥はぱちぱちと拍手をする。そして続ける。

「犯人は何故、手書きの文書にしたのでしょう？　手書きだと筆跡を含め、余分な情報が多くこぼれ落ちる。内部告発なら絶対パソコンで作成する方が安全です」

「そりゃそうですね。パソコンの中にデータの痕跡を残したくなかったから、とか？」

「またまた大はずれ」

田口はげんなりした顔で白鳥を見た。その様子は白鳥を非難するというよりも、迂闊にも二度同じ落とし穴に落ちてしまった自分を責めているように見えた。

白鳥は続ける。

「犯人は手書きによるデメリットを受けることを望んでいたんです」

「どういうことですか？」

「人の名前を書く時のためらい、そして手書きの告発書。この二つを合わせ考えると、告発者の横顔が浮かび上がってきます。告発者は、速水先生を貶《おとし》めるためにこの文書を書いたのではありません」

田口と藤原看護師は顔を見合わせた。田口が尋ねる。

「それでは何のために書いたんですか？」

白鳥は土砂崩れウインクをして、答える。

「共に堕ちていくため、です」

ウインクが場違いで空振りしたことを自覚したのか、白鳥はあわてて言葉を続ける。

「この前提で、もう一度文書に立ち返ります。先ほどは人の名前を記載する際のためらいを読み解きましたが、もう一点、特異なことがあります。それは花房師長の名前のところで二点、迷いがあることです。花房という名前の終わりで一回、師長の肩書きの最後で一回。これはどう読み解けばいいのでしょうか？」

目の前のふたりの顔をのぞき込んで、白鳥は答えを待つ。無言の時間をそうしてやりすごした後で、白鳥は手にした珈琲カップをぐいとあおる。底の底、最後の一滴まで飲み干してから、ぼそりと言う。

「どうやらまだおわかりにならないようですね。それではヒントを差し上げましょう。花房師長の名前で二回、迷ったのはなぜか。それは花房師長の名に肩書きをつけるかどうか、逡巡したから。肩書きをつける時に逡巡するケースは二通り。肩書きが複数あって、どれを使うか迷った場合。それから……」

藤原看護師が白鳥の言葉を引き取る。

「……自分の名前に肩書きをつけるべきかどうか迷った場合」

田口が驚いたように藤原看護師を見た。白鳥はうっすら笑う。

「Bravo《ブラヴォー》! 藤原さん、この文章を誰が書いたか、とっくにご存じだったんですね」

藤原看護師は黙りこむ。田口は藤原看護師を見つめた。


田口は告発文書の筆者に関しては、それ以上は追及しなかった。こうしたケースでは往々にして、内部告発者は組織から不利益を蒙《こうむ》りやすい。今回は、告発者が匿名のままでも支障は少ないし、その方が病院組織全体のリスクも軽減されるだろう、と考えたのだ。

田口の隣で、藤原看護師が白鳥から受け取ったＩＣＵの内部情報文書をぱらぱらと眺めていた。藤原看護師が小声で田口に言う。

「人間関係も含めて深々度の内部情報が含まれているわ。かなり正確。部外者のくせに、こんな短期間にここまで詳しい情報を一体どうやって手に入れたのかしら？」

田口は白鳥をちらりと見つめながら、藤原看護師にささやき返す。

「そういうヤツなんです。何が起こっても不思議はない」

ふたりの内緒話には全く興味を示さない様子で、白鳥は田口の作成した提出書類を流し読みしていた。しばらくして、ぶ厚いファイルを机の上に放り出す。

「こんな粗末な告発書で、ここまで緻密な展開をさせようだなんて、沼田先生って結構強引な方なんですねえ」

田口はなるほど、と感心する。歯切れの悪い長広舌に惑わされていたが、言われてみれば確かに沼田委員長の性格の本質は自己本位な強引さかも知れない。同時に、速水に対する底知れない悪意も感じる。

白鳥は議事録と田口が作成した資料を交互に見比べて、言う。

「強引なだけじゃなくて、結構短気です。加えて発言の中身が空っぽだ。どうやら沼田委員長はパペット・タイプのようですね。これなら、アクティヴ・フェーズの極意、〝土石流〟がぴったりハマりそうだな」

田口は身を乗り出して、白鳥に尋ねる。

「何か良い考えでもあるんですか？」

白鳥はにまっと笑う。

「明日の外部委員参加のエシックス・コミティに、僕もオブザーバーとして参加したいんですけど」

田口は白鳥を見つめる。

「どうでしょうか。得体の知れない人間がいきなり参加することを沼田さんが認めるかなあ」

「明日は外部委員を招いてのエシックスでしょ。それなりの言い訳をつければ、内部の時よりも、かえって通りやすいはず。沼田先生はええかっこしいの原理主義者です。エシックスが汎用性の高いオープン性、という属性を重視する以上、参加希望者を無碍《むげ》に拒絶したりはしません。おそらく氏素姓はほとんどノーチェックで、オーケーになるはずです」

田口は脇に積まれたエシックス関連資料にちらりと眼を遣る。

「提出書類を山のように書かなければならなくなりますよ」

白鳥はにこやかに言う。

「ご心配なく。こう見えても僕は官僚なんですから。書類作りは専門、得意中の得意です」

田口はため息をつく。どうやら、最悪最凶の最終兵器が、明日のエシックス・コミティにお目見えすることになるのは確実な情勢のようだ。

19章　司法と倫理

12月22日　金曜日　午後3時　本館3F・第三会議室

十二月二十二日。午前中、田口は小児科のトラブルに巻き込まれ、警察署に呼ばれて、てんてこ舞いだったが、エシックス・コミティの時間には滑り込んだ。部屋に駆け込むと、島津と白鳥がなごやかに談笑していた。

田口を見て、白鳥が笑いかけてきた。

「田口センセ、八面六臂のご活躍、ご同情申し上げます」

「白鳥調査官が、今日のエシックスで俺の審査課題を通過させてくれる、と言っているんだが、一体どういうことだ？」

背後から島津が疑わしそうな声で言う。田口は白鳥を見ながら、答える。

「今日、調査官がオブザーバー出席するのは、速水の件の援護射撃のためですよね？」

田口の問いかけに、白鳥は無邪気に笑う。

「やだなあ、田口センセ。ものはついで、と言うでしょ。島津先生が提出なさっている『検死に対するエーアイの普遍的適用』なんて、僕がまさにこれから必要とすることで、ドンぴしゃのど真ん中です。いずれどこかでやらなくちゃと思っていたんで、ラッキーでした。臨床医学に即時に還元できることがわかりきっている、こんな素晴らしい研究企画がエシックスごときの段階で足踏みさせられているなんて、もったいなさすぎて、ヨダレと涙が混じっちゃうくらいの、世界的な大損失です。ですからせめて、微力ながらお手伝いさせていただきたくて」

島津は白鳥の過大な褒め言葉にうろたえて言う。「いや、それほどでも……」

それから、白鳥に完全に懐柔されてしまった証に、小声で田口に言う。

「初対面では変なヤツだと思っていたけど、いい人だったんだな、白鳥調査官って」

田口は呆れて島津を見る。変人同士、相通じてしまったのだろうか。

——俺は絶対ダマされないぞ。

田口は白鳥に向かって念を押す。

「島津のことはどうでもいいです。でも、肝心かなめのところで足を引っ張ったり、手抜きをしたり、滅茶苦茶にするのは勘弁してくださいよ」

「やだなあ田口センセ、僕がこれまで、そんなことをしたことがありましたか?」

瞬間、田口の脳裏に、「いつもじゃないか」という台詞がエコーを引いて、リピートした。お前がこれまでやってきたことは俺にとっては、全部そういうことだったんだぞ、と喉元まで出かかって、田口はぎりぎりの所で自制した。

エシックス開始五分前。沼田が入室してきた。田口たち三人が談笑している光景を見て、うっすら笑う。

「これはこれは。今度は仲良し組がバージョンアップして作戦会議ですか」

「沼田さん、それは全く違う。まずこれは作戦会議ではなく、愚痴《ぐち》の言い合いだ。次に、俺たちは決して仲良しではない」

島津の言葉に、沼田の返答はなかった。目線に促され、三人は所定の席につく。厳格なはずのエシックス・コミティですら、速水の遅刻は公式認定された事象になりつつある。なぜか白鳥は田口の背中に隠れるようにして、身を縮めていた。

午後三時。時間厳守を大原則としたエシックス・コミティの一個小隊が入場してきた。ピンストライプの三船事務長がゲスト二人と談笑しながら席につく。洒脱な背広を着こなしている中肉中背の中年男性と、地味なスーツ姿の中年女性だ。沼田が二人に丁寧なお辞儀をした。そして、会議室をぐるりと見回し、沼田が宣言する。

「それではこれより、第八回東城大学倫理問題審査委員会外部審査部会を開始します。委員定数十名中九名出席、よって本会は成立いたします。初めての方もいらっしゃいますので、ご紹介いたします。このお二方は、外部委員の先生です。桜栄《おうえい》弁護士事務所の野村勝《のむらまさる》弁護士と、桜宮《さくらのみや》女子短大の中野美佐子《なかのみさこ》・倫理学教授です。当院の倫理審査の質的向上とクオリティ・コントロールに大変な貢献をしていただいております。先生方、ご多忙のところ本当にありがとうございます。外部委員の先生、ひと言ご挨拶をいただけますでしょうか」

沼田はちらりと田口を見て、素っ気なくつけ加える。

「なお、高階病院長は所用のためご欠席です。ちなみに昨日速水部長からご指摘を受けた、諸般の問題に対する決定権ですが、田口委員長に全権委任する、というメッセージを頂戴しましたことをお伝えしておきます」

田口は、椅子から転げ落ちそうになった。中野美佐子教授がやんわりと言う。

「日本の医療現場では、倫理に関する認知度が極めて低いことは遺憾です。研究課題を提出なさる先生方は、医療行為に絶対的な自信をお持ちのようですが、もう一度改めて、倫理の眼鏡を通じて過去の行為を再検討してみることをお勧めします」

野村弁護士が話を続ける。

「中野教授のおっしゃる通りです。皆さん医事紛争になってから私のところへ駆け込んできますが、社会常識に欠けること甚だしい医師が多いことには本当に唖然とさせられます。沼田先生の取り計らいで医学研究の倫理審査に関わらせていただくようになって、その本質が垣間見えた気がします。日本の医療現場も古くさい父権至上主義《パターナリズム》を脱却し、協調的な倫理的判断を経た医療へと進化していかなければなりません」

がらりと扉が開き、速水が姿を現す。一斉に視線が集中する。部屋に入ってきた速水は場を見渡し、オブザーバー席に着席した。沼田は速水から視線を切らずに言う。

「当院の雑事をお引き受けくださったお二人の先生方に、研究的素材を提供していることが理解でき、安堵しております。今日の案件は、特に極めて興味深い症例提供です。当院の医療右翼の二大巨頭、パターナリズムの権化、島津助教授と速水部長の、満を持しての登場です。その上、欧米的なオープンソース・スタンダードに対し曲解に曲解を重ね、リスクマネジメント委員会を日本の風土にフィットさせることに華々しく成功した東城大学医学部の輝ける星宿、田口委員長が水先案内人となれば、金輪際見ることのできない一大スペクタクルになることは必定です」

速水は不思議そうに島津を振り返り、小声で尋ねる。

「何を言っているんだ、あのバカ殿は？」

豪華絢爛な沼田のイントロダクションと、それを一刀両断に切って捨てた速水のひと言との不協和音で、エシックス・コミティは華やかに開幕した。

田口は窓際左隅に、速水は入口右隅に陣取っている。白鳥は相変わらず田口の背中に隠れたままだ。オブザーバー出席届けも提出したのに、今さら何をびくびくしているのだろうと、田口は不思議に思った。

島津が被告席に着席する。沼田が口火を切った。

「島津先生、対象者に対する詳細な説明文書の作成、ご苦労さまでした。非常によい出来です。どうやらこのパーツは無事クリアされたようですね」

沼田の柔らかい言葉に、島津はため息をつく。

「ばかばかしい。死者に対する放射線の悪影響を遺族に説明して何になる。まあいい。それでは、『オートプシー・イメージングの一般検死における普遍的適用』という臨床研究の倫理審査は通過した、と考えていいんですね」

沼田はメンバーを見回す。「皆さんのご意見は？」

沼田の視線に促され、神田が手を挙げる。

「私は実際の検査に関与する者として、危惧《きぐ》していることがあるんですが……」

島津は眼を見開く。

「神田、そういうことは現場で俺に直接言えよ」

島津の威嚇《いかく》を、沼田は手を挙げて制する。

「島津先生、エシックス・コミティでは敬称をお忘れなく。神田委員とお呼びくださ い」

島津が真っ赤になって歯噛みする。沼田は冷やかな視線で島津を見た後、神田に発言を続けるように、眼で促す。神田が話し始める。

「島津先生の提出書類には重要な観点が抜け落ちています。遺体を検査する機械は一般の患者様を検査する機械と同一だ、という点です。つまり、検査を受ける一般の方々のお気持ちに対する配慮に欠けるのではないか、と思われるのですが……」

「なるほど。実際の現場で検査に携わっている神田委員ならではの鋭い御指摘です。確かにその点を見落とすとは。重大な不備かもしれません」

沼田のぶ厚い眼鏡が鈍く光る。神田はうなずいて、続ける。

「通常の患者様は死体を検査した機械で検査されることを望んでいないことは、明白です。死体を通常検査機器で診断するという検査に対しては、社会的コンセンサスを得ることが先決ではないでしょうか？」

沼田は我が意を得たりと言わんばかりに、大きくうなずく。

「神田委員の御指摘は実に重要な示唆を含んでいます。御提案の主旨は、こうした問題に関する意識調査を広く行う必要があるのではないか、ということですね」

「バカな。そんなことをしているヒマなんかない」

島津が吼える。ただ、純粋な怒りに震えている。

「いいか、俺たちがこうしたくだらない議論に終始している間に欧米のアングロサクソンの連中が、ぐんぐん研究を進めてしまうんだ。お前たちは日本の医学研究がいつまでもヤツらの後塵《こうじん》を拝するのを良しとするのか？」

沼田は肩をすくめて、野村弁護士に話を振る。

「いかがお考えですか、野村特別外部委員？」

野村弁護士は咳払いをすると、話し始める。

「神田委員の御指摘はきわめて重要です。医療現場は一種の公共的空間で、誰でも快適に過ごす権利がある。この研究はそうした一般の方々の権利を侵食する恐れが多分にある」

「どうしろというんだ？」

島津の言葉に沼田が答える。

「不規則発言は控えてください。発言の際は挙手を。まあ、それでもさすがに島津先生には多少は特別待遇の地位を差し上げましょう。何しろ、委員と同じくらいエシックス・コミティに出席されている先生ですから」

場に笑い声が広がった。唇を嚙む島津を尻目に、沼田は悠然と中野美佐子・桜宮女子短大倫理学教授に発言を求める。

「中野教授は、いかがでしょう」

「先ほどの神田委員の御主旨である、この問題に関する意識調査を広く行う必要があるのではないか、という御指摘は素晴らしいと思います」

沼田は微笑を浮かべながら、うなずく。

「どうやら外部委員のお二方のコンセンサスが一致したようです。これは重要なアグリーメント（同意）です。では具体的に何か御提案はおありでしょうか？」

そうですねえ、と中野教授は人差し指を片頬に当てて、首を傾げながら答える。

「無作為抽出した一般市民にアンケート意識調査を行う、というのはいかがかしら」

「素晴らしい」

打てば響く沼田の相槌に、中野教授は微笑で応える。沼田がすかさず尋ねる。

「母数はいかほどあれば信頼性がありますか」

「三千、と言いたいところですけど、島津先生もお急ぎのようですから、まあ五百というあたりでいかがでしょうか。それくらいもあれば傾向は読み取れると思います。何でしたら統計資料はわたくしの教室で解析してさしあげてもよろしいですけど」

「ご親切な申し出、ありがとうございます。いかがですか、島津先生？」

沼田の言葉に、島津は吐き捨てるように答える。「話にならん」

沼田の縁なし眼鏡が光る。

「先生の御意向に沿わなくとも、これがグローバル・スタンダードというものです」

島津は唇を噛みしめる。拳が小刻みに震えているのが、田口からも見て取れた。

その時、よく通る声が場をしん、と静めた。

「沼田委員長、エシックスではオブザーバーに発言権はあるのか？」

一斉に視線がフィールドのエッジに向けられる。

腕組みをした将軍、速水の強い視線が沼田のぶ厚い眼鏡の底を射抜いていた。

沼田は慇懃《いんぎん》に答える。

「速水先生は、次の審問対象者であり、オブザーバー申請はなされていません。ですから、本来ならオブザーバーとしての発言権はありません。ただしエシックス・コミティは部外者からの積極的な発言は歓迎いたします。我々の委員会は柔軟性こそ重要だと考えています。ですから、御意見がおありでしたら拝聴いたします」

「ありがとう。まず伺いたいのは、エシックスというのは道徳問題を話し合う学級会なのかということだが」

沼田の眉《まゆ》がぴくりと上がる。

「速水先生、お言葉は吟味されてから発言された方がよろしいかと存じます。現在、ここで行われている議論は一言一句残らず議事録に残りますよ」

沼田は末席の秘書の手元にあるヴォイスレコーダーをちらりと見る。そして続けた。

「軽率な発言を残すと、後世の笑い者ですよ」

速水は大笑いをした。

「沼田さん、俺の心配なんかしている余裕はないはずだ。これまでの茶番もすべて記録されているんだろ。それならあんたはすでに立派なピエロじゃないか」

「何を根拠にそういう発言をなさるのか、論理的にご説明いただけますかな」

さすがに一部門を統括しているリーダーだけあって、安易な挑発には乗らない。だがそれは、感情を害していない、ということと同義ではない。沼田の白い頬に、微かに赤みがさしてきているのが、その何よりの証拠だった。

「オートプシー・イメージングって、死体の画像診断だろ？　なんで倫理審査が必要なんだ？」

沼田は答える。

「新しい医療技術の礎《いしずえ》になる研究を行う時には、これまで医学があまりに被験者である患者を軽視してきたという歴史的事実を鑑みて、客観的観点から倫理審査をすることが現在の潮流なんですよ、速水先生」

「死体を画像診断して、なぜ悪い？」

直截的で、シンプルな速水の問いかけに、沼田は一瞬、言葉に詰まる。

「臨床現場では従来行われてこなかった検査ですから、遺族の心情なども踏まえた広範な社会的検討が必要になるんです」

粘りつくような沼田の言辞を、速水のメスのような言葉が切り裂く。

「答えになってないな」

沼田はむっとした顔になる。速水は、にっと笑って続ける。

「まあ、いい。では、質問を変えよう。それでは解剖に関する倫理審査は、現状ではどうなっているんだ？」

沼田は首を傾げる。

「はて、解剖は従前からある立派な医学検査だと認識しておりますが。すでに確立されている医学的手法に対して、改めて倫理審査を行う必要がありますか？」

「解剖が社会のコンセンサスを得ているのに、なぜエーアイは得られないのか、ということを聞きたいんだ。遺体損壊を伴う解剖と、遺体に影響を与えないエーアイと、どちらが倫理的問題を含んでいると考えているのか？」

「詭弁《きべん》だ」

沼田は吐き捨てる。

「その議論はすでに、倫理審査の枠組みを外れている。そもそも議論が成立しません」

速水は沼田を追撃する。

「そういう論理展開しかできないのなら、エシックスは現実から遊離した空虚なものだということを露呈してしまうことになる。何しろ私は先日、偶然エーアイが社会的に有効だった事案を経験したばかりだ」

「倫理審査を通さずにエーアイを行ったのですか、速水部長？　それは重大なルール違反です」

速水は沼田を見つめる。

「寝呆けたことを。私は臨床研究としてエーアイを施行したのではない。臨床診断上必須だと判断した現場の臨床医として適応を決めたのであり、エシックスにとやかく言われる筋合いはない。あれは研究ではなく、診断業務の一環だ」

速水は、三船事務長に視線をぶつける。

「ルール違反検査の生き証人が、ここにいる。折角だから感想を尋ねてみよう。この間の俺の行為は、研究でしたか?」

三船事務長は沼田の顔をちらりと見た。力無くうつむいて答える。「……いいえ」

「あのケースでエーアイをしなかった場合、どのような事態になったと思いますか?」

三船は沼田の顔を見つめた。それから速水に視線を移した。

「おそらく、犯罪を看過し社会的な大問題になっただろう、と思います」

今度は三船はきっぱりと言った。速水の眼光が、沼田の猫背を貫いた。

「沼田さん、これ以上議論の必要があるか? 倫理倫理って、季節外れの鈴虫みたいに鳴くんじゃねえよ。米国かぶれも大概にしな。なんでも米国に尻尾ふってりゃいいってもんじゃない」

「速水部長は、私のキャリアを侮辱するのですか?」

「侮辱? 個人的感想を申し述べただけさ。それこそエシックスの真髄だろ。もしも俺の発言が侮辱なら、そもそもこの倫理審査委員会自体が、島津の研究に対する侮辱だ」

沼田は唇を震わせる。

「私はハーバードの標準《スタンダード》に従っている」

速水はゆっくり首を振る。

「語るに落ちたな、沼田さん。あんたの言う倫理ってヤツは米国の片田舎、ハーバードのドメスティック・ルールであって、世界標準《グローバル・スタンダード》には程遠い。カントだ、ヘーゲルだ、と西洋かぶれのことばかり言ってないで、たまには大乗仏教仏典や諸子百家の叢書《そうしょ》でも読んでみやがれ」

蒼白になった沼田に、速水は短く、そして鋭くとどめを刺す。

「俺ならエシックスの本家、米国を支配している大統領に老子《タオ》の考えをぶちこんでやるがね。それこそ倫理が求める世界平和達成のためには一番の早道さ」

速水の啖呵《たんか》は完全無欠、全くもってそれは見事なものだった。

20章　医師法二十一条の影

12月22日　金曜日　午後4時　本館3F・第三会議室

静まり返った場に、咳払いが響く。うつむいていた沼田が顔を上げる。

「野村先生、何かご意見ありますか？」

掠れた声で、沼田が言う。野村は人差し指をたて、小さくうなずく。

「速水先生はエーアイを施行されたようですが、それは犯罪に関わる症例でしたか？」

速水はちらりと三船を見て、うなずく。野村弁護士は続ける。

「ではその後、警察のご厄介になったのですか？」

「ええ、警察が手配して当院法医学教室で司法解剖になりました」

野村はしてやったり、という表情でうなずく。

「つまりエーアイ情報だけでは、犯罪や医療診断は確定困難だ、ということですね。そもそも事件性のある死体ならば、解剖を実施することは当然の義務です。仮にエーアイがどれほど有効な検査法であっても、現状では法律的に何ら裏づけのない、社会医療として認知されていない特殊検査です。ですから倫理審査が必要になるんです」

速水は肩をすくめる。

「これが机上だけで物事を進めていく連中の物言いだ。医療現場や捜査現場の最前線をご存じなく、高所から見下ろすようにモノを言う。ひと言で解剖すべきだとおっしゃるが、それが現場でどれほど大変なことか、ちっともわかっていない」

速水が野村弁護士を突き刺すような視線で見つめる。視線を三船事務長に移す。三船は速水の視線を受け止めきれず、うつむく。

百戦錬磨の野村弁護士は、速水の風圧を意に介さず、続けた。

「エーアイ画像は、法的に証拠能力は認められていない。確かそうなっているはずです。そんなものをベースに、国家の検死システムを組み立てるわけにはいきません」

「嘘《うそ》だろ？　本当にエーアイ画像は証拠にならないのか？」

速水は島津を振り返る。島津はうなずいて補足する。

「非公式だが、どうも法務省はそうした見解を持っているらしい」

「……そんなバカな」

呟く速水を見ながら、野村が勢いづく。

「我々弁護士は法にかしずく番人で、法律を遵守するのが業務です。従って現状では、エーアイを一般検死に普遍化するという本研究の申請は却下せざるを得ない」

速水は唇を噛んでうつむいた。隣で沼田が傲然と顔を上げ、微笑を浮かべた。

場が静まり返った、その瞬間。のどかな声が響いた。

「つまり、弁護士にとって市民生活の安寧より、法律遵守の方が大切なんですね」

「そんな暴論は言っていない」

反射的に言い返した野村は、我に返って尋ねる。

「あなたはどなたですか？」

沼田が白鳥を見つめて、たしなめる。

「不規則発言は控えてください」

白鳥は、手元のたまごっちの世話を中断して元気よく挙手した。

「議長、オブザーバーとして発言を希望します」

「今朝、田口先生からオブザーバー申請された方ですね。白鳥さん、でしたっけ。一応許可はしましたが、書類記載に不備がありました。所属組織の項目が空欄でしたので当方から紹介できません。差し支えなければ、自己紹介してから発言してください」

白鳥はぺこりと頭を下げる。

「エシックス・コミティのみなさん、はじめまして。私、厚生労働省、大臣官房秘書課付技官の白鳥圭輔と申します」

場が一斉にざわつく。沼田が縁なし眼鏡をずり上げ、三船事務長が青ざめた顔になる。白鳥はにっこり笑って、野村弁護士に向かって頭を下げる。

「野村先生、こんにちは。お久しぶりですね」

野村は怪訝そうな顔をしたが、突然立ち上がり白鳥を指さし、震え声で言う。

「あ、あんたは、あんたみたいな人がどうしてこんなところに……」

「野村外部委員、この方をご存じなのですか？」

野村は口をぱくぱくさせるが、答えられない。代わりに白鳥が口を開く。

「ええ、よーく存じてます。だって僕は、医療過誤死関連中立的第三者機関設置推進準備室室長で、そこにいる野村先生は、医療過誤検討審査会の委員だったんですから。一年前、お互いイヤになるくらいディスカッションし合った仲なんですよ」

速水は指を折り数えて白鳥の発言をチェックして、呟く。

「……よしよし、今度はちゃんと言えているな」

「私の所属は、医療過誤問題を検討する市民審査会、だ」

野村が吐き捨てる。白鳥はにこにこして、野村に話しかける。

「よかった。あの野村先生とは別人かと思って、どきどきしちゃいました。島津先生、もう大丈夫です。野村先生はこの審査案件を絶対に了承してくれますよ」

野村の顔が蒼白になる。唇が震えている。

「な、何を勝手に人の意見を決めている。私はたった今、否決だと伝えたじゃないか」

白鳥はにんまり笑う。

「一年前、医療過誤死関連中立的第三者機関設置推進準備室が設置された時、野村先生は公聴会で民間代表として意見を述べられましたね。覚えていますか？」

「無論だ」

「僕も先生があの御発言をお忘れになっているとは、ゆめゆめ思っておりません。ただ人間誰しも、瞬間的にど忘れしてしまうことはあることですから、あの時の野村先生の御発言の主旨を、念のためここで繰り返させていただきますね」

白鳥は咳払いをして、野村そっくりの口調を真似て言う。

「医療過誤問題では、医療の密室性を打破することが最重要課題だ。その担保なしに本審査会の中立性は維持できない。確か、こうでしたよね？」

言い終えた白鳥は、眼をくるくると回し、野村に念を押す。

野村は苦々しげにうなずく。

白鳥は振り返ると、島津にウインクをする。正確に言えば、本人がウインクだと固く信じている、眼輪筋を主体とした一連の顔面筋の収縮を行った。

「ね、証明終了。めでたしめでたし」

「何を言っているんだ。私は、エーアイには賛同しないぞ」

「野村先生、それでは論理破綻ですよ」

白鳥は野村を見つめて言うと、島津に向かって質問する。

「島津先生、専門家としてのお立場から厳正にお答えください。解剖情報とエーアイ情報を比べて、個人の手技に影響されにくい方はどちらですか？」

「エーアイだ」

「死体の画像情報は医学的に根拠がないものですか？」

「いや、通常の画像と全く同等の診断価値を持つ。ただし、法曹界では必ずしもそうした認識をしていないようだが」

「エーアイと解剖を比較すると、終了後に客観的な状態を保持したまま所見を取りうる検査はどちらですか？」

「断然、エーアイの方、だ。何しろ解剖した後は遺体はバラバラになるからな」

白鳥は野村から視線を切らないまま、尋ねる。

「野村先生、今の情報を元にお尋ねします。医療過誤問題で医療の密室性を打破するためにエーアイの意義をどうお考えか、私見で結構ですのでお答えいただけますか」

野村は苦虫を嚙みつぶしたような顔で、吐き捨てる。

「極めて有効な検査手段、だ」

突然、三船事務長が参戦してきた。

「理論面はその通りなのかもしれない。しかし費用拠出面で裏打ちのない検査は、まず研究として展開すべきでは？」

語尾が震えている。白鳥は視線を巡らせて、三船事務長を見る。

「や、こちらもお久しぶりだね、三船ちゃん」

白鳥の言葉に、三船事務長は、卑屈な会釈を返す。沼田が呆れて言う。

「事務長、あんたもアレと知り合いなのか?」

三船事務長がうなずくより早く、白鳥が答える。

「そう、三船ちゃんは僕の後輩です。厚生省に入局して、米国に国費留学して学位を取ってから、ちゃっかりトンズラですよ。食い逃げ三船。泥船から逃げ出す目端の良さだけは大したもんです。ところで三船ちゃん、こんなところで何やってんの?」

田口がすかさず白鳥に答える。

「事務長として、病院経営の健全化という大事業に取り組んでいらっしゃる方です」

「ふうん、そう。皆さん、ま、せいぜい三船ちゃんにトンズラこかれないように注意した方がいいよ」

そう言うと白鳥はぶつぶつと独り言を呟く。

「あぶないあぶない。高階先生にもよく言い聞かせておかないと……」

三船は無謀にも、震える声で白鳥に挑みかかる。

「なんで白鳥先輩がこんなところで油を売っているんですか。私の情報網にはそんな話、全然引っかかってはこなかったのに」

白鳥はうっすら笑う。

「相変わらずトンチンカンだね、三船ちゃん。君の情報ネットは厚生労働省の主流だけど、所詮は細井《ほそい》事務次官系列の単一ネットだろ。三船ちゃんだって僕がどの系列にいるのか知ってるだろ。細井さんと超仲の悪い坂田《さかた》局長の下なんだぜ。僕の情報が三船ちゃんの情報網に引っかかるわけないさ。そんな調子だから、あちこち地雷を踏みまくって、都落ちする羽目になるんだ」

「地雷踏むのが趣味の白鳥先輩には言われたくないです」

三船事務長の必死の抗議に、白鳥はへらりと笑う。

「僕の趣味は地雷踏みじゃないよ。空中散歩さ。地雷を踏むのは、空中に飛び上がるのにはそれが一番手っ取り早いからだよ」

三船は蒼白になって、うつむいてしまった。

灰色のスーツを着込んだ桜宮女子短大・中野美佐子倫理学教授が強気に参戦する。

「お待ち下さい。医学検査的にはエーアイの必要性は何となく理解できたような気もいたしますが、先ほど神田委員から呈示された、検査を受ける患者様の心情面の方に関してはいかがですか？　このような検査を通常検査機器で行うことには、やはり抵抗感があると思うのですが」

「抵抗感があるって？　誰がそんなこと言ってるんですか？」

「誰が、と申しますより、つまりその一般常識的に考えれば……」

歯切れの悪い中野教授の主張を援護すべく、神田が口を開く。

「考えるまでもありません。誰だって死体を検査した検査機械で検査されたいと思わないのは当然です」

白鳥は、神田と中野を交互に見つめて、ため息をつく。

「さっきからずっと当たり前、当たり前って連呼してるけど、根拠はあるんですか？」

「根拠、と言われましても……」

中野教授が再び口ごもる。それから急に思いついたように勢いこんで答える。

「根拠となる資料が欠落しているからこそ、先ほどアンケート調査が必要だと提案したんですわ」

白鳥は唐突に激しい貧乏揺すりを始め、即答する。

「アンケートなんて必要ないだろ。結果はわかりきっているんだから」

隣で聞いていた谷村が口を挟む。

「患者様がこうした問題を気になさらないという、確固たる根拠があるんですか？」

「当然あるに決まってますよ、そんなもの」

白鳥はあっさり答え、一同呆然とした。中野教授がうろたえる。

「まさか、厚生労働省はすでに関連する基礎研究班を立ち上げていたの？」

白鳥はへらりと笑う。

「厚労省の研究班なんて、それこそ中野教授の大好きな、どうでもいい統計を取ってばかりの暇人の集まりです。そんな所にぴちぴちの情報なんてあるわけないでしょ」

中野教授はほっとして、再び攻勢に転じた。

「いい加減なことをおっしゃったんですね。お役人のクセに」

「ちょっと考えれば簡単にわかることを、わざわざアンケート調査する必要なんてないでしょ。そんなことばかりするから国費が足りなくなるんです。それよりもまず、皆さんに質問したいんですけど。本当に一般の方は死体を調べた検査機械で検査されるのはイヤに決まっている、だなんてお考えなんですか？」

エシックスの面々は、互いに顔を見合わせる。それから曖昧にうなずく。中野と神田だけは、断固とした調子でうなずいた。白鳥は続けた。

「それなら、死体を寝かせたベッドに寝かされるのは遥かにイヤがるはずですよね、きっと」

「当たり前です、そんなことわざわざ言うまでも……」

断言しかけた中野教授の語尾が途絶する。隣で神田が眼を見開く。白鳥はにまっと笑う。

「病棟では死者が横たわったベッドに患者を寝かせますが、誰も文句言いませんね」

「詭弁だ。シーツなどきちんと替えているから清潔だ」

沼田が反撃する。白鳥はその反撃を一撃で封殺する。

「バカじゃないの。委員長なんだから申請書類はよく読まないとダメでしょ。申請書ナンバー26、三十四ページにちゃんと書いてある。エーアイ施行時には、御遺体は使い捨てシートにくるんで検査する。これなら病棟のベッドと検査機械で全く同じ。どこに違いがあるんですか？」

誰ひとりとして、白鳥の言辞には反論できない。白鳥は続ける。

「死体検査は問題だと考える人は、病棟では死体が寝たベッドに患者を寝かせているという現状を調べる方が火急の問題で、かつ遥かに社会的喚起力を惹起《じゃっき》する重大問題だと思いますけど？」

白鳥は、傍らの田口と島津に向かって土砂崩れウインクをひとつ、投げかける。

「以上、アクティヴ・フェーズの極意、その、確か十一〝フルーツバスケット〟でした」

白鳥圧勝の様を見届けた速水が呟いた。

「行動には危険がつきまとう。行動しない口舌の輩がよってたかって行動する人間を批判する。いつからこの国はそんな腰抜けばかりになってしまったんだ？」

沈黙が続いた。やがて沼田がため息をついて、沈黙を破る。

「島津助教授が提出された案件、『検死に対するエーアイの普遍的適用』という研究課題に関しては、議論は尽くされたと思われます。通常ではこの後、各自意見を書類提出していただき、次回多数決で決定するのですが、ここまで徹底的に議論が尽くされれば審査結果は明らかだと思われます。異例ではありますが、エシックス・コミティ規約第十四項、委員長に賦与される特別議決権限に基づき、この場で審査結果を挙手で判定したいと思います。島津放射線科助教授から提出された本案件を承認される方は挙手願います」

沼田はメンバーを見回した。おずおずと手が挙がり始める。一番最後に、神田がしぶしぶ挙手した。沼田は淡々と拍手をした。

「コングラッチュレーション。島津先生の案件は、当エシックス・コミティの全委員の賛同を以ちまして承認されました。エシックス・コミティ認可第一号議案として認定します」

沼田の眼は硝子玉のようで、何の感情も読みとることができなかった。間欠的な沼田の拍手の音だけが、会議室に虚ろに響きわたった。

沼田は気力を振り絞るかのように、言う。

「田口先生、お待たせしました。審議案件ナンバー43の案件についての審議を始めましょう」

沼田は告発書のコピーをテーブルの上に載せる。

『救命救急センター速水部長は、医療代理店メディカル・アソシエイツと癒着している。VM社の心臓カテーテルの使用頻度を調べてみろ。ICUの花房師長は共犯だ』

田口が弁護人席につく。沼田は速水に被告席につくように指示する。速水が言う。

「ちょっと待ってくれ」

沼田はうんざりした表情で速水を見つめる。

「どうやら速水先生は我がエシックス・コミティの枠組みを破壊しにこられた悪魔のような方ですね。申し訳ありませんが、少しはこちらの手順を尊重していただけませんか」

　速水は立ち上がる。

「委員長には申し訳ないが、俺は当事者でね。不躾な振る舞いは大目に見てもらいたい。審査書類は拝見した。結論から言おう。倫理審査は不要だ。ここに書かれていることはすべて事実。田口講師の調査は完璧だ。だからエシックスが俺に対し詮索《せんさく》する必要も余地もない」

「あくまで、我々エシックス・コミティの審議を拒否する、と？」

速水はうなずく。

「俺は事実を認めた。それ以上ここで何を議論するんだ？　倫理は、いいか悪いか決めることすらできない。事実を認めてしまえば、倫理なんて吹き飛んでしまう。研究審議だって枝葉ばかりつつくが、肝心の研究の存在理由《レゾン・デートル》は見ようともしない。倫理問題ばかり声高に言い募る人間は、自分自身は何も創れない。やれるのは他人のあら探しだけ。糾弾すべき巨悪には小声しか上げられない。倫理ってやつは、本当に人々の幸福を考えているのか？」

速水の言葉が沼田の身体に突き刺さっていく。

「何でもかんでも倫理、倫理とわめきたてるのは、やめにしてもらいたい。俺を裁くことは誰にもできない。ただひとつの存在を除いて、な」

「それは、何ですか？」

沼田がかろうじて口にした最後の言葉に対し、速水は昂然と答える。

「俺を裁くことができるのは、俺の目の前に横たわる、患者という現実だけだ」

沼田が営々と築き上げてきたエシックスという硝子の宮殿、桜宮の聖域《サンクチユアリ》は、血まみれ将軍《ジエネラル・ルージユ》の迫撃砲の一撃で粉々に砕け散った。

速水は田口を振り返る。

「というわけだ。さて、病院長代行の行灯クン、俺をどうする？」

やり取りを見つめていた田口は、視線を沼田に投げかける。

「エシックス・コミティは速水部長の言い分を認めた、という結論でよろしいのでしょうか」

沼田は肩をすくめ、うなずく。

「事実認定されてしまったら、いかなる勧告を出そうとも速水先生には傷ひとつつけることはできません。我々に処罰権はない。審査、勧告することが我々の役割です。初めから勧告案に耳を傾ける気がないと公言されてしまえば、我々は無力です」

沼田委員長の言葉を聞き遂げて、田口は腕組みをほどく。

速水にぴたりと視線を当て、一言告げる。

「速水救命救急センター部長。リスクマネジメント委員会委員長、及び病院長代行の権限においてリスクマネジメント委員会宛に内部告発された案件に対し、明日午後三時、臨時リスクマネジメント委員会を召集します。その場で速水部長を査問します。場所はここ、第三会議室。審議対象者として委員会への速水部長の出席を要請しますが、ご都合はいかがですか」

速水は田口を見つめ、ゆっくりと笑顔に溶けていく。

「ご招待承った。それでは、また明日」

速水は片手を挙げて、軽やかに退場した。

机に肘をつき、指を組んでいた沼田が言う。

「田口先生、明日のリスクマネジメント委員会に、私もオブザーバーとして出席させていただきたい。よろしいか」

島津が慌てて後追いする。「俺も要請する」

田口はうなずく。

「わかりました。席を作っておきます」

「異例だとは思いますが、外部委員、及び市民代表の弁護士として私の参加も許諾していただきたい」

挙手した野村に向かって田口はうなずく。来る者は拒まず。もう、やけくそだ。

「どうぞどうぞ。何人でも。他の方も、興味がおありの方は是非」

うつむいて手元のたまごっちをいじっていた白鳥が、顔を上げて言う。

「あ、それ、僕も参加します」

21章　ハヤブサ美和

12月22日　金曜日　午後5時　本館1F・不定愁訴外来

　田口が浮かない顔で、愚痴外来に帰還した。白鳥は何やら用があるらしく、途中ではぐれてしまった。藤原看護師が湯気の立った珈琲を差し出した。

「沼田先生は、速水先生に完敗されたようですね」

　田口はうなずく。

「速水と島津と白鳥調査官がよってたかって、エシックスを粉砕してしまったんです。沼田先生は少々お気の毒でした」

　田口は遠い眼をして呟く。その視線の先には、同じように白鳥にもみくちゃにされた頃の、過去の自分の姿があったのかも知れない。藤原看護師が尋ねる。

「おふたりの格の差を考えれば、妥当な結果ですね。速水先生は虎口《ここう》を脱出したわけでしょう？　それなのにどうしてそんなに浮かない顔をなさっているんですか？」

「速水は、私の報告を全面的に認めるという反則もどきの場外乱闘で、エシックスの枠組みを粉々にしたんです。行きがかり上、私がリスクマネジメント委員会でヤツを裁くことになりました。どうやら私が、速水に引導を渡すことになりそうです」

「よかったじゃないですか。沼田先生に滅茶苦茶にされるよりはずっと」

「いえ、もっと悪い選択かも知れません。私は不器用ですから、手加減できないかも」

「……そうかもしれないわね」

藤原看護師は考え込む。それから田口を見て、言った。

「とうとう花房師長と話すべき時がきてしまったようね」

「お願いします。今、花房さんの聞き取りを行うことが最善かどうかはわかりません。ですが速水は明日の査問後、辞職するつもりです。速水を救うために、できることは何でもやっておきたいんです」

藤原看護師は、うなずいて受話器を取り上げる。

「田口外来、藤原です。花房師長をお願いします」

短い会話を終えると、藤原看護師は田口を振り返る。

「彼女と話すのは、本当に久しぶり」

その時、電話が鳴った。藤原看護師が用件を田口に伝える。

「高階病院長から。至急病院長室に来るように、だそうよ」

田口は、後ろ髪を引かれるように立ち上がる。それから、迷いを浮かべた視線で藤原看護師を見る。藤原看護師はにっこり笑う。

「こちらは任せて下さいな。悪いようにはしませんから」

「頼みます」

藤原さんにすべてを託そう。肚をくった田口はひとり、部屋を後にする。


田口は病院長室の扉をノックした。低い声の返事に、扉を開ける。腕組みをした高階病院長が穏やかな視線を田口に投げかける。

「明日、リスクマネジメント委員会で速水先生を査問なさるそうですね」

「ええ。今回は是非ご出席願います」

田口は精一杯の嫌がらせを込めて続ける。

「それにしても、エシックスを欠席なさったのに情報はお早いですね」

高階病院長は無表情に言う。

「たった今、沼田先生から直接ご注進があったものですから。でも個人的意見を言わせていただくなら、エシックスでケリをつけてもらいたかったですね。あそこは審査だけで、処分をする権限はないですから、その方が速水君の傷が浅かった」

「私も、リスクマネジメント委員会での査問は避けたかったです。でも、速水は告発内容に一切反論せず、全面的に認めてしまいました。それで審査が身上のエシックスの沼田さんには講じる手立てが無くなってしまったんです。そうなると内部告発を受けた手前、うちで引き受けざるをえなかったんです」

「速水君がそのような対応をした、ということは……」

高階病院長は手にしていた煙草に火をつける。眼を閉じて煙を吸い込む。ゆっくり吐き出しながら呟く。

「彼は違法行為を認識していた。なおかつ、それを不当な行為だと考えていない、というふたつのことを意味しています。それと、速水先生は自分の未来を決断してしまった、ということでもあります。田口先生、どうしたらいいのでしょうか？」

「まだ時間はあります。ぎりぎりまで道を模索します」

「頼みます。速水君を失うことは、東城大学の、いや、桜宮の医療の損失です」

田口はうなずく。高階病院長は、眼をつむって呟く。

「それにしても、鉄の団結を誇るＩＣＵで内部告発をしたのは、誰なのでしょうか」

語尾が紫煙と共に空間に溶けていく。

田口はその答えを知っている。だが全体像がわからない今、答えだけ知っているということは、何も知らないということと同義だ。

田口は高階病院長と視線を合わせ、ひとつうなずいてから、病院長室を辞去した。

平穏な午後。モニタはすべてグレイ。

速水はチュッパチャプスを舌でくるくる回しながら、右隅のテレビ画面を見遣る。この株式の数字の羅列。こんな数字の行列にも身を削る思いで見つめている人間が、この空の下のどこかに居る。世界は広大で、そして豊穣だ。

やっと牢獄から解放される。どれほど、ここに幽閉され続けたことか。ひとつの季節が終わりを告げようとしている。振り返ると、手の中には何も残っていない。

扉が開く音に、速水はリクライニングの椅子をきしませて、振り返る。

如月翔子が佇んでいた。

翔子の真っ直ぐな視線をあいまいに外し、速水は再びモニタに意識を集中させる。背中に強い視線を感じる。

「どうした、如月。何か言いたいことでもあるのか?」

翔子は絞り出すように言う。

「エシックスは大丈夫だったんですか?」

速水は身体を起こすと、椅子を反転させ、翔子と正対する。

「なんだ、知っていたのか」

「ICUのスタッフはみんな、知っています」

速水は笑った。

「それなら明朝のスタッフ・ミーティングで経過報告するか。光栄にも如月が気にかけてくれたから、ひと足先に報告しておこう。エシックスは粉砕したよ」

翔子の表情が真夏の光のように明るくなった。自然に笑顔がこぼれる。

「よかった」

速水が悪戯っぽく、笑う。

「その代わり、今度はリスクマネジメント委員会で査問されることになった」

翔子の笑顔が凍りつく。

「田口先生がお相手ですか」

「ああ。アイツに引導を渡されるなら、異存はない」

再び椅子を回すと、モニタに向かい合う。翔子が声を上げる。

「引導ってどういう意味ですか？　速水先生、何をお考えなんですか？」

速水は、翔子に警告《アラーム》を伝達した。

「〝ミス・ドミノ〟が三番についたぞ。サポートしてやれ」

翔子が画面を見上げると、モニタの向こう側で、姫宮が三番ベッドの周りをふらふらと歩き回っているのが見えた。翔子はドミノ倒しの女王の不始末を未然に防ぐために、あわてて部屋を出た。

——いよいよ明日の午後、か。

翔子の背中を見送りながら速水は苦笑する。

速水は田口が苦手だった。田口の顔を見ていると戦闘意欲が減衰してしまう。繰り返し思い出す、苦々しくも輝かしい記憶。卒業記念麻雀のオーラス。ラス牌の紅中待ちで国士無双を俺にぶち当てて大逆転したのに、得意になるどころか、すまなそうな顔をしていた田口。

速水は机の上にうっかり置きっぱなしにしてしまった請求書の束を手に取った。医療代理店メディカル・アソシエイツ。昔からの顔なじみの医療関連の代理店。企業舎弟だというウワサ。マメな会社だ。毎回毎回、チュッパチャプス代にまできちんと請求書を起こしてくる。これくらいサービスすればいいものを。

そう言うと、メディカル・アソシエイツ代表・結城《ゆうき》は生真面目な顔で答えた。

——隅々をきちんとしませんと、自分のような稼業では命取りなんです。

結城の掠れ声を思い出しながら、ソファに深々と沈み込み、眼を閉じる。

あれから二十年、か。思えば遠くに来たものだ。

田口が病院長室から戻ると、愚痴外来には誰もいなかった。どうやら藤原看護師と花房師長は、場所を変えて話をしているようだ。

田口は冷え切った珈琲をカップに注ぎ、椅子に沈み込む。

ノックの音がした。扉が開く。如月翔子が立っていた。

田口は眼で翔子に入るように促す。

「速水から何か聞き出せましたか？」

翔子はすがりつくような視線を投げる。「田口先生、あたし……」

言葉が途切れる。田口は翔子を見つめる。

「手がかりはつかめなかったんですね？」

翔子がうなずく。濡れた瞳を見開いて、田口に尋ねる。

「速水先生をリスクマネジメント委員会で査問するって、本当なんですか？」

「どなたから聞いたんですか？」

速水先生御自身からです、と答えて、翔子は田口を見つめた。

「あたし、心配なんです。速水先生がここをお辞めになるのではないか、という気がして」

勘のいい娘だ。田口は感心する。そして続けた。

「ご心配する気持ちはよくわかります。速水が、病院を辞めようとしていることは間違いありません。意志は固そうだが、最後に必ずひっくり返してみせますよ。心配しないでください。昔からアイツとは相性がよかったんです。それとアイツは、土壇場の勝負には滅法弱かったんですよ」

夕焼けが西の空を焦がしている。赤々とした残照に、ふたりの人影が長い影を引く。本館の屋上は金網の檻だ。ふたつの影が挨拶を交わす。

☆

「お久しぶりです、藤原さん」

「相変わらずご活躍ね、美和さん」

花房美和は小さく首を振る。

「まだまだ、です。猫田先輩にもお世話になりっぱなしで……」

「いいのよ。あの横着者はコキ使わないとサボるから。遠慮せず使い倒しなさい」

藤原看護師の言葉に花房は笑う。それから笑顔を吹き消して言う。

「速水先生の告発文書の件、ですね？」

藤原看護師はうなずいて、尋ねる。

「どうして、あんなことをしたの？」

花房は問いには答えず、金網の向こうの水平線を見つめる。夕闇と長い沈黙がふたりの影を包む。

やがて花房は、吐息で答えた。

「あの人がここを去るのなら、どこまでもついていこうと思ったんです」

藤原看護師は、花房を見つめる。

花房は首を振り、静かに語り始めた。花房の告白を聞き遂げた藤原看護師は呟く。

「そうだったの……」

花房師長は唇を噛んでうつむく。「師長失格ですね、私」

藤原看護師は即座に答える。

「師長にふさわしい人間なんて、この世の中にはいない。みんな、どこかで失格している。ただ何とか折り合いをつけているだけ」

藤原看護師の言葉に、花房師長はさらに深くうつむいてしまう。その様子を見ながら、藤原看護師は独り言のように呟く。

「だけど今の話、ちょっと変ね。何かが引っかかる……」

夕陽は水平線に没し、残照がふたりのシルエットを点描している。

銀色の水平線に、螺鈿《らでん》の忘れ貝が小さな光を放って、闇の底に消えた。

22章　リスクマネジメント委員会

12月23日　土曜日　午後3時　本館3F・第三会議室

土曜日だというのに、東城大学医学部付属病院三階・第三会議室は人の熱気であふれていた。

正面中央には、ぼさぼさ髪の田口公平《こうへい》・リスクマネジメント委員会委員長が座る。席次表を見ると、委員長席の右隣にリスクマネジメント委員会副委員長の黒崎誠一郎《くろさきせいいちろう》・臓器統御外科教授、左には松井《まつい》総看護師長、という重量級の人材が配されている。末席の羽場貴之《はばたかゆき》・手術室器材管理室室長が不安そうに、田口を見守っている。

右隣の副委員長席は今日も空席だ。臓器統御外科・黒崎教授は、田口が委員長に就任してからというもの、出席率が極度に低下していた。今日もおそらくそうだろう。ただし今回は意趣返しではない。予定では黒崎教授が国際外科学会から帰国したのは今朝方のはずだから、誰もが今日の欠席は当然だと考えている。

田口は末席のオブザーバー席を眺める。

廊下に面した椅子には、エシックスの沼田委員長が鎮座し、周囲を衛星のようにエシックス・コミティの面々が固める。ピンストライプの三船事務長の姿もある。野村弁護士と中野教授が、どことなく居心地悪そうに並んで座っている。

窓際近くで腕を組んでいるのは、髭もじゃの放射線科助教授でがんがんトンネル魔人・島津助教授だ。隣には、エシックス・コミティのグループとの境界線でどっちつかずに座っている神田放射線主任技師。

エシックスの面々と島津の間で、うつむいて黄色いたまごっちの世話に明け暮れている、黒光りするゴキブリ、中立的第三者うんたらかんたらの室長、厚労省の鬼っ子にして火喰い鳥の異名を持つ白鳥圭輔。彼の様子を三船事務長がちらちらと眺め、気にしている。

視線を窓際に走らせる。窓枠にもたれかかり、外の景色を眺めているのは高階病院長だ。出席者全員が、その存在を意識の片隅に置いている。いやもとい、白鳥だけはあまり意識していないようだ。どうせ出席するのなら、もう少し前にしゃしゃり出て援護射撃をしてくれてもいいのに、と田口は思う。

田口は壁の時計を見る。定刻を少し過ぎた。主役の速水が遅刻しているため、田口が開始宣言を少し延期しようとした時、前方の扉が開いた。のっそり部屋に入ってきたのは、東城大学守旧派の巨魁、臓器統御外科の黒崎教授だった。手には大きなボストンバッグを提げている。

「家内から連絡を受けていたんだが、リムジンが渋滞に巻き込まれてしまってな。仕方なく家に寄らず、空港から直行した。遅れたことをご容赦いただきたい」

珍しく謝罪をした黒崎は、ためらわず田口の右隣に着く。低い声で田口に言う。

「田口君、定時を過ぎている。さっさと始めたまえ」

これこそ東城大学医学部オールスター・キャスト。いよいよ撮影開始だ。映画のタイトルは、〝血まみれ将軍《ジエネラル・ルージユ》の仁義なき闘い・桜宮死闘篇〟になるだろう。

田口はため息をつく。リスクマネジメント委員会が出席率百パーセントの時はいつも、ロクなことがなかった。

田口は黒崎に言う。

「黒崎教授、主役が到着しておりませんので、しばらくお待ちを」

「ウィーンから帰ったばかりのワシが休日を押して出席しとるというのに、主賓が遅刻とは不届き千万だ。相変わらず無礼な男めが。田口君、こんな茶番、とっとと済ませてしまいたまえ」

押し殺した黒崎の言葉が終わらないうちに、後ろの扉ががらりと開き、速水がひらりと現れた。

「遅れて申し訳ない。出がけに気管切開をしてきたもので。ご容赦を」

ジェネラル・ルージュの降臨。タイトルロールの華やかな登場に、ざわついていた場が一瞬で静まり返る。

黒崎教授の不平は、うたかたの泡のように吹き飛ばされる。

良きにつけ悪しきにつけ、コイツは主役にしかなれない男だ、と田口は思った。

肩から羽織った白衣をなびかせ、速水は舞台中央に着席した。速水が座るとそこは被告席ではなく、花道の中央にしか見えない。

田口は速水の風圧に対峙しながら、開会を宣言する。

「定時を少々過ぎましたが、これより臨時リスクマネジメント委員会を開催します。本会は、リスクマネジメント委員会委員長の権限で、臨時召集を決定しております。委員定数十二名、出席委員十二名、よって本会は成立いたしました」

黒崎教授が咳払いをして、言う。

「ワシも国際学会から今朝戻ったばかり、事の経緯がよくわからない。そのことを踏まえて、開催理由について途上で理解できるよう、補助説明をその都度入れていただきたい」

田口は答える。

「配慮いたします。他に何か、ご意見はございますか」

オブザーバー席から挙手。沼田だった。指名を受けて立ち上がる。

「今、いみじくも黒崎教授がおっしゃられましたが、本日出席されている委員の大半は事情をご存じありません。昨日までのエシックス・コミティにおける経過を委員長である私からご説明申し上げた方がよろしいかと存じますが、いかがでしょうか」

「却下します」

田口の即答に、沼田は眼鏡の底で眼を見開く。

「リスクマネジメント委員会の議論には不要です。本会議は、速水救命救急センター部長の個人的問題についてで、その点に関しましては昨日、エシックス・コミティにおいては検討不能という結論が出ております。従いましてご提案に関しては、そのような事実があったということをお知らせするだけで充分と考えます」

「Bravo《ブラヴォー》! その通り、スジは通ってる」

黄色いたまごっちから眼を上げた白鳥が、拍手をして言う。一斉に視線の集中砲火を浴びていることを意に介さず、白鳥は田口に小さく手を振る。それから再び手元の電脳生物の世話に没頭し始める。

田口の隣で、黒崎教授が忌々しげな表情で白鳥を睨みつけた。

沼田はうすら笑いを浮かべ、着席する。

「そう来ましたか。それでは私は途中で追加発言をさせていただくことにいたしましょう。どうかそれまで却下しないようにお願いします」

「基本的に、ご発言は自由です。どうぞ遠慮なく」

田口が沼田の眼を真っ直ぐに見つめ返す。開幕のベルが華やかに鳴り響いた。

田口が言う。

「皆様の手元に一通の文書が渡っていると思います。速水部長が収賄を日常的に行っていた、という内容の告発文書です。日時は不正確ですが一週間ほど前、私の院内ポストに投函されていました」

「委員長、質問」

エシックスの腰巾着、日垣が挙手。

「日時不詳という表現には作為を感じます。隠蔽の恐れがありますので、事情を詳細に教えてください、ただし差し支えがなければ、で結構ですが」

そう言うと、日垣はにやにや笑う。日垣の当てこすりに、田口は即答する。

「簡単な事情です。私が封筒に気づいたのは一週間前の朝ですが、実際に投函されたのはその四日前まで幅があります。私は毎日自分の院内ポストを確認せず、思い返すと封筒を発見した四日前にチェックしたのが最後でしたので、投函日はその四日に限定されるわけで、そうしたことを略して、一週間ほど前、と申し上げたわけです」

いかにも田口らしいエピソードに、会議場に失笑がこぼれる。顔をしかめた黒崎教授の呟きが聞こえた。

「役職付きならば、一日一回は院内ポストの確認をすべきだ」

田口は聞こえないフリをして、議事を進行する。

「速水先生にお尋ねします。この文書にあるメディカル・アソシエイツなる医療代理店をご存じですか?」

速水はうなずく。

田口は視線を切らずに、速水に畳みかける。

「では、単刀直入にお尋ねします。ここに指摘されたように、その会社から収賄したという事実はありますか」

速水は、田口を見つめる。長い間。その果てに、短く答える。

「ある」

第三会議室は騒然となった。

しばし議事進行が滞った。各自一斉に手近な人物と会話を始め出す。その喧噪の中で、速水と田口のふたりは、静寂の世界に取り残されていた。

田口の隣で、しきりに咳払いが聞こえる。黒崎教授だった。

「田口君、何をしておる。議事が滞っておるではないか。先に進めたまえ」

田口はうなずくと、速水に問いかける。

「速水部長は、当然これが法律に抵触する行為であるとご存じと思われます。何か釈明はありますか？」

　速水はうなずいて、立ち上がる。

「折角なのでICUの周辺事情についていささか思うところを述べさせてもらおう。私が収賄に手を染めたのは今に始まったことではない。バブル華やかなりし頃、臨床現場には治験と称した賄賂が湯水のようにあふれていた。その奔流の中、私は飲食の接待は受けなかったものの、必要器材の供与は受けていた。今思えばそれも甘えだったが、とにかくそういう時代だった。そして時代は変わり、饗応《きょうおう》が許されなくなり、接待はあっさり姿を消した」

　速水は周囲を見回し、言葉を継いだ。

「饗応は医療の本質でないために、ルール違反と認識されれば姿を消すし、それで医療システムが崩れることはない。だが器材供与は違う。それを当てにして構築された医療システムを組んだ私のミスだと言えば、それまでだが」

「どうして、もっと早く相談してくださらなかったんですか？」

　三船事務長が尋ねる。速水は斜に構えて、三船を見つめる。

「通常の救急費用さえ削減している事務長に、非合法状態の是正を頼めるのか？」

　三船事務長は黙り込む。速水は淡々と言葉を続けた。

「どうすればよかった？　オレンジの首班として、正面切って予算請求を行えば頭ごなしに拒絶される。裏金を使って帳尻を合わせれば違法行為だという。それなら聞きたい。医療を、いや、救急医療をここまで追いつめてしまったのは一体誰だ？」

誰ひとりとして、速水の問いに答えを出せない。査問の場にもかかわらず、誰も速水の独白を止めることができない。速水は深海をひとり悠々と航行する白鯨《モビーディック》だった。

速水は続けた。

「どうされているかは知らないが、うまく回っているシステムをなぜ今改めなければならないんですか。……事務屋はかつて、俺にそう言った」

「私はそんなことは言っていない」

三船事務長が気色ばんで言う。速水は冷たい視線を三船に投げかける。

「確かにあんたは言っていない。むしろ徹底的に是正しろ、と言う口だろう。だが三船事務長、あんたは来るのが遅すぎた」

「世の中、遅すぎるなんてことはありません。何事も気づいた時が直し時です」

速水は憐れむような視線を三船に投げかける。

「あんたたちはいいよな。書類の数字さえ合わせればそれでいいんだから。世の中がそんな綺麗事で回るのなら、どれほどラクなことか」

「不正を内包したシステムはそれ自体が悪なんですから、糾弾されて当然です」

三船事務長が激するのと反比例して、速水はいよいよ冷え切っていく。

「米国かぶれのグローバリゼーションを一部だけ信奉すると、世の中はもっと悪くなる。それほど言うなら、収賄で立て替えた分、あんたが明日すぐに予算をつけてくれ」

三船は懸命に言い返す。

「それは無理です。今は病院を経済原理で立て直している最中です。こちらのルールに従って、収益を上げていただかないと、経済資源の再配分はできません」

速水は声を上げて笑う。

「収益だって？　救急医療でそんなもの、上がるわけがないだろう。事故は嵐のように唐突に襲ってきて、疾風のように去っていく。在庫管理なんてできるわけもない。小児科も同じ。産婦人科も、死亡時医学検索も。現在の経済システム下では医療の根幹を支える部分が冷遇されている。俺たちの仕事は、警察官や消防士と同じだ。トラブルが起こらなければ、単なる無駄飯食い。だからといって国家は警察官や消防士に利益を上げることを要求するか？　そんな彼等に税金という経済資源を配分することを、市民は拒否するのか？」

その時、がらりと扉が開いた。一斉に視線が後ろの扉に集中する。肩で息をした佐藤が入室してきた。続いて如月翔子、殿軍《しんがり》に花房師長。会釈をして三人は後部のオブザーバー席に着席する。

速水の顔に驚きが浮かぶ。速水は彼らがこの委員会に参加するとは、夢にも思わなかったのだろう。

佐藤が田口に言う。

「速水先生がリスクマネジメント委員会に召還された、と聞きまして、急ぎ、関係者を集めて参りました。我々は当事者として、オブザーバー出席を要請します」

田口はうなずく。

「オブザーバー申請を受諾します」

隣で黒崎教授が渋面を作る。

「一応、決を採りたまえ。反対する者はおらん。あえて、無用な波風を立てるな」

田口はにっこり笑う。だが黒崎の言葉には従わず、そのまま議事を進行した。

こうして査問の席に、ＩＣＵの中核が勢揃いした。その様はまるで、決壊寸前の速水を護るための防波堤のようにも見えた。

その面子を見て、ふと速水は気づく。姫宮が留守番か……。

速水の胸に微かな動揺が走った。

小さな波紋が収まると、速水は再び正面を向いて、演説を締めくくった。

「救急や小児科、いや医療は、身体の治安を守る社会制度だ。治安維持と収益という概念は相反する。三船事務長、あんたは無理難題をシステムの根幹に据えている。断言しよう。あんたたち官僚の血脈が目指す医療システムは、近い将来必ず崩壊する」

速水は、すっぱりと三船を断罪する。三船はすかさず言い返す。

「詭弁だ。それは現場医師の意識改革の拒絶だ」

「システムが崩壊した時に、あんたたちはそうやって失敗原因を、現場の医師のメンタリティのせいにするんだろうな」

腕を組んだ高階病院長に向かって首をめぐらせる。速水は言う。

「高階先生、オレンジ新棟という溶鉱炉に医療の赤字部門をぶちこんで、問題を際立たせるという戦略は、ここまではお見事でした。ところで、問題を顕在化させた後の回復プランは、もちろんお持ちですよね」

高階病院長は、速水を見つめた。答えは、なかった。

沼田が立ち上がる。

「査問すべき人間にここまで言いたい放題させるとは、委員長の議事進行の手腕を疑いますね」

田口は沼田を目線で促す。

「おっしゃりたいことがあるなら、遠慮なく。委員長の仕事は交通整理ですから」

沼田はうっすら笑う。

「さすがに若くして委員長の要職に就かれておられるだけあって、ご自分のお立場をよくおわかりのようですね。おかげで昨日は私は自由に動くことができなかった。だが今日はオブザーバーだ。遠慮なく、全開で行かせていただきます」

リスクマネジメント委員会のメンバーは沼田を見つめた。冷静な精神科医という見かけの衣装が、少しずつ剝がれ落ちていく。沼田は言い放つ。

「速水先生が収賄を行ったことは事実だと本人が認めています。エシックスで本人が主張した通り、そのままです。あとは組織としての対処を決めるだけなのではないでしょうか。これ以上、罪人の御託を聞く必要はないでしょう」

「沼田倫理委員長のおっしゃる通りだぞ、田口委員長」

速水は笑って、言う。沼田は速水に向き直り、追撃する。

「先ほどから黙って伺っていれば、自分こそ医療の体現者だと言わんばかりの放言三昧。いい気なものだ。あなたの土台は足下から崩れ始めていることにお気づきになっていない。部下の掌握すらできない半端者で腹心の部下に告発されてしまうんです」

「どうやら沼田先生には告発者が誰か、心当たりがあると見える」

速水は末席のＩＣＵスタッフの塊に視線を投げる。佐藤が、花房師長が、うつむく。ただひとり如月翔子の視線だけが、速水を真っ直ぐ見つめ返す。

速水は翔子の瞳の切っ先を外し、田口を見た。

「行灯、とっとと俺の処分の協議を始めろ。でないと余計な火の粉が周りに飛ぶぞ」

田口は、速水を見つめた。ざわついていた場が、次第に静まっていく。

瞬間の静寂を捉えて田口は言った。

「速水先生、本当にそれでいいんですか？　それは責任回避ではありませんか？」

「何が言いたい？」

速水の眼が細くなり、カミソリのような光をたたえる。田口は臆せず続ける。

「速水先生が責任を取ってお辞めになる。先生はそれでもいいでしょう。ですが、先生が去った後もオレンジは残る。そこに残された人たちはどうなるんです？」

「それは俺の知ったことじゃない」

速水の後方、オブザーバー席が小さく揺れた。その気配を感じ取りながら、速水は続ける。

「正確に言おう。それは俺の次の人間が、のたうち回りながら何とかすることだ」

速水は田口に歩み寄る。胸ポケットから封筒を取り出すと、手早く机に置く。

速水は振り返り、視線をぴたりと佐藤に当てる。

「あとは頼んだぞ、佐藤ちゃん」

机の上に置かれた『辞職願』。墨痕鮮やかに記された白い封筒を、田口は黙って見つめた。

パンパンパン、と腑抜けた拍手が響く。沼田が立ち上がり、気怠げに拍手していた。

「いや、長々と茶番劇をありがとうございました。どうやらこれにて一件落着ですね」

沼田は佐藤を見つめ、言う。

「どこの誰が行ったのかは存じ上げませんが、勇気ある告発に敬意を表します。おかげで、長年東城大学に巣喰っていた悪しき慣習を、掃討することができました」

ＩＣＵスタッフのむき出しの敵意を意に介さず、沼田は続ける。

「それにしても、辞表提出で決着がつくのでしたら、ご多忙のお歴々を召集するまでもなく、昨日のエシックス・コミティでコトが済んだはずですのに」

田口の隣に座った黒崎教授がぎろりと沼田を見た。

「茶番劇は重々承知の上で我々は参集した。部外者がとやかく言う筋合いはない」

思わぬところからの反論が炸裂し、一瞬沼田が鼻白んだ表情になる。

「わたくしは、黒崎教授のような方のお時間の有効性を最大限尊重すべきだと申し上げたかっただけなんです。私の言葉不足でした。ご容赦ください」

おもねるような表情で言う。

「それにしても私は、黒崎教授ともあろう方が、どうしていつまでも田口委員長のような格下の方の風下におられるのかと、常々不思議に感じておりました。どう見ても委員長の席に就くべきは黒崎教授の方がふさわしく思えてなりません」

「ワシは窓際の仙人の風下についたつもりはない。本日、ワシが出席したのは、速水君の弁明を、彼自身の口から直接聞きたかったからだ」

沼田の眼が細くなる。

「やはりそうでしたか。〝城東《じょうとう》デパート火災〟の一件のウワサは伺っています。黒崎教授がご立腹なさるのも、まことにごもっともです」

居合わせた人々が一瞬、凍りつく。黒崎教授、高階病院長、そして速水はそれぞれ、色合いの異なる表情になる。末席に座っていた如月翔子が呟く。

「……ジェネラル・ルージュの伝説。なぜ今、ここで？」

いきなり、十数年も前の話を持ち出すなんて、と田口が言う。

沼田は続ける。

「今回、告発文書の提出を受けてから、実は私の方でも独自に速水先生に関する情報収集に励みました。その結果、実に興味深い逸話の数々に出会うことができました。その中でも最たるものが、〝城東デパート火災〟の一件です。ご存じない方もおられると思いますが、速水先生のメンタリティを理解する上で極めて重要なエピソードですので、差し支えなければ私の方から簡略にご説明したいと思いますがいかがでしょうか、黒崎教授」

沼田は田口を無視し、黒崎に同意を求めた。黒崎は腕組みをして吐き捨てる。

「好きにしたまえ」

沼田は笑顔で言う。

「黒崎教授のご了承を得られたので、この一件に関しては、私が総括してご説明申し上げるということでよろしいですかね、田口委員長？」

田口はうなずく。沼田は咳払いすると立ち上がる。

「十五年前、開店セール真っ最中の城東デパートで火災があったことはご存じの方も多いでしょう。そしてここにおられる速水先生が八面六臂の大活躍をしたことも。それこそが今も病棟で連綿と語り継がれている物語、〝ジェネラル・ルージュの伝説〟です。みなさん口々に速水先生を賞賛されます。だが私に言わせれば、伝説なんておこがましい、デパート火災という大規模災害にたまたま居合わせた駆け出しの救命救急医がいきあたりばったりで対応し、かろうじて事なきを得た、というだけの話に思えます。ただし組織論から申し上げると、これは由々しき問題を孕んでいて、今日の東城大学医学部付属病院の悲劇は、病院システムが、この〝伝説〟を土台に構築されてしまった点にある、と言っても過言ではない」

沼田はひと息入れ、周囲を見回す。隣に座った佐藤助手が立ち上がる。

「門外漢が何を言う。あれは、速水部長が対応しなければ何人死者が出ていたか、わからないくらいの大惨事だったんだ」

沼田はひんやりと笑う。

「速水先生は、忠実な部下をお持ちで羨ましい限りですね。そういう佐藤先生だって、ふだん、レセプトでのつじつま合わせを丸投げされて不平いっぱいだ、というお話をお聞きしていますが、それは別のお話なんですか？」

佐藤は一瞬言葉に詰まったが、すぐに答える。

「当たり前です。全く別です」

「そんなはずはないのだが……でもまあ、いいでしょう。話を戻します」

沼田が自信たっぷりに続ける。

「この時、陣頭指揮を執ったのが速水先生だったことは、この病院の者ならば知らぬ者のないほど有名な話ですが、私は長い間、誰ひとりとして、この問題点を指摘しないことをずっと不思議に思っていました。皆さん、あまりにも華やかな物語に酔ってしまい、組織論としての再検討を怠っているんです。黒崎教授、教授なら私が言いたいことをご理解いただけると思います。あの日の陣頭指揮は、組織序列でいえばその場における筆頭者、第一外科学教室の黒崎助教授が行うべきものでした」

黒崎教授は沼田を睨みつけるが、何も答えない。代わりに田口が尋ねる。

「どうしてそれが、現在の速水部長の問題とつながるんですか」

沼田は憐れむような眼で田口を見る。

「ここまで言ってもまだおわかりになりませんか、その伝説と今日の告発の共通点が。速水先生の罪は実にわかりやすい。ひとつは組織系統の軽視。それからもうひとつは、経済原則に対する無理解と衝動的な行動です。それは決して過去の物語などではなく、現在進行形の悲喜劇なのです。大体、どこをどうひねれば慢性赤字の救命救急センターに、更に金食い虫のドクターヘリを導入したい、なんて希望が湧くのでしょう。それこそ自らの欲望を律さず、行動を顧みることのない、傲慢な精神の表出に他ならない」

沼田は剝《む》き出しの憎悪を速水にぶつける。容赦ない言葉が無防備な速水に降り注ぐ。

「当院は長年に渡り、速水先生の挙動を賞賛し続けた。そうした土壌が今、歪んだ華となってあちこちから吹き出している。例えば先般のバチスタ・スキャンダル。そして今、オレンジの二階で起こっている小児科の不祥事。これらはすべて同根です。密やかに病院に膾炙《かいしゃ》している言葉がその発信源です。〝ルールは変えられるためにある〟という詠み人知らずの惹句に、その禍根があるんです」

沼田と田口は同時に、窓際に陣取った高階病院長を見る。高階病院長はぼんやりした表情で、窓の外、遠く水平線に思いを馳せているかのようだった。

沼田は続けた。

「今回の件ではっきりしたことは、リスクマネジメント委員会の田口委員長のご判断は偏向し不適切だ、ということです。以上を踏まえ、私は緊急動議を提出します」

そういうと沼田は田口を真っ向から見据えて、言い放った。

「私はリスクマネジメント委員会要項第五項に従い、田口委員長の罷免を要求します」

沼田は正面に向き直り、黒崎教授に視線を投げる。

「黒崎教授、長い間、秩序の乱れた組織で本当にご苦労さまでした。明日からは、私が黒崎教授を奉戴《ほうたい》いたします。どうか、リスクマネジメント委員会の委員長にご就任ください。そして願わくば、わがエシックス・コミティと連理の枝、比翼の鳥とならんことを」

会議場は水を打ったように静まり返った。黒崎教授はひとつ、咳払いをした。

「沼田君、と言ったかな。ありがとう。君の言葉はワシが長年、胸の中にため込んでいた想いを、いっぺんに晴らしてくれたよ」

黒崎教授は柔和な表情になる。これほど穏やかな黒崎教授の顔を、田口は初めて見た。黒崎教授は、速水の顔を真っ直ぐに見つめた。

「あの日からずっと、いつかこんな日がくるのではないか、と危惧していたのだが。とうとう、こうなってしまったな」

速水が笑う。

「黒ナマズのおかげですよ、俺がここまで来られたのは」

「それが君のいかんところだ。物事をすぐ茶化す」

黒崎は即座に言い放つ。沼田が追従するように言う。

「さぞや我慢ならないことも多かったでしょう。黒崎教授、お察しします」

黒崎教授はちらりと沼田を見るが、視線は再び速水に戻す。

「全く、昔から実に不愉快な男だった。沼田君の言う通り、城東デパート火災の時には愕然とさせられた。連絡を受け、トンボ返りで病院に戻ったら、すでにその時には外来ホールは臨時病棟になっていた。そして積み上げた机の上から、怒声を上げて陣頭指揮を執っているひとりの男が、その場を完全に支配しておったのだからな。ワシは場を見回し、自分が病院序列のトップであることを確認したものの、そんなもの何の役にも立たん。気がつくと男の指示に従って、骨折患者の処置を行っていた」

場は静まり返る。末席の如月翔子の強い視線が、ジェネラル・ルージュ、速水の身体を貫く。

「あの日からワシは、ずっと考え続けてきた。あんな規律違反を平然と行う遺伝子を、この病院に遺していいものかどうか。だからワシはコトあるごとに、コイツが組織の階段を登っていくのを邪魔しようとした。個人的な怨恨などではない。組織を組織として維持するために必要な自浄作用だ。しかし天命か、その都度この男には追い風が吹き、軽々と組織の階段を駆け登っていく。そしてあっという間にワシと肩を並べる地位にまで昇りつめた」

速水は眼を閉じ、黒崎の言葉に耳を傾けている。沼田が合いの手を入れる。

「とうとう、その時が来たのです。黒崎教授、速水部長に最後の断を」

黒崎教授は眼を閉じて、腕組みをする。

「そうさせてもらうとしようか。思えばワシは、いつもコイツに対しては逆風を吹かせてきた。どうやら今回はその集大成らしい」

黒崎教授はそう言うと、隣の田口と末席の高階病院長に交互に視線を投げる。

「僭越《せんえつ》ではあるが、ワシに断を下す役割を委譲していただけるかな」

ここまで来ては、ルールやパラダイムなんてすっ飛んでしまう。力こそルール。田口は黒崎の答えにうなずきで答えてから、僅《わず》かな望みを高階病院長に託す。

高階病院長は黒崎教授を見つめた。ふたりは視線を交錯させた。

やがて、高階病院長は静かな声で応じた。

「黒崎教授にお任せします」

もうダメだ。田口は諦めて眼を閉じた。

黒崎教授は立ち上がる。笑顔を浮かべた沼田をちらりと見て、咳払いをする。

「速水君、リスクマネジメント委員会委員長代行、及び東城大学医学部付属病院病院長代行として勧告する」

ぐるりと場に視線を巡らせてから、速水に向かって鋭く言い放った。

「直ちに辞表を撤回したまえ」


誰もが、黒崎教授の言葉を聞き間違えた、と思った。しばらくしてようやく、沼田が震える声で尋ねた。

「あの、黒崎教授、今、何とおっしゃいましたか？　私の耳には、辞表を撤回せよ、と聞こえましたが。聞き間違いでしょうか？」

「間違いではない。ワシは病院長権限代行者として、速水救命救急センター部長に辞表の撤回を要求した」

「な、なぜです？　黒崎教授まで速水部長の違法行為を追認しようというのですか？」

黒崎教授は沼田を見つめる。

「ワシがコイツと相容れることは金輪際ない。コイツのルール違反は許し難い。今回の一件もそうだし、過日の越権行為だって同じこと。あの日のことを思い出すと、今でもはらわたが煮えくりかえる」

「それでは、なぜ？」

「たとえワシが気に喰わなくとも、桜宮の医療にはコイツが必要だ。ワシは規則という枠を守って生きる。コイツはその枠を破壊しながら前進する。ワシたちは互いに互いを必要としている」

そう言うと、黒崎は沼田を見つめた。

「君にはわからないだろうな。救急現場は神でなければ裁けないのだ。そして、あの城東デパート火災の時、ワシはコイツの中に神を見てしまった。たとえ破壊神だとしても神は神。人間に逆らえる道理はない」

黒崎は遠い眼をして続けた。

「勘違いするな、ワシは速水が神だと言っているのではない。ああいう場があり、あの時の流れの中で、たまたまほんの一瞬、神がコイツの肩の上に舞いおりた、ただそれだけのことだ。だが、多くの凡庸な医師が生涯一度も神に遭遇することなく朽ち果てていくことを思えば、なんという祝福だろう。あの時ワシは初めて知った。神の指図で動くことが、あれほどまでの愉悦を伴うものだということを……」

黒崎教授は言葉を切った。そして、続けた。

「ワシのちっぽけなプライドや肩書きなんぞ、あの瞬間に、すべてすっ飛んでしまったのだよ」

誰も、何も言うことはできなかった。それでも沼田が口を開いたのは、ハーバード帰りという矜持《きょうじ》がなせる業だったのだろう。

「黒崎教授には失望させられました。所詮は古いタイプの医師だったわけですね」

黒崎教授は黙って沼田の言葉を聞いていた。そして言った。

「医者には古いも新しいもない。みな、自分の姿勢で誠意を尽くして患者に相対しているだけだ。ついでに、先ほど沼田君から提出されたもうひとつの案件、リスクマネジメント委員会委員長罷免動議についてケリをつけておこう。副委員長として、ワシは動議に反対する。今回の委員長の差配には、格段のミスは認められないと思う。委員長罷免動議であるからして、副委員長権限で直ちに挙手による採決を行いたい」

そう言うと黒崎教授はぐるりと場を見渡して言った。

「田口委員長罷免動議に反対の委員は、挙手を」

一斉に、田口を除いた委員十人全員の手が挙がった。

「反対多数、よって、沼田君から提出された委員長罷免動議は否決された」

黒崎教授は、隣の田口の顔を見ずに話しかけた。

「長旅でいささか疲れておる。申し訳ないが中座させていただく。もういいだろう?」

委員長である田口の返事を待たず、リスクマネジメント委員会副委員長・黒崎誠一郎教授は席を立った。大きなボストンバッグを提げた後ろ姿に、速水は深々と頭を下げた。

場から重鎮が失われ、会議の重心が大きく乱れた。その隙《すき》を捉えて、エシックス怒濤の反攻が開始された。

23章　エシックスの終焉

12月23日　土曜日　午後4時30分　本館3F・第三会議室

最初に口を開いたのは、外部委員、野村弁護士だった。

「院内の諸事情が交錯している部分は私の専門外であり、関心はありませんので、法的な部分に関して、意見を述べさせていただきます」

田口が発言を促す。野村弁護士は話し始める。

「本案件はそもそもの発端が、内部告発です。表沙汰になるまでは個人的な話かも知れませんが、こうして一旦公式の場に議題として上げられた場合、事情は異なってきます」

野村弁護士は鞄から六法全書を取り出した。ページをめくり、ある地点で机に置く。

「『刑事訴訟法第二三九条。一般人による処罰請求——告発。国家公務員または地方公務員はその職務を行う上で犯罪があると思ったときは、その事実を申告しなければならない』。ここにあるように、公務員もしくは準公務員は不正を見かけた場合は告訴することが義務づけられている。そして速水先生の行為は明らかに収賄だ。従って、リスクマネジメント委員会は、この事実を本人が認めている以上、刑事告訴しなくてはならないんです」

場が静まり返る。緊張が走る中、隣で沼田がうなずく。田口はふたりを見、被告席の速水を見る。

速水は傲然と微笑を浮かべ、佇んでいる。

速水は虎だった。

牙が折れ膝を屈しても、ひとり月下を逍遙《しょうよう》する。

その時、緊張を孕んだ荒野に、場違いにのどかな声が響いた。

「その程度のことであれば、何ら問題はないんじゃないですか？　だって大学病院は今や独立行政法人、もはや国立でもなく、職員だって公務員ではないんですから」

居合わせた人々が一斉に振り返る。田口だけは顔を上げようとしない。上げなくても、わかる。こんな場でこんなたわけたことを言える人間はただひとり。白鳥以外にはいない。

「ふざけないでいただきたい。たとえ独立行政法人だとしても公務員型独立行政法人の職員は、公務員に準じた規定に準じなければならない」

声を荒げた野村に対し、白鳥はへらりと笑う。「冗談ですよ、じょ・う・だ・ん」

白鳥は、真顔になった。

「本質的にはおっしゃる通りなんでしょうけど、今回のケースは果たしてその本質論が成立するかどうか。そもそも病院経営を補助するために行われた行為を収賄と呼ぶことには無理があると思うんです。罪を問うためにあえてこじつければ、その罪は組織的収賄となり、論理的には被告席に立つべきは組織の長、つまり病院長ということになります」

白鳥はちらりと高階病院長を見る。高階病院長は、うんざり、という表現がこれほどまでに妥当かつ的確に示された表情はこれまでなかっただろうと思われるくらい、うんざりとした表情をした。表情を読むことが難しいので有名な高階病院長にしては本当に珍しいことだった。その隣で同様に野村弁護士も顔をしかめていた。どうやらここには、白鳥を苦手にしている人間が強制的に集合させられているかのような、悪しき磁場があるように思われた。

だがたとえどれほど白鳥が苦手であろうとも、自分の専門領域だけに、野村もここで簡単に撤退するわけにはいかなかった。野村は答える。

「百歩譲って白鳥先生のおっしゃる通りだとしても、それを証明することは、今となっては無理でしょう。こうした点に対し、立証責任は速水先生にあり、検察側にはない。個人的に収賄をしたという事実を完全否定できない以上、告訴するのがスジというものです」

一瞬垣間見えた希望の火が、たちまち吹き消された。帳簿を丹念につけるなんて、速水の性格を考えると百パーセントあり得ない。

その時、末席から涼しい声が響いた。

「証拠なら、あります」

立ち上がったのは、花房師長だった。花房師長は会議場を見渡し、頭を下げる。

「末席からの発言をお許し下さい。ICU病棟師長の花房です。オレンジ新棟建設当初より速水部長の下で勤務を続けてまいりました。私はこれまでずっと、速水部長の業務の一部をサポートして参りました。そして、このノートの中に、私が今申し上げた、速水部長が私的流用を一切行っていないという証拠があります」

花房師長は手にした、一冊のノートを高く掲げた。ルージュと同じ赤い表紙。

「速水部長は業者から領収書をとり、それを私に渡していました。私はそれを全部、ノートに貼り保存していました。全部合わせれば、速水先生がご自分の利益誘導を一切していないことが証明できます」

「それはシュレッダーにかけるようにと命じたはずだが……」

速水が呆然として言う。花房師長は微笑む。

「速水部長、これは先生に対する重大な命令違反です。この書類を見るのは私だけで、見た後は直ちに廃棄せよというのが速水先生のオーダーだったのですから」

野村弁護士が花房師長から、書類で膨れ上がったノートを受け取り、ぱらぱらと眺める。それを沼田に手渡そうとした時、白鳥が手を伸ばしノートを横取り《インターセプト》した。

白鳥の無遠慮な所作に顔をしかめながら、野村弁護士が言う。

「速水先生の意図がわかりませんねえ。廃棄するものなら、なぜいちいち師長にお見せになったんです？」

速水は答えない。代わりに花房が口を開く。

「どんな些細なことでも、トップは常に現場をすべて把握しておくように。それが速水先生の教えでした。私はＩＣＵ看護部門の長ですから、私に対するご配慮だったのだと思います」

「そんなに素晴らしいお考えでしたら、なぜ廃棄を指示されたのですか？」

花房師長は、肩をすくめる。

「小さな不正から現場は腐っていく。意図は素晴らしくとも、ルール違反ですから、他の人間に累が及ぶのを怖れておられたのです。私が情報を遺したのは、こうしておくと看護師も物品依頼を出しやすいという事務手続き上の問題からだったのです。実際にこれまでも幾度か、看護領域機器も速水先生の仕組みで助けていただきました」

「正規の手続きをとれば何の支障もなかったはず」

三船事務長が戸惑った声を上げる。花房が言う。

「事務長のおっしゃられていることは、現実と違います。三船事務長になられてから、現場の物品査定は一段と厳しくなりました。物品請求を一度忘れると、次の物品請求がペナルティで滞るシステムになりました。ですが救急の現場では、あまりの忙しさについ物品請求を忘れてしまうことも多々あるのです。決してサボっているわけではありません。請求を行おうとすると、次の患者が押し寄せてきて、そうした雑事は押し流されてしまうんです。三船事務長は、救急現場を実際にご覧になられたことがおありでしょうか」

三船事務長は黙り込む。沼田がすかさず三船の援護射撃をする。

「行うべき物品請求を忘れたことを強弁するなんて、盗っ人猛々《たけだけ》しいにもほどがある、というものです」

沼田の顔をまっすぐ見つめ、花房師長は言い放つ。

「沼田先生の部署は、時間の制約から解放された特殊部門だから、おわかりにならないのだと思います」

沼田はむっとして花房師長に言い返す。

「これはまた、一介の看護師長が、思い切ったご発言を……。でも仕方ありませんね。このような対応も、自己防衛本能の発露でしょうから。告発文書によれば、速水部長と花房師長は収賄に関しては共犯のわけですし」

そう言って沼田は虚ろな拍手をする。

「実に素晴らしい。速水先生の御薫陶はオレンジ新棟の隅々まで行き渡っているようですね」

沼田のねっとりした言葉に、花房師長と速水はむっとした表情になる。沼田は構わず続ける。

「この案件の存在は、花房師長の主張を根本から崩すことになりませんか？　花房師長のお話によれば、この問題が露呈したのはＩＣＵ内部の誰かが、リスクマネジメント委員会に告発したからです。つまりＩＣＵ内部にも、あなた方おふたりの行為を不正と考える者がいる、ということなんですよ」

沼田は花房師長と佐藤の顔を交互に見つめた。

花房師長は、沼田の顔を睨み返す。速水を見、田口を見る。それから息を吸い込み、言葉を吐き出した。

「私、です。リスクマネジメント委員会に速水先生の件を密告したのは、私なんです」

がたん、と音がした。如月翔子が立ち上がっていた。「師長さん、なぜ、そんなことを」

花房師長と速水は顔を見合わせる。場は静まり返る。

花房が絞り出すように言う。「それはね、如月さん……」

田口が、花房の言葉を制止する。

「お待ちください。リスクマネジメント委員会の主旨からすれば、告発者が誰か、あるいはその意図を詮議することは必要ありません。如月さんのご質問は保留し議事を進行します」

沼田は苦々しい顔になる。

「田口先生のおっしゃる通り、リスクマネジメント委員会は弾劾裁判ではなく、よりよい医療を目指すための建設的機関です。だからこそ、告発意図を正確に汲み取り、理解することが大切だと思いますが」

「……あたし、一体どうすればいいの？」

花房師長が途方にくれた表情で呟く。沼田が言う。

「告発を行った以上、すべてをつまびらかにすることは、あなたの責務ですよ」

花房は息を詰める。舞台中央の速水に視線を投げる。速水は微かにうなずく。

花房は、白衣のポケットから、くしゃくしゃになった紙を取り出し、議長席の田口に手渡した。田口は、手渡されたその紙を見つめた。ワープロで打たれた告発文書。

『救命救急センター速水部長は、医療代理店メディカル・アソシエイツと癒着している。ＶＭ社の心臓カテーテルの使用頻度を調べてみろ』

花房が続ける。

「これはＩＣＵのゴミ箱から見つけた文書です。透明な焼却処理用のゴミ袋の表面にあったので、偶然見つけることができました。ですから、これを書いた人間はＩＣＵスタッフの誰かであることは間違いありません。このコピーを見た時、心臓が止まるかと思いました。そして多分、その提出先はリスクマネジメント委員会だろうと、その時は思いました」

「エシックス・コミティだと思わなかったのは、一体なぜですかね？」

沼田が尋ねる。花房は身を縮めた。

「臨床最前線ではエシックスという単語を耳にしたことがありませんでしたので」

田口は改めて渡された告発文書を吟味し、小さな差異に気づく。花房に問いかける。

「二つの文書には違いがある。花房師長は新たにご自分の名を追加して、わざわざ手書きで告発文書を提出されたわけですね。なぜそんなことをなさったのですか？」

「田口先生が速水先生とお友達だと存じていたからです。はじめの書類に続いて、追加内容のある文書が提出されれば、その時にありのままをお話して善処していただこう、そう思いました。に違いない。その時にありのままをお話しして、田口先生ならきっと、最初に私の事情聴取を行うに違いない。そして手書きにしたのは、その時にそれを書いたのが私だという証明になると考えたからです」

「リスクマネジメント委員会に提出された案件を、私が独断で判断することはできませんよ」

田口がやんわりたしなめる。花房師長は答える。

「存じています。ですけど、リスクマネジメント委員会へ報告を提出しても、実際に議題として討議されることが少ないことも経験上存じていたので、ひょっとしたら田口委員長が独断で差配されているのではないか、と思ったのです」

田口は苦笑する。

「それは恐らく、松井総師長の所で足止めされているのではないかと推測しますが」

左手の松井総師長をちらりと見て田口が言うと、松井総師長はうつむいてしまった。

「リスクマネジメント委員会のマネジメントとは、実にいい加減なものなんですね」

沼田の言葉には答えず、花房師長は大きな眼に涙をため、続けた。

「私、ドジったんです。まさかあの文書が実際にはどこにも提出されなかったなんて、思いもしなかったんです。よかれと思ってやったことが、かえって速水先生の立場を悪くしてしまった」

そう言うと花房は、速水の顔をちらりと見てうつむいてしまった。

「バカですね、私って。いつもいつも」

端正な花房師長の表情が、微かに揺れた。

沼田が厳かに言う。

「花房師長はリスクマネジメントという、病院の背骨にあたるような委員会に告発をしていながら、なぜ今さら速水部長を弁護するのか、理解しかねます。とんだ茶番劇です。本当にＩＣＵはどうしようもない集団ですね。エシックス代表として、この問題は断固追及したい」

　沼田の冷徹な言葉に、花房師長は青ざめる。

　その時、黒崎教授が退場して以来、沈黙を守り続けてきた速水がついに口を開いた。

「そこまでだ、沼田さん。辞表を叩きつけたばかりだから黙っていようと思ったが、そこまでうちのスタッフを悪しざまに言われては、これ以上我慢できない」

　速水はひと息吸い込むと、沼田に向かって一閃、言い放つ。

「あんたにはこの場で発言する資格はない。告発文書のオリジナルは、エシックスの沼田委員長の手元に届けられているはずなのだから」

「何を言い出すんです、速水部長」

　平然と答える沼田を見て、速水は続ける。

「あんたは受け取った告発文書を握りつぶした。おそらく、どう対処すれば一番有利か、計算したのだろう。沼田さん、あんたが出した結論は最もタチが悪いやり方だ。裏で三船事務長に情報を流して赤字のオレンジを潰す。違いますか？」

「そんな文書、受け取った覚えはありません」

沼田の顔が蒼白になる。「何を根拠に、そんな侮辱を……」

「事実だからだ。証拠はある」

速水は胸ポケットから封筒を取り出す。

「沼田委員長に送った告発文のコピーだ。これは、確実にあんたの手に渡っているはずだ。俺は、このコピーを三船事務長から見せられたぞ。それは沼田さん、あんたが差配しなければ、決して起こらない事態だ」

「どうしてそんなモノを速水部長が持っているんですか？」

震える声の質問に、速水はからりと笑って答える。

「簡単さ。告発文書をエシックス委員長に送りつけたのは、俺自身だからだ」

第三会議室を、沈黙が覆い尽くした。


速水の言葉を受けて、それまで黙していた高階病院長が口を開いた。

「なぜそんな手の込んだことをなさったんですか？　速水君、君らしくもない」

速水は振り返り、真っ直ぐに高階病院長を見つめ、話し出す。

「もともとオレンジは破綻寸前で、私が維持したシステムは根幹が非合法で将来展望が見えない。だから告発文書を中立的組織に送り私が引責する手を思いついた。私を弾劾すれば白紙から再建できるかも知れない。これがそもそもの思いつきでした」

速水は高階病院長から視線を外し、周囲を見回して、続けた。

「そうすると告発文の送り先候補は二ヶ所で、エシックスかリスクマネジメント委員会。だが、リスクマネジメント委員会はすぐ選択肢から外れた。田口委員長と個人的に知り合いだったからだ。そうなると選択肢はエシックスだけ。そう決めた途端、悪戯心が生まれた。辞表代わりのつもりだったから、始めは告発文を匿名にするつもりは全くなかった。だが島津がエシックスで苦労しているという話を伝え聞いてふと、エシックスの監査をしてみようか、という気になった」

速水は沼田を見た。

「俺は、人のやることをとやかく言う輩《やから》が苦手で、その最たるエシックスはいつもずっと胡散臭いと思っていた。この告発は、地雷のようなものだ。小さくてささやかなことにはピーチクパーチク喧《かまびす》しいエシックスが、こうした大問題に直面したら、一体どう振る舞うだろうか。告発を事勿《ことなか》れ主義で握り潰したりするんじゃないだろうか。もしもそうなれば、それはそれで面白い。そう考えて、あの告発書を送りつけてみたんだ。しばらくは何の音沙汰もなかった。だがようやく、エシックスから呼び出しがかかった。偉い、裏表はなかったわけだ、そう思って査問に出かけた」

速水は沼田と田口を交互に見つめた。

「行ってみたら、話がこじれていた。そもそも、リスクマネジメント委員会の田口委員長がエシックスの場にいる理由が理解できなかった。だが、話を聞いているうちに事情が飲み込めてきた。どうやら俺以外にも、俺を告発した人間がいたらしい。しかも驚いたことに告発はリスクマネジメント委員会に対して行われ、その文章は俺自身のオリジナルに瓜ふたつだった。だが、一点だけ原文と違って花房師長の名がつけ加えられていた。これは一体どういうことなんだろう。ずっと、その疑問が俺の中で鳴り続けていたが、その謎も今、ようやく解けた」

速水は自嘲するように呟く。

「俺は書類を軽視する性質《たち》でね。大切な書類もばかすか捨てる。ましてミスプリントには無頓着だった。まさかあの紙屑が花房師長の手に渡るなんて、思いもしなかった。だがおかげで俺は真実を知り、現実の現場の姿を皆に伝えられた……」

速水は花房師長を見つめた。

「花房師長、長い間、余計な心配をかけた。申し訳ない。そして、ありがとう」

花房師長は声もなく、ただ佇むばかりだった。

隣には、沼田の青ざめた顔。それは沼田が自分で画策した陰謀の陥穽に、自ら落ち込み自爆してしまった瞬間だった。

田口は速水を見つめて尋ねる。

「リスクマネジメント委員会委員長預かりになっているあなたの辞表に対し、当委員会の黒崎副委員長から、撤回勧告が出されています。黒崎教授の勧告に従うおつもりはありませんか」

「ありません」

速水は即答する。田口は諦めたように、肩をすくめた。

「それでは高階病院長、御判断をお願いいたします」

田口に促され、高階病院長が口を開きかけたその時。議場の後方から鋭い声がした。

「待ってください」

一斉にみんなが振り返る。立ち上がったのは、速水の腹心、助手の佐藤だった。

「こんな形で速水先生の辞表を受理するおつもりなんですか。そんなバカな。滅茶苦茶だ、そんなの。私は断固主張する。速水先生は罷免されるべきです」

一同驚きの表情で、佐藤を見た。佐藤は、速水だけを見つめて、続けた。

「皆さんはオレンジの惨状をご存じないから、勝手な議論ができるんだ。速水先生おひとりのため、周囲はどれほどの緊張を強いられていることか。速水先生が喪われそうになった命を引き戻せば戻すほど、救命救急病棟は緊張が高まる。普通の救急センターならとっくに亡くなっている患者が、ここでは死なない。途切れそうな命の糸をぎりぎりで紡ぎ続けなければならない緊張。これが毎日毎日延々と続くんです」

佐藤の言葉が迸《ほとばし》る。タガが外れたかのように、一気呵成に話し続ける。

「おまけに速水部長は経済観念ゼロ。神がかりの医療を支えるため、湯水の如く注ぎ込まれる医療費のつじつま合わせは全部他人任せ。それが私の仕事です。五十嵐副部長が体調を崩したのもそのストレスからです。なのに速水部長だけ賞賛され続けるなんてどうかしてる」

佐藤は激した口調で続ける。

「先ほど沼田先生は、告発文書を提出したのは私ではないか、と勘繰られました。もちろん、私は犯人ではない。ですが告発文書を眼にした時、ひょっとしたらこれは自分が書いたものかも知れないと感じてしまった。そう思えるなら、それは私が告発したのと同じです」

佐藤は速水から視線を外さない。

「速水部長は命を救う天才です。だけど組織維持の面から見れば、ワガママな三歳児のような人だ。そんな人が辞表を提出し、批判も受けずに賞賛されつつのうのうと辞めてしまうだなんて、とても耐えられない。部下として、そしてオレンジに残される敗戦処理担当者として言わせていただきたい。私、佐藤は副部長代理として断固、速水部長の罷免を要求します」

長年積もり積もった想いを一気に吐き出し、佐藤は肩で息をつく。

速水は悠然と佐藤を見つめていたが、佐藤の息が整ったのを確かめて、言う。

「まだまだだな、佐藤ちゃん。いつも言ってるだろ、救命救急医はいかなる場面でも決して激してはならないってさ。さっきの言葉、ほとんどすべての点で佐藤ちゃんの主張は正しかった。見事だったが、最後にひとつ間違えた。それも一番肝心のところを。惜しいな、佐藤ちゃん。いつも最後でずっこける」

速水はからりと笑う。佐藤を穏やかな眼で見つめて、続けた。

「佐藤ちゃんは、俺がワガママだから、部長を名乗るのはおこがましいと言った。だが、そこだけは違う。周囲のことなど考えずワガママいっぱいに振る舞う。それこそがトップというものだ。よく覚えておけ」

速水は、視線を高階病院長に転じる。

「救命救急センター副部長代理、佐藤医師から同部長速水に対し罷免動議が提出されました。本来、教授会での討議を要する事案ではありますが、センター部長である速水が辞表提出下であることを鑑み、迅速な対応を要します。当院における後任候補選出を早急に行うため、明後日、辞表案件及び罷免請求事案のご検討を、部長権限において高階病院長に委託いたします」

一気に言い終えると、速水は佐藤に言い放つ。

「というわけだ、佐藤ちゃん。明後日、オレンジの後継者としてふさわしいかどうか、口頭試問を行う。黙っておとなしく辞めてやろうと思ったが、気が変わった。そんなに俺のクビが欲しいなら、さっさと自分で取りにきな」

速水は佐藤を見つめた。それから深々と礼をして、その場を後にした。後に残された面々は、呆然とその後ろ姿を見送った。

主役の退場により、張りつめていた場の緊張が解けた。参集していた人たちが散会していく。そんな中、高階病院長が田口に歩み寄ってきて、小声で言った。

「こうやって頭ごなしに指図されてみると、確かにむかつきますね。黒崎教授のお気持ちが少しわかったような気がします」

24章　カタストロフ

12月24日　日曜日　午後2時
オレンジ新棟1F・救命救急センター

翌日、日曜日の朝。クリスマス・イヴだった。ICUはいつものように、曜日や祝日を喪失していた。だが、いつもと雰囲気が違ってよそよそしく、寒々しい空気。

潜水艦司令室から、速水の指示が響いた。

「佐藤副部長代理、部長室まで」

佐藤は眼をつむって腕組みをしながら申し送りを聞いていた。いつもなら怒気を含んだ声で「佐藤ちゃん」と呼び出されるはずの、恒例の朝の点呼。

耳慣れない呼称で呼ばれた佐藤は、ゆっくりと眼を開けると、立ち上がる。

のっそりと部屋を後にする佐藤の後ろ姿に、申し送り中の看護師たちの視線が一斉に集中した。

ノックと共に、佐藤が言った。「お呼びでしょうか」

「入りな」

入室すると、速水は指を組み、机に肘をついていた。チュッパチャプスをなめながら、黒椅子に深々と身体を沈めている。

「現在のベッド状況は？」

「満床です」

「移動できる患者リストは」

「本日は、本当に動かせる患者がいません」

佐藤が患者の経過板を速水に呈示する。いつもと違い、ひと言、つけ加えた。

「速水部長なら、三つは動かせるとおっしゃるのでしょうが……」

速水は佐藤を見上げた。それから再び、経過板に視線を落とす。しばらくして言う。

「いや、今日は俺の見立ても佐藤副部長代理と同じ、だ」

佐藤はぴくり、と肩を震わせる。

「昨日のこと、怒っていらっしゃるんですね」

速水は、物憂げに佐藤を見る。

「……いいや」

「先生に反旗を翻したんですよ。どうしていつもみたいに怒鳴りつけないんですか？」

速水は腕を組み眼を閉じる。背後でグレーのモニタ群がその姿を見守っている。

速水は眼を開け、佐藤をまっすぐ見る。

「それは、昨日あの瞬間、佐藤ちゃんが俺と同じ地平まで登ってきたから、さ」

速水は顎で出口を指し示す。

「さあ、最前線に戻れ。今日一日は、まだ俺が救命救急センター部長だ。誰かの下にいられる幸せを、胸いっぱい味わっておけ」

会釈をして出ていこうとした佐藤の背中に、速水はひと言投げかける。

「それからな、動かせるベッドがないというさっきの判断、今日は俺の意見も本当に一致したんだぞ。佐藤副部長代理、最後に満点だ」

振り返った佐藤は、一瞬、微笑む。そして、扉はゆっくりと閉ざされた。


グレーのモニタ群を眺めていた速水は、ふと左端のテレビに目線を落とす。その瞬間、深海魚の生態を映していた画面に、一筋のテロップが流れた。

『桜宮バイパスで多重事故。タンクローリー炎上中』

速水は画面から視線を切らずに、マイクのスイッチを入れる。

「佐藤副部長代理、外電、入ってる？」

電子変換された佐藤の声が答える。

「いえ、入っていません」

「ふうん、そう」

腑に落ちない、という顔で、速水はモニタ群をぼんやり見つめる。

すべてのモニタが、真っ赤に炎上していた。

再び、スイッチ・オン。速水の声がＩＣＵ病棟に響く。

「オレンジ・スクランブル（緊急事態）。第二種警戒態勢。救命救急センター部長の権限をもって、オレンジ新棟全体にスタッフ（緊急召集）をかける。副部長代理はトリアージ（患者重傷度分類）準備、看護師長はオフ・メンバーを呼び出せ」

ばらばらに蠢《うごめ》いていた看護師が、一斉にモニタ越しに速水の姿を見つめた。サイレンも電話連絡もない。だがＩＣＵのスタッフは誰ひとり、速水の判断を疑ってはいない。なぜなら速水は絶対専制君主、救急現場という名の戦場の軍神、血まみれ将軍《ジェネラル・ルージュ》なのだから。

速水はオレンジ新棟全館に通じるマイクの、赤いスイッチをオンにする。

「業務連絡、院長室に届いたオレンジを至急ＩＣＵに届けられたし。繰り返す。院長室に届いたオレンジを至急ＩＣＵに届けられたし」

シリンジを破損した姫宮を叱責していた如月翔子は、速水のオレンジ・スタッドコールの声に立ち上がる。続いて花房師長の声がフロアに響く。

「スクランブル。全員、ナースステーションに集合」

「あの、お急ぎでしたら、私が院長室までオレンジを取りに行きましょうか？」

翔子は姫宮を見て、舌打ちをする。

「バカ、あれは暗号なの。ごちゃごちゃ言っていないで、ついていらっしゃい」

「あら、速水先生のオレンジ・スタッドだわ」

オレンジ新棟二階、小児科病棟。うつらうつらしていた猫田《ねこた》師長は、不意に頭をもたげた。その繰り返しの響きに耳を澄ます。一瞬、言葉が消えた余韻の中にたゆたう。

それから隣の権堂主任に尋ねる。

「ねえ、救急車のサイレンは聞こえる？」

「いえ、聞こえませんけど」

権堂主任は左右の看護師を見回し、同意を求めるように答える。猫田は眼をつむる。

獲物の小鳥にしのびよるような、不穏な静けさ。

猫田は、うん、と小さく呟く。それから大きく伸びをして、立ち上がる。

「権堂、二階の看護部門の指揮権はあんたに任せる。特室を五つ、開けてね」

「五つも、ですか？　そんなの無理に決まっています」

権堂は思わず立ち上がった。聞いたことのない指令だ。だが、聞き間違いではなかった。呆然としている権堂を見て、猫田は答える。

「あら、これまであたしが無理難題を押しつけたことなんてあったかしら？　いつだって、やればできたでしょ」

「いつだって、無理難題ばかりだったじゃないですか」

権堂の小声の抗議を聞き流し、猫田は部屋を出ていこうとした。権堂が言う。

「猫田師長、どちらへ？」

猫田は振り返り、権堂に言う。

「将軍《ジェネラル》のスタッド・コールよ。手が空いている者は行くのが基本でしょ」

猫田はゆっくり階段を降りていった。


オレンジ新棟一階、救命救急センターのナースステーションにドールハウスの住人が勢揃いした。そこへオレンジの眠り猫、猫田師長がのそりと姿を現す。速水と花房師長が、猫田に小さく会釈する。

速水はひとりひとりの眼を見ながら、説明する。

「桜宮バイパスで多重衝突だ。先ほどニュース速報のテロップが流れた。タンクローリーが横転し炎上しているらしい。ここが戦場になる可能性がある。不測の事態に備えて、今から直ちに現在ベッドを埋めている患者を全員バックヤードに押し込め」

「患者全員、ですか？」

花房師長が聞き返す。

「多重衝突だとしたら、桜宮バイパスの事故多発地帯の桜宮トンネルのあたりでしょう。少しは桜宮病院やこども病院に分散するんじゃないですか？」

佐藤の問いに、速水は首を横に振る。

「いや、こいつは来る。すべてここだ」

そう言って速水は続ける。

「あのバイパスはずっと気になっていたんだ。事故多発地帯の崖下に石油コンビナートがあるもんでね。垂直の距離があるから、行政は水平距離の近接を軽視しているんだ。あそこに大型ショッピングモールを建設するなんてどうかしてる。もしもコンビナートに火災が起これば、火柱は垂直にあがる。そうなれば、火点とモールの距離は近い。直撃してもおかしくない」

速水の言葉に、翔子が声を上げる。

「今日はショッピングモール『チェリー』のオープニング・セレモニーです。朝から大勢の人で賑わっているって、今朝のニュースで言っていました」

「オープニング・セレモニーだと？」

速水の声に一瞬、部屋が静まり返る。

佐藤はおそるおそる、尋ねる。

「ああ、全員だ」

「いくら何でもＩＣＵベッドを空にするなんて、過剰対応ではないでしょうか」

速水は佐藤を見つめる。それは一瞬だったが、果てしなく長い時間に思えた。その永遠の一瞬の中、佐藤は将軍と呼ばれる男に見えているビジョンを、初めて垣間見た。そして将軍と呼ばれる男の孤独を理解した。

速水がうなずく。

「そうだ。たとえ後日、過剰対応だと笑われようとも、訴える声が聞こえたなら、非難を恐れず、ただ本能に身を任せるまで、さ」

速水は笑って佐藤の肩を叩く。

「バカだよな、俺たちって」

速水の傍らに控えていた花房師長が、近衛兵軍団に号令をかける。

「バックヤード・ベッドを確保します。引き取りを関連病棟に依頼して下さい。一番から五番を久保《くぼ》と高瀬《たかせ》で。六番から十番は、森野《もりの》、如月、姫宮。ベッドコントロール・コーディネートは、久保主任に委任します」

メンバーは一斉に電話に取り付き、病棟と連絡を取り始めた。

鳴り響く電話の音をバックに、速水と佐藤、花房と猫田の四人が集まって協議していた。猫田師長が言う。

「オレンジ二階特室を五つ空けておいたわ」

「助かります。ネコの手も借りたいところでしたから」

速水の答えに場が一瞬なごむ。駄洒落のお株を奪われた佐藤は、憮然《ぶぜん》とした顔になる。速水は自分が他国の領空《テリトリー》を侵犯したことには全く気づかず、あっさり続けた。

「怪我人多数の場合、外来ホールを臨時患者受け所にする。事態が明確になったら院長の了承をとる。ホールに研修医を二人つけ、佐藤副部長代理に最前線を任せる」

強い視線で佐藤を見つめる。佐藤はうなずき、猫田に言う。

「猫田師長、外来ホールのサポートをお願いできますか」

猫田がうなずいて、言う。「いいですけど。あたしにも一人、助手が欲しいな」

猫田はぐるりと見回す。置き忘れられた埴輪《はにわ》のように、ぼんやり佇む姫宮と眼が合った。花房師長が機先を制するように、言う。

「あの、それはちょっと危険かと」

「ウワサは聞いているから大丈夫。この娘は修羅場で役に立つわ」

猫田は笑う。花房は半信半疑で言う。

「猫田師長がよろしければ、私の方は異存ありません」

きょとんとした顔で師長同士の会話を聞いている姫宮。花房は思わずほっとした表情を浮かべた。猫田がにこやかに言う。

「じゃあ、ドミノさん、もうじき遠征にでかけるわよ。あたしについてきなさいね」

「はい、お供します、ネコ師長さん」

猫田は振り返り、姫宮を見つめた。それから思わず苦笑した。

四人、プラスワンの五人は、他病棟への患者搬送のために一斉に立ち上がる。


十分後。ICUのベッドは空っぽになった。普段ならモニタの電子音が絶えず流れている病室も今は、明け方の教会のように静かだ。

患者移送に伴い、医師も看護師も全員、姿を消した。

「……あれから五年、すべては無に還る、か」

廃墟と化したICUに、速水は昂然と佇む。一瞬、オレンジが開院直前だった頃、初めて無人のICUに足を踏み入れた時の光景が脳裏をよぎった。

速水の呟きの語尾を捉えるように扉が開く。真っ先に戻ってきた如月翔子が速水の正面に立つ。速水は、緊張した面持ちの翔子に声をかける。

「如月、ルージュを持っているか?」

え? 翔子は聞き返す。

「ルージュ。口紅だよ。とびきり真っ赤なヤツがいい」

「……あります、けど」

翔子はポケットから四本のルージュを取り出す。中から一本を選び、速水に手渡す。

速水は銀に輝くルージュを陽にかざし、眼を細めて言う。

「そういえば如月には城崎さんのCDを貸したまんまだったっけな」

「すごくよかったです。たっぷり聴かせていただきましたので、明日お返しします」

「あのCDは如月に謹呈しよう。その代わり、このルージュを俺にくれ」

返事を待たずに、速水は翔子のルージュの蓋を開ける。乱雑に、だが手際よく口唇に紅を引いていく。翔子はその姿を黙って見つめる。

紅を引き終えた速水が、翔子に笑いかける。

「びっくりしたか？」

翔子は首を横に振る。速水は呟く。

「人の生き死にを決めるのは、神だ。俺は今から神になる」

翔子は速水の緊張をほぐそうと、馴れないジョークを言おうとする。

「神さまになるなんて、速水部長には絶対に無理です。そんなに真っ赤に口紅を塗りたくったら、神さまというよりも、悪魔です」

翔子の言葉に、速水は笑う。

「如月、知らなかったのか？　神の影は、悪魔の形をしているんだ」

扉が開く。森野が、久保が、翔子の隣に整列していく。最後に花房と姫宮が戻ってきた。花房は、速水の唇が真っ赤に彩られていることに気づき、眼を見開く。それから翔子を見て、視線を足元に落とした。

姫宮も整列したが、不協和音のように、姫宮のところだけ列が乱れている。

速水はひっそりと笑う。どこまでも字余りなヤツ。

看護師の観兵式に、佐藤が数名のスタッフを引き連れて戻る。速水に復命する。

「ＩＣＵベッド移動、終了しました。研修医も集合し、ホール入口も開けました」

「ご苦労。各自、ナースステーションで待機」

「病院長に無断でオレンジ・スタッドをかけても大丈夫なんですか？」

佐藤が速水に尋ねる。速水はからりと笑う。

「オレンジまでなら問題ないだろう。今はまだ、俺の予感にすぎないからな。これでもし何もなかったら責任者のクビが飛ぶ。事態が確定したら直ちに全館スタッドをかけるが、その時には腹黒タヌキ院長とのホットラインを繋ぐから安心しろ」

静寂のＩＣＵ。看護師たちは申し送りの丸テーブルに着き、若い医師たちは不安げにカルテの記載デスクに向かう。姫宮だけが空っぽになったベッドの周りをうろうろして、興味深そうにひとつひとつの機器を見つめていた。

速水は部長室に戻る。ドールハウスは空っぽだ。瞬間、自分の判断を疑う。

しかしすぐに首を振る。モニタはすべて、紅蓮《ぐれん》の炎に包まれたままだ。左隅のテレビだけが、空虚な世俗の喧噪《けんそう》を映し続けている。速水は画面を眺める。静かだ。このまま静寂の底深く沈み、二度と浮かび上がれなくなってしまいそうだ。

三船事務長が部長室に乱入し、静寂をかき乱した。

「速水部長、何を考えていらっしゃるんですか。休日のスタッフに召集をかけたそうですね。病院長の許可は取ったんですか?」

速水は「いや、まだだ」と答える。

「そんな越権行為をしたら、今度こそ間違いなくクビが飛びますよ」

「辞表は提出済みだ」

速水は笑う。三船は言葉を失い、テレビモニタを眺めた。

生放送中のテレビ・スタジオでは議論が噴出していた、芸能人の二重不倫について、ようやく収束したところだった。司会者が役目を果たした安堵感を顔に浮かべた時、外枠で所在なさげにしていたニュースキャスターに紙片が手渡された。裏方の姿が画面に映り込むという失態。トラブル時に垣間見える、画面の向こう側のリアル。速水はリモコンを操作する。静寂の部屋にけたたましい音声が甦る。

生放送番組に横入り《インターラプト》してきたキャスターの声が響く。

「盛り上がっているところ申し訳ありませんが、ただ今ニュース速報が入りました。午後二時三十分、桜宮市国道55号線、通称桜宮バイパスでタンクローリーを含む多重事故が起こった模様です。別の取材で現場近くをホバリング中の当社取材機がおりますので、状況を聞いてみます。桜宮上空の高井戸《たかいど》さん？」

　画面が切り替わり、パノラマ画面が映る。右片隅に黒煙が細々と上がっている。

「こちらは、桜宮市上空の高井戸です。今日オープンした大型ショッピングモール『チェリー』の取材のため、上空から渋滞の列を追っていたところです。現在、横風に煽られたタンクローリーが、崖下に転落、炎上しています。画面をごらんになればおわかりかと思いますが、この崖下一体には、桜宮コンビナートが広がっています。万が一、火災が延焼するようなことになれば、大惨事になりかねません。一方、モールへの道は大渋滞で、この情報も届いていないのではと危惧されます。タンクローリーが黒煙を吐き出し始めていますが……あっ」

　画面の右上に火柱が上がる。ヘリの画像が揺らぐ。一瞬遅れて、爆音が響いた。

「爆発です。あれは……コンビナート精製施設に引火した模様です」

「わかりました。充分気をつけて、そのまま取材を続行してください」

　画面は延々と、炎と立ち上り始めた黒煙を映し続けていた。

　速水は立ち上がる。髪が逆立っていた。

速水は電話を取り上げる。初めて使用する院長へのホットライン。耳の奥に残るのは、城東デパート火災の時の空しい呼び出し音。あれから十五年。足が震えた。

だが、時代は変わった。呼び出し音二回で、受話器の向こうから低い声が応答した。

「速水です。桜宮コンビナートで爆発炎上事故が発生しました。サクラテレビで実況中継しています。患者が当院に押し寄せてくる可能性が高い。念のため病院長スタッドをかけたいのですが」

携帯電話の向こう側で、高階病院長が息を呑んだ。沈黙。穏やかな声が応じる。

「私は所用で東京にいます。すぐ戻りますが初期稼働には間に合いません」

「現場指揮権を私に委譲してください。外来ホールを患者臨時受け所に設定します」

「わかりました。速水部長にお任せします。他にご希望はありませんか？」

速水はちらりと三船事務長を見る。

「組織機構の整合性を保つために、病院長権限委譲命令を事務長に出してください。ちょうど今ここに三船事務長がおりますので、直接お話していただけますか」

差し出された受話器を受け取ると、三船事務長は病院長と短くやり取りした。三船は速水の顔を見ながら、言う。

「了解しました。現場指揮権が速水部長にある由を織り込んでスタッドをかけます」

三船事務長は受話器を速水に戻す。高階病院長は速水に短く告げる。

「速水君、頼みます」

三船事務長が部屋を出ていくのを横目で見ながら、速水は電話を切る。

ややあって、三船の声で全館放送が流れる。

「業務連絡。病院事務の広井《ひろい》さん、速水部長からの指示です。一階外来ホールの清掃に取りかかってください。繰り返します。病院事務の広井さん、速水部長からの指示です。一階外来ホールの清掃に取りかかってください」

その声を聞きながら、速水は椅子に深々と座り、腕を組んで眼を閉じる。

眠れるうちに眠っておこう。

たとえそれが、ほんの刹那《せつな》にすぎないとしても。

花房を筆頭にした一団が、寸分の乱れもなく整然と着席し、何かを待っていた。姫宮だけがそわそわと動いている。全員、臨戦態勢を取り、黙り込む。

眠り猫はうつらうつらと眠りに落ちている。

全館放送が入る。病院長スタッド・コールを耳にして、眠り猫が覚醒した。

千里眼が開いていく。

救命救急センター部長室の扉が開く。静寂の中、速水が大股でスタッフルームに入場する。

視線が集中する中、速水はひと言、呟く。

「くるぞ」

速水の言葉が終わったとたん、微かなサイレンの音が聞こえてきた。電話のベルが鳴り響く。待ちかまえていた佐藤が受話器を取る。

「はい、はい。了解。受けます」

言い終えて佐藤が速水に言う。

「交通外傷、レベル300、現在搬送中」

ベルが鳴る。複数だ。花房、佐藤が取る。

「全身熱傷、呼吸浅薄、熱傷五十パーセント」

「腹部打撲、意識混濁」

追い打ちをかけるようにベルが鳴り響く。速水が怒鳴る。

「以後、病状報告は必要なし。救急隊にそう伝えろ。とにかくかたっぱしから受けまくれ。いいか、全部受けるんだ」

佐藤を振り返る。

「佐藤副部長代理、外来ホールをオープン。トリアージを頼む」

佐藤は、研修医を引き連れて行こうとした。その背中に速水が言葉を投げる。

「いいか、迷うな。佐藤ちゃんの判断イコール俺の判断だ。自信を持て」

佐藤は一瞬立ち止まる。振り返らずにうなずくと、脱兎《だっと》の如く部屋を飛び出していく。その後を音もなく猫田が追随し、さらにその猫田の後を姫宮がとたとたと追いかける。

残されたICUに静寂が戻る。だが、それはほんの一瞬だった。

電話のベルの音が鳴り響く。次第に大きくなるサイレンの音。複数の無機質な旋律が、教会のパイプオルガンのように荘厳に反響した。遁走曲《フーガ》の開幕だ。

最初の救急車がICU病棟救急入口に滑り込んだ。三人の患者が救急車から運び出される。複数患者の同時搬送という異例の行為が事態の重大さを雄弁に物語っている。

「一人目、DOA（来院時死亡）、全身打撲、腹腔内出血。二人目は意識レベル200、頭蓋内出血の恐れ。三人目は頭部出血ですが自力歩行可能」

救急隊の報告に、速水は言い放つ。

「患者を置いて、救急車は現場に戻ってよし」

救急車が無音のサイレンを点滅させながら、エントランスから滑り出していく。

一人目の瞳孔反射消失を確認、視線を二人目に投げかける。

「一人目は処置室の隅に転がしておけ。二人目はCT撮影、如月、付き添え」

翔子がストレッチャーを隣のCT室へ運ぶ。速水はソファの中年女性を一瞥《いちべつ》して、包帯ロールを手渡す。

「傷に当てて、ソファに座っていてください」

三人の分類を終えると、待ちかまえたように次の救急車が滑り込んでくる。速水は運転手に、窓越しに怒鳴りつける。

「この車は本館一階のロビー入口に回れ。臨時処置室が設置してある」

停止しかけた救急車は、赤色灯の回転を落とさないまま、エントランスから退場する。次の救急車のハッチを開け、速水は車内を覗き込む。

「DOAはホールへ回してそこに下ろせ。呼吸浅薄は一番ベッド。研修医、ポータブルで胸部撮影しろ。三人目は処置室まで歩け。次」

速水は次々に患者をさばいていく。翔子がCTを終え戻る。フィルムを一瞥し、速水が言う。「硬膜外血腫だ」

中を仕切っている久保主任に怒鳴る。

「脳外科病棟に連絡、医師に引き取りにこさせろ。そのままオペ室に直行だ」

ホールは戦場だった。熱傷の患者が圧倒的に多い。運び込まれる患者は、一様に洋服が黒こげで、うめき声を上げていた。佐藤の声が響く。

「病棟から生食ボトルと包帯をありったけ持って来い。熱傷は意識レベルを確認して、生食で傷を洗浄、とりあえずガーゼをかぶせておけ」

ふと気づくと、姫宮が四色のカードを手に、うろついている。手早く患者を色分けしている。ちらりと見て、判断が妥当であることを部分的に確認し、二人の研修医に命じる。

「トリアージではレッドを最優先しろ。次に黄色だ。青と黒は放置する。姫宮がトリアージしろ」

姫宮は顔を上げ、こくりとうなずく。黒、黒、赤、黄、赤、青、青、黒。姫宮は手際よく、トリアージ・タッグを患者の上に投げかけていく。その判断の正確さとスピードに舌を巻きながら、佐藤は呟く。

「コイツ、一体何者なんだ？」

だがすぐに、目の前に押し寄せる患者の奔流が、佐藤から雑念を流し去る。

手早く包帯を患者に押し当てながら、猫田は顔を上げる。

第一波は吸収したようだ。次の波が襲ってくるまで、僅かな時間があるはず。

くん、と鼻を鳴らすと、猫田は音もなくその場を離れ、ＩＣＵへと向かう。

ＩＣＵ病棟ではうめき声が満ちあふれる中、速水が怒声をまき散らしている。

「第七、外科病棟の迎えはまだか？　処置室四番を第七に移す。ナートセット《縫合》よこせ」

舞い戻った猫田は、ＩＣＵの満床ベッドを覗き込む。

「速水先生、三番と八番を二階に移すわね」

速水は振り向かずに答える。「頼みます」

猫田は森野に指示して、三番と八番の患者をストレッチャーに移す。

「ついてきて」

短い指示に森野がうなずく。猫田と二人、ストレッチャーをエレベーターに乗せる。


エレベーターの扉が開く。オレンジ二階、小児科病棟。

猫田と森野が二台のストレッチャーを押し出すと、待機していた権堂主任が驚いたような眼で猫田を見つめる。猫田が尋ねる。

「特室五つ、空けたわね？」

権堂はうなずく。それから泣きそうな声で言う。

「こんな大怪我、ここでは無理です。先生たちは全員ホールに行ってしまいました」

権堂が叫ぶ。心配そうな他のスタッフが一斉に猫田を見る。

猫田は背筋を伸ばし、よく通る声を張り上げる。

「泣き言は言わないこと。大丈夫、やることはいつもと同じよ。ひとつひとつの動作に集中すればいいの」

凍りついたようなナースステーションに、朗々と猫田の声が響く。

「ここは戦場よ。びびるな。負けるな。あたしはあんたたちを、こんなことでへこたれるような、ヤワな看護師に仕立てたつもりはないわ」

居合わせた看護師の背筋が、くん、と伸びる。

「あたしはホールに戻る。まだまだ津波が来るからね。権堂、あとは任せたわよ」


姫宮は淡々と処置室の隅にストレッチャーのまま放置されているDOA患者たちを確認しながら、次々にトリアージ・タッグを置いていく。姫宮がブラック・タッグを置いた患者にたまたま触れた研修医が声を上げる。

「佐藤先生、この人はまだ息があります。レッド・タッグだと思いますが」

佐藤が駆け寄る。頸動脈に手をあて、患者に眼を凝らす。

「この人はもう無理だ。ブラックが正しい。このまま放置」

佐藤の言葉が終わらぬうちに、その患者の息が絶える。佐藤は患者を離れ、次の患者の許に向かう。

ＩＣＵは小康状態に落ち着いた。速水が呟く。

「おかしい。まだ来るはずだが……」

大股で指令官室に戻る。三船事務長が呆然とテレビ画面に見入っていた。すべてのモニタは真っ赤に炎上し続けたまま。

速水は右下のテレビ画面を注視した。

リモコン・オン、音声が流れ出す。静寂の部屋に、フルボリュームの声が響く。

「バイパスではさらなる事故です。火災現場から避難しようとしたモールからの車同士の二次災害が起こっています。バイパスは通行不能となり、救急車も立ち往生しています」

報道ヘリから現場に降り立ったリポーターが、事故現場近くで動けずに停止している救急車を覗きこむようにしてレポートしていた。頭から血を流した若い女性がうずくまっている。

「どうした？」

三船事務長の尋常ならざる緊張感に思わず尋ねる。

「妻、です」

三船事務長はぼんやりと速水を見る。それから虚ろな笑みを浮かべる。

「え？」

「立ち往生している救急車に乗っているあの患者、私の妻なんです」

速水は画面にかじりつき、画面の向こう側の患者の容態に眼を凝らす。

「出血がひどい。視線がはっきりしていないようだな。少し意識障害も出始めているようだ。畜生、そんな放映をしているヒマがあったら、とっとと報道ヘリで患者を搬送しろっていうんだ」

画面は上空からの映像に切り替わった。黒煙を吐き続けているコンビナートの縁を、時折赤い炎がなめていく。

火炎地獄の俯瞰図は音もなく熱風もここまでは届かない。

三船事務長は力無く首を振る。

「自業自得ですね。私は経済原理を優先した発想で医療現場に手を入れた。その結果がこれです。妻の命を奪ったのは私だ」

モニタの縁を摑んで画面を睨みつけていた速水が振り返る。髪が逆立っていた。

「ぶぁかやろう。亭主が諦めてどうすんだ。大丈夫、間違いなく奥さんはここまで運ばれてくる。信用しろ、桜宮の救急を作った俺が言うんだから」

速水は三船の脇を駆け抜ける。扉で一瞬振り返り、ひと言投げる。

「奥さんは必ず助ける。そんなことよりホールを手伝ってやってくれ」

速水は部屋を飛び出し、階段を駆け上がる。オレンジ新棟の屋上ヘリポートからは、遠く水平線まで見通すことができる。碧翠院《へきすいいん》桜宮病院の貝殻の上空が真っ赤に爛《ただ》れていた。数羽のヘリコプターが鳶《とび》のようにゆるやかに旋回している。張りつめた神経の弦には、ヘリコプターの羽音が耳障りだ。

速水は拳を握る。両腕を一杯に広げ虚空を抱き止め、蒼天に向かって怒号を上げる。

「取材のヘリは飛ぶのに、ドクター・ヘリはどうして桜宮の空を飛ばないんだ」

血まみれの白衣が肩から滑り落ちたのにも気づかず、ジェネラル・ルージュ、速水は虚空に向かって吼え続ける。救命救急の虎の咆哮《ほうこう》を意に介さず、ヘリコプターは桜宮の夕空を優雅に旋回し続けていた。

天窓の迦陵頻伽《かりょうびんが》、水落冴子は夕闇の窓辺に佇んでいた。

東城大学医学部付属病院本館十二階、極楽病棟特別室・ドア・トゥ・ヘブン。

冴子は視線を、遠い漁り火に注ぐ。そこは、赤色灯の奔流を切り裂くように遡行《そこう》する、銀色のシボレーの疾駆の終着点だ。

「すべて、燃え尽きていく」

また一本、火柱が上がる。炎に誘われた火蛾のように、上空をヘリコプターが旋回する。

「送り火みたい」

冴子は、アリアの一節を口ずさんだ。

速水は、眼下を見下ろした。

桜宮丘陵の高台、虚構のオレンジ・ヘリポートめがけて、遠いサイレンと共に、赤色灯が殺到してくる。

「復旧したか」

短く吐き捨て、速水は階段を駆け下りる。

再び、嵐がくる。救急車のサイレンの多重音声が、四方八方から東城大学に収束していく。

ルージュが汗で滴る。乱暴に汗を拭った速水は、ＩＣＵ入口で仁王立ちになる。

紅く隈取りをした修羅は、開きつつある扉の果てを睨みつける。

自動扉が開く。あふれ出した騒音が一斉に速水の耳に襲いかかる。サイレンの音が、遠く近く聞こえる。大股でエントランスに救急車を迎えに行く。まだ救急車の姿はない。騒音の中、ヘリコプターの羽音を聞きつけ、上空を見上げる。

銀色に輝くトンボのように、宙天高く、ヘリコプターが静止していた。

まるで速水を挑発し、あざ笑うかのようだった。

雪崩《なだ》れ込む救急車の波濤に、一階の外来ホールは埋め尽くされた。うめき声あふれる焼け野原に白衣が参集し、怒声が飛び交う。事務員も塗り薬や包帯をもって飛び回る。その手から物品が奪い去られ、広場の隅まではたどり着けない。振りまかれた生理食塩水が驟雨《しゅうう》のように床を湿らせる。消毒薬の匂いとうめき声が同期し、ホールに満ちる。

つけっぱなしのテレビが事故現場の惨状を延々と映し続けていたが、画面に眼を遣る者はいない。奥に進むに従い、個体の原型が失われていく。腕を無くした遺体、頭の半分が吹き飛ばされた遺体。ひと目でわかる死。姫宮はひとりひとりの死顔に黒いカードを添え、ガーゼの覆いをかけていく。そうやって遺体の目の前に小さな暗闇を作り上げながら、姫宮は遺体の配列を高密度に変えていく。

姫宮の耳に、救急車のサイレンが多重に響きわたった。第二波の襲来だ。

一瞬の休息をむさぼっていた白衣の野獣たちは、一斉に頭をもたげて耳を澄ました。

☆

夕方。ホールにはうめき声があふれていたが、もはやその声があるレベルを超えることはなかった。時々桁《けた》外れの悲鳴が上がったが、その側には必ず白衣姿があって、何らかの処置をしていた。白衣の視線が届かない領域はもう存在していなかった。

注意深く観察すれば、特に鋭い悲鳴が上がる時、側にいる白衣はかなりの頻度で、背の高い桃色眼鏡をかけた看護師であることに気づく。トリアージでは高い能力を発揮した姫宮も、通常処置に移行すると〝ミス・ドミノ〟に逆戻りしてしまった。悲鳴が上がる度に姫宮は、周囲を見渡し、悲鳴の原因を捜した。だが姫宮の視線の検索が、悲鳴の真の原因である姫宮自身の姿にたどり着くことはなかった。

佐藤は、応援部隊の医師にイエロー・タッグの引き取り先を指示していた。事務机の向こう側にはDOAの患者のストレッチャーが集積していた。ホールには新秩序が形成されつつあった。三船事務長がハンドマイクを手に患者に語りかけている。

「自分で帰れる方は、帰宅してください。お支払いは後日で結構です」

自分の手に巻かれた包帯を見つめる女性。脇腹を押さえうなり続ける老人。抱きしめた赤ん坊に繰り返し頬ずりをしている母親。三船事務長は視線を巡らせた。白い包帯を頭に巻いた女性が、壁にもたれ三船を見つめていた。その視線に三船は微かにうなずいた。

ホールには空席が目立ち始める。オレンジ色の夕陽の光が静かに注がれる。

最後の患者がホールを去り、休日の外来ホールはいつもと同じように、空っぽに戻る。その様を眺めていた佐藤は、ため息をつく。

ふと、背中に強い視線を感じて振り返る。

そこに、底抜けに明るい速水の笑顔があった。

佐藤もぎこちなく笑顔を浮かべた。

ふたりの影が、凄惨な床に長く伸びる。これから先、二度と交わることのない二本の平行線。

佐藤は深々と礼をする。

再び頭を上げた時、速水の姿はもうそこにはなかった。

すべては、終わった。


夜九時。

ICUは朝と同じく、満床だった。心電図のモニタ音が単調に響きわたる中、白衣が動き回る。朝の申し送りから十二時間が経ち、嵐は去った。そしてICUは何ひとつ変わらない。

だが、誰もがみんな、ささやかな違いに気づいていた。誰も口にしようとしないけれど。

救命救急センター部長室の扉が閉ざされ、いつもなら赤々と輝いている部長在室のランプが光を失っていた。自分たちに注がれ続けてきた、厳しくも慈愛に満ちた視線の不在。

聖夜でも、ＩＣＵはいつもと変わらない。

ただ、星がひとつ失われただけだった。

25章　口頭試問

12月25日　月曜日　午前11時
オレンジ新棟1F・救命救急センター部長室

クリスマスの朝。街には桜宮コンビナート火災を上空からオンタイムで撮影し続けたサクラテレビ独占映像があふれ、新聞の一面は、画面から転載されたカラー写真で飾られていた。紙面では、未曾有の大惨事に対しあらゆる角度から検証が加えられ、都市地区の無軌道な再開発計画が産み出した危機的状況の問題を提起していた。桜宮市と同様の構造が全国に点在していることを訴えていた。新聞の紙面の片隅には、東城大の素早い対応に対して、喝采が送られていた。そして東城大学医学部付属病院内部でも、速水の果断な判断に対して賞賛の言葉があふれていた。

午前十一時。賞賛とは無縁に、病院長室は静まりかえっている。

病院長室に呼び出された田口は、小声で高階病院長に抗議する。

「救命救急センター部長候補の面接に、なぜ私が立ち会うんですか?」

高階病院長は真顔で答える。

「乗りかかった舟、ということです。我慢してください」

「納得できません。私は今、珍しく多忙なんです」

「本音を言えば、私と速水先生の二人で佐藤先生を審問なんてしたら、あとで何を言われるかわかりませんから。田口先生は保険代わりの介添え人なんです」

「ま、俺の最後のワガママだと諦めて、つきあってくれよ、行灯」

速水は、笑う。田口は速水と高階病院長を交互に見つめて、言う。

「こうした席に着く以上、お二人の肩書きにかろうじて釣り合うリスクマネジメント委員会委員長として同席させていただきますが、それでもいいんですか？」

「もちろんです。実は田口先生がそうおっしゃってくださるのを待っていたんです」

ウソをつけ。田口は呆れて、ご都合主義の権化、高階病院長を見る。

ノックの音に、剣呑かつ長閑な三人の会話は中断した。

緊張した面持ちで佐藤が入室してきた。ソファに腰を下ろした速水が、言う。

「さ、座りな、佐藤ちゃん」

「あのう、それは私の台詞なんですが……」

高階病院長の抗議に、速水は肩をすくめる。続いて佐藤に言った。

「さて、佐藤先生、今回は二件の審議のためにお呼びしました。一昨日、佐藤先生が提出された速水部長の罷免動議と、速水先生から提出された、次期救命救急センター部長の内部推薦者の審査の二件です」

佐藤が速水を見つめて言う。

「速水部長に対する罷免動議は撤回します。理由は今さら説明するまでもありません。速水先生以外では、昨日の事態を収束させることは不可能でした」

「そういうことだそうですが、それでよろしいでしょうか、速水先生？」

「どちらでも構いませんよ。どうせ同じことですから。でもな、佐藤ちゃん、今さら日和っても口頭試問は手加減しないぜ」

「そんなこと、考えていません」

佐藤がむっとして答える。田口がその言葉を引き取る。

「今のは速水部長が差配する領分ではありません。罷免要求が撤回されたということになると、次はリスクマネジメント委員会経由で病院長に提出された速水部長の辞表の取り扱いになりますが、これに対してはリスクマネジメント委員会・黒崎副委員長から撤回要請が出ています。その勧告に従っていただけませんか？」

速水は、田口を見つめた。そして、あっさり答える。

「勧告に従うつもりはありません」

田口は速水を見つめ、呟く。「どうしてもダメか？」

「今さら撤回なんか、できるかよ」

「これからどうするつもりだ？」

「さあね。長い間、オレンジの潜水室に閉じ込められてきたんだ。しばらくは魚の旨い、暖かいところで、ぬくぬくと過ごすさ」

「医者を辞めるつもりか？」

「まさか。俺に医者以外の仕事ができるものか。だが、それはここでなくてもできる」

田口は速水の眼の奥を覗き込む。そこには迷いも曇りもない。

「仕方ない。では通常の手続きに従ってもらう。まあ、これは形式的なものだから」

速水は曖昧にうなずく。田口は高階病院長に向かって言う。

「先日、速水処分の件に関して私に全権委任されましたが、それは今も有効ですか？」

高階病院長は、一瞬、怪訝《けげん》そうな顔をする。それからうなずく。

「もちろん有効です。田口先生からはまだ、委任した権限の返還を受けていません」

「では、速水部長の辞表の扱いは私に委任されたということでよろしいですね？」

高階病院長と速水はうなずく。すると田口はぼそりと宣告した。

「では、リスクマネジメント委員会に提出された救命救急センター速水部長の辞表は、不受理とします。速水部長には本委員会による処罰を受けていただく必要がある」

「何を言っているんだ、行灯？」

速水は唖然《あぜん》として田口を見た。

田口は鞄から花房師長が提出したノートを取り出す。

「速水部長、先日あなたは個人的供与は一切受けていない、とおっしゃいました。すべては病院の経費を捻出《ねんしゅつ》するためだとすれば、当リスクマネジメント委員会が裁くべきは速水部長でなく病院の医療経営システムになります。その点に関しては後日、改革案として病院長に提出します。問題は、速水部長が個人的に利益供与を受けていた場合です。この場合、個人の倫理問題が生じ、リスクマネジメント委員会として勧告を行なうことになる。その場合、勧告を受諾しますか、速水部長？」

「天地神明に誓って、自分用の経費は一切つけていない。そうでないという証拠でもあったら、行灯、いや、田口委員長の勧告に従うさ」

田口は、にっと笑う。その笑顔に速水の古い記憶が呼び覚まされる。

卒業記念麻雀の最終局での国士無双。大逆転の手を上がったあと、田口はずっと申し訳なさそうな顔をしていた。だが、速水ははっきり思い出した。百パーセント安全だと信じて疑わなかったラス牌の紅中が、速水の手牌からこぼれ落ちた瞬間、田口は今日みたいに、にっと笑った。

速水の背中に冷や汗が一筋流れた。

田口は付箋《ふせん》をつけたページを開く。速水の顔が、みるみる青ざめる。そこには、『四月分チュッパチャプス代金千二百六十円也』と記載された領収書が添付されていた。

「速水部長が、医療代理店メディカル・アソシエイツから、ひと月約千円分のチュッパチャプス代を、三年間で総額約三万円供与され続けていた。動かぬ証拠です」

速水が反論しようとした口を塞ぐように片手を挙げて、田口は続ける。

「ですが、少額であることを勘案するとリスクマネジメント委員会を招集してまでして討議すべき問題ではなく、病院長権限の裁量範囲内と考えます。ですので病院長権限の代行依頼を受けた私が仮処分を通告します。処分は追って病院長の追認を得る予定です」

田口は速水から視線を切らずに言う。

「救命救急センター部長速水晃一を本日付けで降格、今後三年間、病院長が指定する業務に従事することで、東城大学に対する背任行為の責を果たしてもらいます。ただし着服額が少額であることと、速水部長の長年の多大な貢献を併せ考え、仮に速水部長が本勧告を無視し自主退職したとしても、当院として公的訴追はしません。速水部長、処分を受諾しますか、拒絶しますか」

「行灯、てめえ……」

速水はうめく。速水の様を見ながら、田口が呟く。

「お前は昔から、肝心のところで勝負弱かったよな、速水。だからラス牌の中《チュン》で国士無双にぶちこんだりするんだ」

高階病院長は立ち上がり、戸棚からファイルを取り出し速水に手渡す。

「ちょうどよかった。北海の果て、極北救命救急センターから医師派遣要請が来ています。東城大スタッフとしての派遣も可能です。北の最果ての地で、救急センターと言っても名ばかりのお粗末な施設ですが、ニーズとアクティビティは高いので、速水君にぴったりですよ」

「どうしても俺を東城大学に縛りつけておくつもりか」

速水は頭を抱え込む。高階病院長が笑う。

「極北救命救急センターは魚がとっても旨いことでも有名です。オホーツクの流氷を眺めながら熱燗《あつかん》で一杯だなんて、羨ましい限りです」

心底羨望の眼差しを送る高階病院長。田口が速水の肩に手を置いて、言う。

「諦めろ、速水。自分だけトンズラしようだなんて、そうはいかないぞ」

速水は顔を上げる。田口と高階病院長の顔を交互に見る。速水は、極北救命救急センターのパンフレットを投げ出す。モノクロの表紙に載っている、イキの良さそうな鮭の写真をぼんやりとながめながら、速水はからりと笑った。

「しょうがないな、全く」

場に穏やかな安堵感が流れた。速水は田口に言った。

「もう俺の行く末なんてどうでもいい。煮て喰うなり焼いて喰うなり、好きにしろ」

気を取り直したように、速水は高階病院長に言う。

「私の去就にはかかわらず、いずれにしてもオレンジの後任部長候補の推薦は必要です。時間がありませんので、早速口頭試問に入りたいのですが、よろしいでしょうか」

「それも本来なら私の台詞ですね。速水君と話をしていると、自分が病院長なのか、時々わからなくなってしまいます」

どうぞ、と高階病院長の許可を得た速水は佐藤と向かい合う。

「病院長の許可も得たので、口頭試問を始める。これはオレンジを任せられる人材かどうかを見極めるための試験だから容赦はしない。覚悟はいいな、佐藤ちゃん」

速水の鋭い視線に臆せず、佐藤はうなずく。

「では始めよう。第一問。救命救急医の心得とは何か？」

「いかなる時にも、動ぜず冷静に、事態に対し最良の対応を目指すこと、です」

「ベッドが満床、救急受け入れ依頼のコールがあった。さて、どうする？」

「救急隊からの報告を聞き、症状が重篤であれば、満床ベッドの移動を考えます」

「その時、移動の根拠にすべき情報を重要度順に五項目挙げろ」

矢継ぎ早の質問に、佐藤は淡々と答えを重ねていく。それは試験というよりはむしろ、剣術の師匠が弟子の成長を確かめるために行う打ち込み稽古に似ていた。

速水の鋭い打ち込みに、佐藤は的確に回答を重ねていく。

緩急自在、変幻無碍の速水の攻撃を、時にはひらりと、時にはふらつきながらクリアしていく。どれほど時間が経過しただろう。速水がひと息ついた。

「さて、ではこのケースはどうする？」

語調の変容に、佐藤は次の言葉を待つ。大詰めの気配を感じ、傍観者と化していた高階病院長と田口も緊張する。速水は眼を閉じ、静かに語り出す。

「救急搬送された三歳女児、ＤＯＡ。体表に傷はなく死因不明だが両親は解剖に応じない。あまつさえ、解剖を勧めた病院を訴えるとまで言う。さて、どうする？」

佐藤は、考え込む。それから速水の表情を確かめながら、ゆっくり答える。

「両親の感情を刺激しないように、まずＣＴで事前検査をして死因探求を目指します」

「その場にＣＴがなかったら？」

佐藤はぎょっとしたような表情になり、考え込む。そして顔を上げて答える。

「解剖を勧めます」

「両親は解剖に反対しているんだぞ」

「何が何でも、解剖を取ります」

「何が何でも？　それでも取れなかったら？」

「解剖して、異状がなかったら私が全責任をとって辞職します、と説得します」

佐藤の言葉に、高階病院長と田口が驚いて、顔を見合わせる。速水はにやりと笑う。

「勇ましいな、佐藤ちゃん。それでは覚悟の程を聞かせてもらおうか。説得が功を奏し解剖が取れた結果、問題所見が発見されなかったら、その時はどうする？」

佐藤は沈黙の海に沈み込む。やがて、ぽつりと言った。

「……バックれます」

「え？」

「しらばっくれます。死因に問題ないことが判明してよかったですね、と両親に告げて、その場をごまかします」

場が静まり返った。やがて、速水がくっくっと噛み殺した笑い声を上げ始める。その声は次第に大きくなり、やがて部屋いっぱいに満ちた。

速水は大笑いしながら、佐藤の肩を何回も力強く叩いた。

「合格だよ、佐藤ちゃん。見立てのひとつやふたつ外れたくらいで、いちいち辞表を提出していたら、救急医なんてこの世界からひとりもいなくなっちまう。それは責任感が強いんじゃない。そういうのは〝へなちょこ野郎〟というんだ」

速水は立ち上がり、高階病院長に告げる。

「佐藤副部長代理は、次期救命救急センター部長への推挙に値する人物であると認めます。前任者の権限にて、彼を次期部長候補として、ここに推挙します」

言い終えると速水は、高階病院長と田口に向かって深々とお辞儀をした。

「これが東城大学救命救急センター部長としての、最後の仕事です。長い間お世話になりました」

頭を上げ、佐藤に言う。

「佐藤ちゃん、他大学からの競争相手とは自力で闘え。なに、心配はいらない。俺に正面切ってたてつくことができれば、誰にも負けはしないさ」

速水は、踵《きびす》を返し部屋を出て行った。

呆然としていた三人は、扉が閉まった音を聞いて、我に返る。佐藤があわててお辞儀をしてから、速水の後を追って出て行く。

残された高階病院長と田口はソファに沈み込んだ。

高階病院長は田口を見、満面の笑みを浮かべる。

「お見事です。ババの引き方などはさすがに手慣れたもの、お上手でした」

田口は、げんなりした顔で、高階病院長を見つめる。

高階病院長は続けた。

「それにしても、セコい手を考えついたものですねえ」

のんびりした高階病院長の口調を耳にして、田口はゆっくり笑顔になった。

「速水先生、待ってください」

背後の声に、速水は振り返る。

「どうした。さっきの結末にご不満かい？」

佐藤は追いつくと、息を整えて答える。

「不満です。私はオレンジを少しの間、お預かりするだけです。三年、持ちこたえてみせます。ですから三年後必ず戻ってきてください」

「佐藤ちゃん」

速水は佐藤を見つめた。そして、告げる。

「季節は変わり、一人立ちの時が来た。これからは佐藤ちゃんがオレンジを背負って立つんだよ」

速水は片手を挙げ、最後の挨拶を佐藤に投げかけた。その背には、日輪が輝いていた。

終章　岬

荷物を鞄に詰め玄関に向かった速水を待ち受けていたのは三船事務長と姫宮だった。

「ドクター・ヘリ構想を潰したかったあんたのことだ。さぞほっとしただろう」

速水の言葉に、三船は強く首を振る。

「いいえ。無念です」

「今さら何を言っているんだ？」

速水は驚いて、尋ね返す。三船は、懸命に速水に訴える。

「私は病院経営の観点から、導入は不可能だと判断しました。でも、個人的にはドクター・ヘリが桜宮の空を飛ぶのを、この眼で見たい。導入できればどんなにいいだろう、と思っていました。そのために速水先生に打ち破られることを、密かに望んでいたんです」

三船の言葉に黙り込む速水。しばらくして、ぽつりと言う。

「それなら佐藤ちゃんに協力して、実現してやってくれ。アイツは俺よりも堅実で、ずっと誠実で、そして何よりも、俺よりずっとずっと粘り強いからな」

去って行く三船事務長のあとに、もじもじしている姫宮が残された。

「あの、速水先生を始めＩＣＵの皆さんに、大変お世話になりました。速水先生と同じ日にこちらを失礼することになりまして、一応ご挨拶をと思いまして」

速水は、姫宮のどことなくたどたどしい単語の配列に、思わず微笑む。

「そいつはどうも。お前の進歩には眼を瞠《みは》るものがあった。大丈夫、その調子で頑張れば、看護師としてどこでも立派に通用するようになれるさ」

「ありがとうございます。私、速水先生には多大なご迷惑と心労をおかけしたと反省してまして、せめて、私の氏素姓などをきちんとお伝えしたくて、先ほど直属の上司の承諾も得ましたので、ご報告したいと思います。あ、実はその直属の上司も、ここにいるのは今日までで、今まさにお暇乞《いとまご》いをすると申しておりましたが」

「何を言っているんだ、お前？」

速水の問いかけを意に介さず、姫宮は桃色眼鏡のブリッジを押さえて、言う。

「実は私、医師免許を持っている医師です。今回は所属する組織から命じられた極秘ミッションのため、看護師の研修が必要になりました。そのため、直属の上司が高階病院長に頼みこんで、ＩＣＵにお邪魔することになりました。おかげさまで、何とかやっていけそうだ、という自信がつきました」

そう言うと姫宮は、はっとした顔をして、両手で口を押さえた。

「あ、いけない、肝心のことを言い忘れてました。あの、私の正式な肩書きは、厚生労働省大臣官房秘書課付医療技官、それから、医療過誤死関連中立的第三者機関設置推進準備室室長……」

そこまで言って息が切れたのか、ひと息つく。そしてぽつんとつけ足した。

「……ホサです」

「……ホサ？　……ああ、補佐、ね」

そう言ってから、速水は首をひねる。

「お前の肩書き、最近どこかで聞いた気がするが……」

速水の言葉におかまいなしのマイペース、姫宮は自分が言いたいことだけを言う。

「あの、おかげさまで、看護技術のキソは、そこはかとなく理解できた気がします。本当にありがとうございました。これで年明けから潜入捜査に取りかかれます」

丁寧なお辞儀をして、立ち去ろうとする姫宮の背中に、速水は声をかける。

「潜入捜査って、一体どこに？」

姫宮は、速水の声に振り返り、一言答える。

「碧翠院桜宮病院、です」

一瞬、ぼんやりした速水は、我に返り姫宮を呼び止めようとする。

「ちょ、ちょっと待て、お前の看護技術では、まだあそこへは……」

その時にはすでに姫宮は、速水の声の圏外に離脱してしまっていた。


同時刻。オレンジ新棟二階、小児科病棟では、朝から行われている二件の網膜芽腫患者の手術対応で、皆忙しそうに立ち働いていた。その喧噪の中、猫田だけは日だまりの中でこくりこくりと身体を揺らしていた。

ふと、猫田が眼を開く。そこに立っていたのは、オレンジ一階、ICU病棟の花房師長だった。地味なスーツ姿で、手には深紅の薔薇《ばら》の花束を持っている。

「今、松井総師長に辞職のご挨拶を申し上げてまいりました」

「花房さん、本当に辞めちゃうのね」

花房はうなずく。猫田が言う。

「残念だわ。あたしが総師長になったら右腕としてこき使おうと思っていたのにな」

「猫田さん、本気で総師長になろうとお考えだったんですか？」

花房は思わず問い返す。猫田は怪訝そうな顔になる。

「あら、あたしが総師長をめざしたら、おかしい？」

「そうではないんですが、猫田さんはそんなこととは無縁な方のような気がしたもので……」

「どうしてそう思うの？　だってあたしくらいしかいないでしょ。東城大学医学部付属病院看護課二百人の看護師を率いることができる人材なんて、さ」

猫田はうっすら笑う。それから小声で付け足した。

「でも、折角だから花房には本当のことを言うわ。ラクそうじゃない、総師長って。指図してさえいればいいんだもの。あたしにぴったりだと思わない？」

花房は、泣き笑いの顔になる。これだもの、この人にはかなわない。

花房は、こぼれ落ちそうになった涙を人差し指でぬぐう。それから猫田に言う。

「これでさっぱりしました。猫田さんが総師長になってくださるなら安心だわ。ついでにICU師長の中継ぎもお願いしますね」

うなずいた猫田を見て、花房はため息をつく。

「結局、最後は三年前に速水先生が考えた通りの態勢になってしまったんですね」

「どういうこと？」

「三年前、速水部長は猫田師長を本当は一階の師長に引っ張ろうとしていたんです。私を二階に厄介払いしようとして、ね」

猫田は真顔で答える。

「そんな風に思っていたのね。それは誤解よ。だってあたしがオレンジに呼ばれたのは、花房、あんたのためなんだから」

「どういうことですか？」

「本当に知らなかったのね。その調子だと看護師が師長になるために経験しなければならない四つの節目のことも知らないでしょう」

「ええ、知りません。教えていただけますか？」

「それはね、〝生・老・病・死〟、それぞれの看護を経験することよ」

不思議そうに首を傾げる花房を見て、猫田は続けた。

「〝生〟の看護は、命を生みだし育《はぐく》む看護よ。産婦人科と小児科ね。〝老〟の看護にはお年寄りや障害者介護が含まれている。〝病〟は言うまでもなく、通常の看護ね。同じように、死に際しても看護は必要なの。死者にまで看護の領域が拡張されなければ、真の医療に到達できないの。それが〝死後看護〟。死後看護は、死をタブー視してきた医療現場ではおざなりに扱われてきた。でも考えてみて。死んだ後まで看護してもらえると思って初めて、人はよりよい生を送ることができるのではないかしら」

猫田は遠い眼をして呟く。

「二年前、オレンジ・ドラフト会議で浜田《はまだ》小夜を選んだのは、彼女が日本では珍しく、〝死後看護〟の経験を豊富に持っていたから。彼女に小児科病棟で〝生〟の看護を叩き込めば、あとの二つはどこでも経験を積める。あたしは、真の看護の体現者を育成したくて浜田を選んだ。でも彼女はここに留まれなかったけれど……」

猫田はため息をついた。「……本当に、残念だこと」

花房は、猫田の言葉を聞き終えて、凛と背筋を伸ばした。

「猫田師長、ＩＣＵ師長として、最後のお願いがあります」

「なあに？」

花房はすうっと息を吸い込む。

「ＩＣＵの跳ね返り娘、如月を直接ご指導願います」

「わかったわ。あたしに任せておいて」

猫田はにんまり笑う。

「浜田と違って、如月は叩かれて伸びるタイプみたいね。今から楽しみ」

「おお、こわい」

花房も笑顔になる。せいぜい、猫田さんの千里眼に、自分の浅はかさを見透かされてビビりまくればいいわ。ああ、せいせいした。

速水の心を奪い去った憎き如月翔子に対する、花房の憂さ晴らしはこうして完了した。花房は立ち上がると、小さくお辞儀をした。そしてゆっくりとした足取りで猫田の元を去っていった。

遠ざかる花房の後ろ姿を見送りながら、猫田はぽつりと呟く。

「それにしてもどっちもどっち。不器用にもほどがあるわ、将軍《ジェネラル》も、ハヤブサも」

花房が玄関前の中庭駐車場を通り過ぎようとした時、背後から声をかけられた。

「ICUを辞めるのに、俺には挨拶なしか？」

振り返らなくてもわかる。その声を何年聞き続けてきたことか。

花房は、真っ直ぐ前を向いたまま、背中に向かって答える。

「ええ。お互いここから離れる者同士、改めてご挨拶というのも妙な感じでしたので」

「ふうん、そうか。花房さんは、それでいいわけね」

「どういうこと、でしょうか」

師長という肩書き抜きで呼ばれたのはいつ以来だろう。花房はゆっくり振り返る。

凍えた陽射しの中、ジーンズの速水が立っていた。花房は眩しさに眼を細める。

「待っていたんだ、あんたを」

花房は、胸いっぱいに抱えた花束に顔をうずめて、呟く。

「よく言うわね。如月から貰った口紅を塗ってたくせに」

速水は照れ臭そうに笑う。

「如月はいい女だよ」

「よくもまあ、ぬけぬけと……」

速水は花房を見つめる。それから視線を足元に落として呟く。

「だけど、あいつの未来に俺の姿はない。そして、俺の未来にもあいつはいない」

「いつだって、勝手なことばかり。自分の思うとおりにしか生きられないくせに」

「ああ、その通りだ。だがこれからは、少しは誰か他の人の言うことも聞いてみようかと思っている」

花房は速水を見る。速水がその眼に問いかける。

「どこへ行く？」

花房はふと思いつく。

賭けてみようかしら。私の未来にこの人の姿があるのかどうか。

そして、この人の未来に私の居場所があるのかどうか。

薔薇の花束から顔を上げて、花房は言う。

「私、たった今、行き先を決めました。もしも偶然、先生と方角が同じだったら、その時はお供します」

「違ったら？」

「その時は恨みっこなし、お互いに別々に自分の道を行きましょう」

速水はうなずくと、言った。

「病院前で、道は北と南に分かれている。ふたりで同時に自分が行く方角を言おう」

速水と花房は視線を合わせる。速水の唇の動き始めを注視しながら、花房は生まれて初めて、速水と同時に自分自身の意志を言葉に乗せてみた。

「南」「北」

ふたりの言葉はすれ違った。花房は速水を見つめた。

——やっぱり、私たちの道は別々だった。

花房は微笑を浮かべて、言う。

「私は南に行きます。寒いのは、もうイヤなんです」

速水は花房を見つめた。強い視線に晒されて、花房の身体が揺れる。速水はその腕を強く摑み、華奢な身体を引き寄せる。

花房は、速水の胸の中で窒息する。速水が言う。

「将軍のお供はハヤブサにしか務まらない、だろ？　俺は北へ行くからな」

花房は身体を引き離すと、手にした薔薇を速水の胸に叩きつける。深紅の花びらが血しぶきのように、何度も何度も舞い散る。

やがて、花びらが尽きる。茎だけの花束を青空に投げ捨て、花房は速水の胸に顔をうずめる。速水は花房を抱きしめ、黒髪にささやく。

「長い間、待たせた」

花房は声を上げずに、泣いた。

愚痴外来で珈琲を飲んでいる田口に、藤原看護師が笑いかけた。

「田口先生って、だんだん高階先生に似てきましたね」

「その言葉は、光栄、と喜ぶべきなんでしょうね」

藤原看護師が言う。

「またしても、白鳥調査官に部屋の後かたづけを押しつけられてしまいました。いい加減にして欲しいわ。まったくもう」

たった今、用事があるフリをして、まんまと藤原包囲網から脱走した白鳥に対し、うんざり声で嘆きながらも、藤原看護師は首をひねった。

「それにしても、今回は白鳥調査官はおとなしかったですね」

田口は笑う。

「そうでもなかったんですよ。エシックスやリスクマネジメント委員会では、ロジカル・モンスターぶりは健在でした。でもリスクマネジメント委員会が終わった後で、こう言ってました」

田口は咳払いをして、白鳥の口調を真似る。

「目の前で理想と仰ぐアクティヴ・フェーズの進化型、アグレッシヴ・フェーズのお

☆

手本を見せつけられては、僕の出番なんてありません……」

田口はひと息ついて、笑う。

「……だそうです。速水とのつき合いが長かったおかげで、私もこれまで白鳥調査官と何とかやってこれたのかも知れませんね」

ふと、窓の外を見ると、エントランスを歩いていくひとりの男の姿が見えた。田口は部屋を出ると、病院の正門で男をつかまえた。

「先日はどうも」

野村弁護士は振り返り、眼を細めた。田口は尋ねた。

「先生。結論として、速水の贈収賄は成立するのでしょうか？」

野村弁護士は無言のままだ。田口は呟き込むように尋ねる。

「司直の手に委ねることになるのでしょうか。だとしたら速水の弁護は先生に……」

野村は手を挙げて、田口の言葉を制止する。

「ちょっと待って下さい。その前に私も田口先生にご相談したいことがあるんです。半年前、私は突然激しい頭痛と耳鳴りに襲われまして、一週間ほど入院したんです。突発性難聴、というんだそうですが、どなたか耳鼻科のいい先生をご存じありませんか？」

「心当たりはなくもないですが……今までの先生じゃ駄目なんですか」

「クスリが効かなくてね。先日の会議の最中も発作がぶり返しまして、議論の後半はよく聞きとれなかったのですよ。今も少しそうなんですが」

野村は笑う。

「困ったものです。だから、田口先生が相談なさろうとしていることが、よく聞き取れていないので、お役には立てそうにないのですよ。ただ、一般論としてひとつアドバイスを差し上げますと、告発がなければこの犯罪は存在しません。先ほどのご相談は、告発が受理され捜査が始まりましたら改めてご相談下さっても充分間に合います」

田口は野村を見た。野村は続けた。

「現実的なアドバイスをひとつ、差し上げましょうか。日本は起訴至上主義でして。微罪は起訴の時点でかなり酌量されます。たぶん田口先生が懸念されている件は、私のカンでは重く見積もっても起訴猶予にすらならないでしょうね」

それから野村はぽつりと呟く。

「速水先生や島津先生は倫理というものを頭からバカにしていらっしゃる。確かに倫理はまだ、ひ弱なヒナ鳥だ。その鳴き声は小さく、翼は伸び切っていない。だが、忘れてはならない。長年、医学研究の美名の下に患者不在の傲慢な研究が数多くなされてきた。被験者である患者の人権は護られなければならない。だから倫理委員会は絶対に必要なんです。だが、何から何までケチをつければいいというものでもない。研究結果から利益を受けるのもまた患者なのですから」

そこで言葉を切ると、野村は空を見上げる。つられて田口も天を仰ぐ。強い風が、層雲を吹き散らしている。

野村は、言葉を続けた。

「速水先生のような方を裁くことができるのは倫理ではない。それは恐らく……」

言葉が途切れた。田口が視線を天から地に戻すと、野村弁護士は片手を挙げて、タクシーを止めていた。野村は車に乗り込む。

走り去る車に向かって、田口は深々と頭を下げた。

☆

翔子は岬の先端でひとり、水平線を見つめていた。強い風が、背中から海原に向かって吹き抜けていく。翔子はついさっき、自分に背を向けて去っていった男の姿と言葉を思い出す。

「あたし、速水先生についていきたいんです」

風に吹き散らされそうになる、かぼそい声を寄せ集め、ありったけの勇気をふり絞って翔子は告げた。翔子の言葉に、速水は戸惑ったように翔子を見つめる。それからゆっくりと首を振る。

「如月はここに残れ。俺は必ず戻ってくる。その時に、俺のワガママを受け止めてくれるヤツが居なかったら困る。佐藤ちゃんだけではどうにも心もとない」

翔子は眼を瞠る。一歩、二歩。速水にゆっくり歩み寄る。

二人の間を、冷たい海風が吹きぬけた。風に乱された髪を片手で押さえて、翔子は立ち止まる。顔を上げ、速水を見つめる。速水は続ける。

「如月、お前は若い。これから先、お前にはもっといい男が現れる」

それは速水先生じゃないんですか。心の叫び声を押し殺し、翔子は笑顔で答える。

「あったり前です。そんなこと、言われなくてもわかってます。あたしみたいにいい女なんて、滅多にいませんからね。速水先生、絶対に後悔するわ」

速水はからりと笑う。

「そうだな。行灯によれば、どうやら俺は肝心な所で勝負弱いらしくてな」

言い終えると、速水は翔子に背を向けた。速水の後ろ姿が次第に遠ざかっていく。

その背中が病院棟の陰に消えた時、ようやく翔子は、言えなかった言葉を心の中で声にする。

……うそつき。

もう一度、胸一杯に息を吸い込み、大きな声で繰り返す。

「うそつき。大嫌い」

その声は、もう速水には届かなかった。

翔子は空を見上げた。白い風が海に向かって走り去っていく。

「あ、風花……」

白い粉雪をはらんだ一陣の風は、翔子に挨拶をするように渦を巻く。そして、水平線の彼方へ消えた。

翔子は大きな瞳を見開いて、風花の行方を見守った。深呼吸をして振り返る。そこには日の光を浴びて燦然《さんぜん》と光り輝くオレンジ新棟の勇姿があった。翔子はまっすぐ前を見つめて、歩き出す。

私はここが好き。どんなに貶《けな》されても、オレンジが大好き。ここでくたばるのなら本望よ。

翔子の足取りは軽い。

背後では、冬の海原がゆったりうねっている。海原の上、天空遥かに日輪が寒々とひかり輝く。その輝きは波頭で砕け、海鳴りの底へとゆらゆらと沈んで、消えた。

この作品は、小社より2007年4月に単行本として刊行し、2009年1月に上下巻で文庫化したものを一冊にまとめ、新装版にしたものです。この物語はフィクションです。実在する人物、団体等とは一切関係ありません。

宝島社
文庫

新装版　ジェネラル・ルージュの凱旋
(しんそうばん　じぇねらる・るーじゅのがいせん)

2016年1月22日　第1刷発行
2022年2月17日　第2刷発行

著　者　海堂 尊
発行人　蓮見清一
発行所　株式会社 宝島社
〒102-8388　東京都千代田区一番町25番地
電話：営業 03(3234)4621／編集 03(3239)0599
https://tkj.jp
印刷・製本　中央精版印刷株式会社

First published 2007 by Takarajimasha, Inc.
ISBN 978-4-8002-4908-1